經學研究叢書・經學史研究叢刊

中國經學研究的新視野

林慶彰　著

目次

中國經學史上簡繁更替的詮釋形式

中國經學史上的回歸原典運動

中國經學中的中心與周邊

明清時代中日經學研究的互動關係

從詩經看古人的價值觀

毛詩序在詩經解釋傳統上的地位

民國初年的反詩序運動

自序

　　這本書所收的十篇論文，是我個人近二十年來研究經學的論文選集，收錄的論文都有一個特徵，就是處理到目前為止，沒有學者去處理的經學問題。也因為這本書有開拓視野的作用，所以就命名為「中國經學研究的新視野」。

　　全書所收論文，大概可分為六個研究方向。第一篇〈史記所述儒家經典作者的檢討〉，由於許多經書的作者都是司馬遷《史記》最先提出來的，本文主要在檢討這些說法有何淵源？可信度如何？這篇論文的論題看似平常，其實並沒有學者討論過這個問題。

　　第二篇〈中國經典權威形成的幾個原因〉、第三篇〈中國經典權威消解的幾個原因〉，儒家經典很有權威性，知識分子受制於這種權威，往往言不由衷。另方面經典既有如此高的權威，為何權威會消解？這兩個論題並沒有專書或專文來討論，這兩篇論文也僅是一種嘗試性的分析。

　　第四、五篇〈中國經學史上簡繁更替的詮釋形式〉、〈中國經學史上的回歸原典運動〉，這是處理經學史上的兩種規律：第一種是注解形式的簡繁更替，經分析的結果，從先秦至民國初年，簡和繁有九次的更替。第二種是回歸原典運動。自從一九八八年我在臺北參加「國際孔學會議」，提出〈明末清初經學研究的回歸原典運動〉一文，迄今已二十五年。所謂「回歸原典」，是指回到儒家的原始經典，以原始經典作為評判是非的標準。此後各地學者在論文中使用「回歸原典」一詞

的，多達八百多篇，可見「回歸原典」一詞在經學史研究上的重要性。

第六篇〈中國經學中的中心與周邊〉、第七篇〈明清時代中日經學研究的互動關係〉。這兩篇討論的是中日比較經學的問題，比較經學是一個新的概念，主要在探討經學中心國與周邊國研究經學的互動關係。明代以後周邊國的經學著作對中心國作激烈的批評，周邊國的某些與中心國同類型的著作出現的也比較早。另外周邊國典藏的豐富文獻資料也回流到中心國，補中心國文獻的不足。在這裡值得一提的是，周邊國的經學著作，如：山井鼎的《七經孟子考文》、荻生徂徠的《論語徵》，也傳入中國，對中國經學研究產生了不少的影響。

第八篇〈從《詩經》看古人的價值觀〉、第九篇〈《毛詩序》在《詩經》解釋傳統上的地位〉、第十篇〈民國初年的反《詩序》運動〉。這是《詩經》研究的三個重要論題，到目前為止還沒有人提出相類似的論文。第八篇認為《詩經》不但是先秦政治、社會史的材料，也是研究思想史和哲學史的重要素材。《詩經》分為〈周頌〉、〈大雅〉、〈小雅〉、〈國風〉四大部分，〈周頌〉在頌天，〈大雅〉在疑天，〈小雅〉在罵天，〈國風〉不理天。這正好反映周代天神權威降落，人文思想興起的歷程。第九篇討論《詩序》的地位問題，《詩序》本來自成一書，後來被拆散，分入《毛詩》中，所以稱為《毛詩序》。《毛詩序》的解釋觀點一直指導《詩經》的研究，要避免《毛詩序》對《詩經》解釋的干擾，就要拋棄《毛詩序》。中國歷史上有兩次廢《詩序》的運動，一次是宋代，另一次是民國初年，經過兩次被廢卻依然無恙，這是因為《毛詩序》解釋也有合理的地方。第十篇討論民國初年的反《詩序》運動，民國初年的學者以為，《詩經》只不過是歌謠的總集，並不是神聖的經典，要打破這種神聖經典的想法，就要把《詩序》和孔子的關係切斷，因此認為是後漢的衛宏作《詩序》，衛宏並非孔子弟子，所以《詩序》中並沒有孔子的微言大義，既然如此也不必照

《詩序》的觀點來解詩。當時反《詩序》的學者還作了下列三件事情：一、重新解釋詩篇的詩旨；二、表彰反《詩序》的學者；三、整理歷代反《詩序》的著作。

　　本書內容涉及的問題甚為複雜，在引用資料和論述時，必有不周到的地方，祈海內外賢達能多賜予指教。

2012 年 12 月 10 日林慶彰誌於
中央研究院中國文哲研究所 501 研究室

史記所述儒家經典作者的檢討

一 前言

　　《史記》在論述的過程中，往往會提到古代某本典籍的作者，或者某篇文章的作者。其中比較有系統的是儒家典籍作者的論述，《史記》提到的經書作者或編者有《周易》、《尚書》、《詩經》、《春秋》、《儀禮》等五經。後代學者大抵根據《史記》的說法作為論述的基礎。譬如：孔子作《易傳》，最早見於《史記》；孔子刪《詩》說，最早也見於《史記》。現在我們要討論經典的作者，不論是贊成或反對《史記》所說的，都必須以《史記》為論述的起點，足見《史記》在討論儒家經典作者時的重要的地位。近年研究《史記》與儒家經典之關係的專著不少[1]，尚未能把此一論題作為專章，詳加論述。為彌補學界在這方面研究的不足，從《史記》中摘錄與儒家經典作者有關的論述，並略作分析，草成此文。

---

[1] 筆者所知的論著有：（1）賴明德撰：《司馬遷之學術思想》（臺北市：洪氏出版社，1983 年 2 月）；（2）陳桐生撰：《史記與今古文經學》（西安市：陝西人民教育出版社，1995 年 7 月）。單篇論文有：（1）劉家和撰：〈史記與漢代經學〉，《史學史研究》1991 年 2 期（1991 年 6 月），頁 11-22。（2）胡楚生撰：〈太史公筆下所見周公孔子與六經的關係〉，《第一屆世界漢學中的史記學國際學術研討會論文集》（宜蘭縣：佛光大學，2008 年 5 月）。後收入胡氏撰：《中國學術史研究》（臺北市：臺灣學生書局，2009 年 9 月），頁 105-135。（3）阮芝生撰：〈論史記中的孔子與春秋〉，《臺大歷史學報》，第 23 期（1999 年 6 月），頁 1-60。

二 周易作者及傳承

（一）八卦及重卦

　　八卦是怎麼來的？司馬遷的《史紀》並沒有說明。不過，〈繫辭〉說：「古者包犧氏之王天下也，仰則觀象於天，俯則觀法於地，觀鳥獸之文，與地之宜，近取諸身，遠取諸物，於是始作八卦，以通神明之德，以類萬物之情。」[2]《周易》〈繫辭〉以為庖犧氏作八卦，〈禮緯·含文嘉〉也說：「伏羲德洽上下，天應之以鳥獸文章，地應之龜書，伏羲則而象之，乃作易卦。」[3]可見八卦是伏羲以天地之物象為取法的對象所作成的。

　　至於重卦之人，司馬遷以為是文王。

　　　西伯蓋即位五十年。其囚羑里，蓋益《易》之八卦為六十四卦。[4]

　　　自伏羲作八卦，周文王演三百八十四爻而天下治。[5]

　　　昔西伯拘羑里，演《周易》。[6]

這裡的西伯，即周文王。〈太史公自序〉僅說「演周易」，參合〈日者

---

2 〔魏〕王弼、〔晉〕韓康伯注，〔唐〕孔穎達正義：〈繫辭〉下第八，《周易兼義》（臺北市：藝文印書館，1955年，據清嘉慶廿年江西南昌府學重刊宋本影印），卷8，頁4（總頁166）。

3 〈禮含文嘉〉，安居香山、中村璋八編：《緯書集成》（石家莊市：河北人民出版社，1994年12月），中冊，頁494。

4 〔漢〕司馬遷：〈周本紀〉第四，《史記》（臺北市：鼎文書局，1979年）卷4，頁119。

5 〔漢〕司馬遷：〈日者列傳〉第六十七，《史記》卷127，頁3218。

6 〔漢〕司馬遷：〈太史公自序〉第七十，《史記》卷130，頁3300。

列傳〉所說，知西伯「演周易」，即重卦後推演三百八十四爻。後來，漢代的學者也大抵都同意司馬遷這種說法，如揚雄（西元前53-18年）《法言》〈問神篇〉曰：「易始八卦，而文王六十四，其益可知也。」[7]〈問明篇〉曰：「文王淵懿也。……重易六爻，不亦淵乎？」[8]《漢書》〈藝文志〉也說：「至於殷、周之際，紂在上位，逆天暴物，文王以諸侯順命而行道，天人之占可得而效，於是重易六爻，作上、下篇。」[9]王充（西元27-97年）《論衡》〈對作篇〉：「易言伏羲作八卦，前是未有八卦，伏羲造之，故曰作也。文王圖八，自演為六十四，故曰衍。」[10]〈正說篇〉云：「伏羲得八卦，非作之；文王得成六十四，非演之也。」[11]可見兩漢學者皆以為重卦者是文王，應該是受到《史記》說法的影響。

（二）卦爻辭作者

關於卦爻辭作者，司馬遷並沒有說清楚，《周易》〈繫辭〉曾說：「易之興也，其於中古乎？作易者其有憂患乎？」[12]又說「易之興也，其當殷之末世，周之盛德耶？當文王與紂之事耶？」[13]而司馬遷所謂文王拘而演易者，不僅要重八卦為六十四卦，且要作卦爻辭。否則無法演《易》。

---

[7] 〔漢〕揚雄：〈問神篇〉卷第五，汪榮寶撰、陳仲夫點校：《法言義疏》（北京市：中華書局，1987年）七，頁144。

[8] 〔漢〕揚雄：〈問明篇〉卷第七，汪榮寶撰、陳仲夫點校：《法言義疏》九，頁189。

[9] 〔漢〕班固：〈藝文志〉第十，《漢書》（臺北市：鼎文書局，1979年）卷30，頁1704。

[10] 〔漢〕王充：〈對作篇〉，黃暉：《論衡校釋》（北京市：中華書局，1990年）卷第29，頁1181。

[11] 〔漢〕王充：〈正說篇〉，黃暉：《論衡校釋》卷第28，頁1134。

[12] 〔魏〕王弼、〔晉〕韓康伯注，〔唐〕孔穎達正義：〈繫辭〉下第八，《周易兼義》卷第八，頁173。

[13] 同前註，頁175。

（三）易傳的作者

　　至於《易傳》的作者，前人多以為是孔子所作，大概是根據《史記》〈孔子世家〉這段話而來的。

> 孔子晚而喜《易》，序〈彖〉、〈繫〉、〈象〉、〈說卦〉、〈文言〉，讀《易》，韋編三絕，曰：「假我數年，若是，我於《易》，則彬彬矣。」[14]

> 蓋孔子晚而喜《易》，《易》之為術，幽明遠矣，非通人達才孰能注意焉。[15]

這裡所謂「序」應有整理的意思，但前人多以為是孔子所作。自歐陽修（1007-1072）《易童子問》，首見攻擊〈繫辭〉非孔子之作。至現在大家都已不相信《十翼》為孔子所作。但孔子與《易經》的關係如何？馬王堆出土的帛書《周易》，有解說《周易》的文章〈二三子問〉、〈繫辭〉、〈衷〉、〈要〉、〈繆和〉、〈昭力〉等多篇，其中的〈二三子問〉，是以弟子提問，孔子回答的問答體來進行，最能看出孔子與《易經》的關係。[16]

---

[14]〔漢〕司馬遷：〈孔子世家〉第十七，《史記》卷47，頁1937。

[15]〔漢〕司馬遷：〈田敬仲完世家〉第十六，《史記》卷46，頁1903。

[16] 關於帛書《易傳》，比較有系統的論述，參見廖名春撰：《帛書易傳初探》（臺北市：文史哲出版社，1998年11月）各篇。

（四）周易的傳承問題

《史記》除論及《周易》作者外，也提到戰國至漢初《周易》的傳承問題，相關的記載如下：

> 孔子傳《易》於瞿，瞿傳楚人馯臂子弘，弘傳江東人矯子庸疵，疵傳燕人周子家豎，豎傳淳于人光子乘羽，羽傳齊人田子莊何，何傳東武人王子中同，同傳菑川人楊何。何元朔中以治《易》為漢中大夫。[17]

> 自魯商瞿受《易》孔子，孔子卒，商瞿傳《易》，六世至齊人田何，字子莊，而漢興，田何傳東武人王同子仲，子仲傳菑川人楊何。何以《易》，元光元年徵，官至中大夫。齊人即墨成以《易》至城陽相。廣川人孟但以《易》為太子門大夫。魯人周霸，莒人衡胡，臨菑人主父偃，皆以《易》至二千石。然要言《易》者本於楊何之家。[18]

以上是《史記》中有關戰國至漢初《周易》學的源流，是歷來《周易》學史論述的根據。

---

[17]〔漢〕司馬遷：〈仲尼弟子列傳〉第七，《史記》卷67，頁2211。
[18]〔漢〕司馬遷：〈儒林列傳〉第六十一，《史記》卷121，頁3127。

三　尚書的作者及流傳

（一）尚書各篇的作者

要討論《尚書》各篇的作者，不可不參考〈書序〉和《史記》的〈殷本紀〉、〈周本紀〉兩篇，〈書序〉所述作者問題，筆者另有一文，〈經傳所述五經作者的檢討〉有討論。[19]在討論〈夏本紀〉、〈殷本紀〉和〈周本紀〉所述《尚書》各篇作者之前，可以看看《史記》〈五帝本紀〉雖然引用了〈堯典〉一文中的大部分文字，但並沒有提到〈堯典〉的篇名，更沒有提到誰作了這篇文章。同樣地，〈夏本紀〉中引用了〈禹貢〉大部分的文字，但並沒有提到〈禹貢〉的篇名和作者。所以如此，也有待討論。〈夏本紀〉中與《尚書》各篇作者有關的記載如下：

> 有扈氏不服，啟伐之。大戰於甘，將，作〈甘誓〉。[20]

> 帝太康失國，昆弟五人。須于洛汭，作〈五子之歌〉。[21]

> 義、和湎淫，廢時亂日，胤往征之，作〈胤征〉。[22]

這三段的說法，與〈書序〉完全相同，可見司馬遷是參考過〈書序〉的。〈殷本紀〉中與《尚書》各篇作者有關的記載，錄之如下：

19　未刊稿。

20　〔漢〕司馬遷：〈夏本紀〉第二，《史記》卷2，頁84。

21　同前註，頁85。

22　同前註，頁85。

成湯，自契至湯八遷。湯始居亳，從先王居，作〈帝誥〉。[23]

伊尹去湯適夏，既醜有夏，復歸于亳。入自北門，遇女鳩、女房，作〈女鳩〉、〈女房〉。[24]

夏桀為虐政淫荒，而諸侯昆吾氏為亂。湯乃興師率諸侯，……遂伐桀。湯曰……以告令師，作〈湯誓〉。[25]

湯遂伐三㚇，俘厥寶玉。義伯、仲伯作〈典寶〉。湯既勝夏，欲遷其社，不可，作〈夏社〉。[26]

湯歸至于泰卷陶，中𤳹作誥，既絀夏命，還亳，作〈湯誥〉……伊尹作〈咸有一德〉，咎單作〈明居〉。[27]

帝太甲元年，伊尹作〈伊訓〉，作〈肆命〉，作〈徂后〉。[28]

帝太甲修德，諸侯咸歸殷，百姓以寧。伊尹嘉之，迺作〈太甲訓〉三篇，褒帝太甲，稱太宗。[29]

巫咸治王家有成，作〈咸艾〉，作〈太戊〉。帝太戊贊伊陟于廟，言弗臣，伊陟讓，作〈原命〉。[30]

帝小辛立，殷復衰。百姓思盤庚，迺作〈盤庚〉三篇。[31]

23〔漢〕司馬遷：〈殷本紀〉第三，《史記》卷3，頁93。

24 同前註，頁95。

25 同前註，頁95。

26〔漢〕司馬遷：〈殷本紀〉第三，《史記》卷3，頁96。

27 同前註，頁97。

28 同前註，頁98。

29 同前註，頁99。

30 同前註，頁100。

31 同前註，頁102。

這些說法，如果與〈書序〉相比對，可以發現與〈書序〉大同小異。
可見，司馬遷參考過〈書序〉，但也有不同的地方，如《史記》〈殷本
紀〉云：「帝太甲修德，諸侯咸歸殷，百姓以寧。伊尹嘉之，迺作〈太
甲訓〉三篇，褒帝太甲，稱太宗。」[32] 這是褒獎太甲的文章，且篇名作
〈太甲訓〉。〈書序〉則以為「太甲既立，不明；伊尹放諸桐，三年，復
歸于亳，思庸。伊尹作〈太甲〉三篇。」[33] 這是以為太甲不是個好國君，
伊尹把他流放到桐這個地方，三年後才讓他回到亳。伊尹才作〈太甲〉
三篇。顯然司馬遷所根據的史料與〈書序〉並不完全相同。

以下是〈周本紀〉中與《尚書》各篇作者相關的記載：

> 武王乃作〈太誓〉，告于眾庶。[34]

> （武王）行狩，記政事，作〈武成〉。封諸侯，班賜宗彝，作
> 〈分殷之器物〉。[35]

> 初，管蔡畔周，周公討之，三年而畢定，故初作〈大誥〉，次作
> 〈微子之命〉，次〈歸禾〉，次〈嘉禾〉，次〈康誥〉、〈酒誥〉、
> 〈梓材〉，其事在周公之篇。[36]

> 成王在豐，使召公復營洛邑，如武王之意。……作〈召誥〉、
> 〈洛誥〉。成王既遷殷遺民，周公以王命告，作〈多士〉、〈無
> 佚〉。……成王自奄歸，在宗周，作〈多方〉。既絀殷命，襲淮
> 夷，歸在豐，作〈周官〉。興正禮樂，度制於是改，而民和睦，

---

32 同前註，頁99。

33 〔漢〕孔安國傳，〔唐〕孔穎達正義：《尚書正義》（臺北市：藝文印書館，1955年，
 據清嘉慶廿年江西南昌府學重刊宋本影印）卷34，頁592。

34 〔漢〕司馬遷：〈周本紀〉第四，《史記》卷4，頁121。

35 同前註，頁126-127。

36 同前註，頁133。

頌聲興。成王既伐東夷，息慎來賀，王賜榮伯，作〈賄息慎之命〉。[37]

成王既崩，二公率諸侯，以太子釗見於先王廟，申告以文王、武王之所以為王業之不易，務在節儉，毋多欲，以篤信臨之，作〈顧命〉。太子釗遂立，是為康王。康王即位，徧告諸侯，宣告以文武之業以申之，作〈康誥〉。故成康之際，天下安寧，刑錯四十餘年不用。康王命作策，畢公分居里成周郊，作〈畢命〉。[38]

穆王即位，春秋已五十矣。王道衰微，穆王閔文武之道缺，乃命伯冏申誡太僕國之政，作〈冏命〉，復寧。[39]

這些說法與〈書序〉有同也有異，像〈周本紀〉從周公作〈大誥〉敘述下來，接著說「次作〈微子之命〉，次〈歸禾〉，次〈嘉禾〉，次〈康誥〉、〈酒誥〉、〈梓材〉」。並沒有說明所以作這些篇章的原因，〈書序〉則明明白白的說出作這些篇章的原因。

另外，《史記》中有幾個世家也有提到《尚書》某些篇章的作者，〈魯周公世家〉提到的有：

周公歸，恐成王壯，治有所淫佚，乃作〈多士〉，作〈毋逸〉。……以誡成王。成王在豐，天下已安，周之官政未次序，於是周公作〈周官〉，官別其宜。作〈立政〉，以便百姓，百姓說。[40]

---

37 同前註，頁133。
38 同前註，頁134。
39 同前註，頁134-135。
40 〔漢〕司馬遷：〈魯周公世家〉第三，《史記》卷33，頁1520-1522。

伯禽即位之後，有管、蔡等反也，淮夷、徐戎亦並興反。於是
伯禽率師伐之於肸，作〈肸誓〉。[41]

〈衛康叔世家〉提到的有：

周公旦懼康叔齒少，乃申告康叔曰：「必求殷之賢人君子長者，
問其先殷所以興，所以亡，而務愛民。」告以紂所以亡者，以淫
於酒，酒之失，婦人是用，故紂之亂自此始。為〈梓材〉，示君
子可法則。故謂之〈康誥〉、〈酒誥〉、〈梓材〉以命之。康叔之
國，既以此命，能和集其民，民大說。[42]

〈宋微子世家〉提到的有：

武王崩，成王少，周公旦代行政當國，管、蔡疑之，乃與武庚
作亂，欲襲成王、周公，周公既承成王命，誅武庚，殺管叔，
放蔡叔，乃命微子開代殷後，奉其先祀，作〈微子之命〉以申
之，國于宋。[43]

〈燕召公世家〉提到的有：

其在成王時，召公為三公，自陝以西，召公主之，自陝以東，
周公主之。成王既幼，周公攝政，當國踐祚，召公疑之，作
〈君奭〉，〈君奭〉不說周公。周公乃稱「湯時有伊尹，假于皇
天；在太戊時，則有若伊陟、臣扈，假于上帝，巫咸治王家；
在祖乙時，則有若巫賢；在武丁時，則有若甘般；率維茲有

41 〔漢〕司馬遷：〈魯周公世家〉，《史記》卷33，頁1524。
42 〔漢〕司馬遷：〈衛康叔世家〉第七，《史記》卷37，頁1590。
43 〔漢〕司馬遷：〈宋微子世家〉第八，《史記》卷38，頁1621。

陳，保乂有殷。」於是召公乃說。[44]

上引之〈周本紀〉和四篇〈世家〉所提到的《尚書》各篇之作者，可歸納如下：

1. 周武王作〈太誓〉、〈武成〉、〈分殷之器物〉。
2. 周公作〈大誥〉、〈微子之命〉、〈歸禾〉、〈嘉禾〉、〈康誥〉、〈酒誥〉、〈梓材〉、〈多士〉、〈無佚〉、〈君奭〉。
3. 成王作〈召誥〉、〈洛誥〉、〈多方〉、〈周官〉、〈賄息慎之命〉、〈顧命〉。
4. 康王作〈康誥〉、〈畢命〉。
5. 穆王作〈冏命〉。
6. 伯禽作〈肹誓〉。

其中，可提出討論的有以下幾點：（1）同是司馬遷的著作，〈周本紀〉和各世家提到的《尚書》篇名，並不一致，如〈歸禾〉，〈魯周公世家〉作〈餽禾〉，〈無佚〉，〈魯周公世家〉作〈毋逸〉。（2）作者不同，如〈周本紀〉：「成王自奄歸，在宗周，作〈多方〉。既絀殷命，襲淮夷，歸在豐，作〈周官〉。」顯然以〈周官〉為成王所作，這說法，與〈書序〉相同。但〈魯周公世家〉則說：「成王在豐，天下已安，周之官政未次序，於是周公作〈周官〉」，顯然，以〈周官〉為周公作。

（二）尚書的編者

一如《詩經》，《尚書》應該也有編者，司馬遷以為《尚書》是孔子所編，他說：

---

44 〔漢〕司馬遷：〈燕召公世家〉第四，《史記》卷34，頁1549。

（孔子）序書傳，上紀唐虞之際，下至秦繆，編次其事。……故
《書傳》、《禮記》自孔氏。[45]

夫周室衰而〈關雎〉作，幽、厲微而禮樂壞，諸侯恣行，政由
強國，故孔子閔王路廢而邪道興，於是論次《詩》、《書》，修起
禮樂。[46]

編輯的方法，是以史料的內容作為編排的根據，這本《尚書》就是從
唐虞之際開始，終於秦穆公。

（三）尚書的流傳

《史記》不但記載《尚書》各篇的作者，也記載編者的編輯方法。
另外，也兼及當時《尚書》的流傳。

秦時焚書，伏生壁藏之，其後兵大起，流亡。漢定，伏生求其
書亡數十篇，獨得二十九篇，即以教於齊魯之間。[47]

孝文帝時，天下無治《尚書》者，獨聞濟南伏生故秦博士，治
《尚書》，年九十餘，老不可徵，乃詔太常使人往受之，太常遣
錯受《尚書》伏生所。[48]

孔氏有《古文尚書》，而安國以今文讀之，因以起其家，逸
《書》得十餘篇。蓋《尚書》滋多於是矣。[49]

---

[45] 〔漢〕司馬遷：〈孔子世家〉第十七，《史記》卷47，頁1935-1936。

[46] 〔漢〕司馬遷：〈儒林列傳〉第六十一，《史記》卷121，頁3115。

[47] 同前註，頁3124-3125。

[48] 〔漢〕司馬遷：〈袁盎晁錯列傳〉第四十一，《史記》卷101，頁2745。

[49] 〔漢〕司馬遷：〈儒林列傳〉第六十一，《史記》卷121，頁3125。

伏生所傳的《尚書》，《史記》和《漢書》〈藝文志〉都作「二十九篇」。《隋書》〈經籍志〉有伏生口傳二十八篇之說，是將〈康王之誥〉合於〈顧命〉的緣故。

四　詩經的作者

（一）詩經各篇的作者

關於《詩經》各篇的作者，《詩經》詩篇中提及的有四首，即：（1）〈小雅‧節南山〉：「家父作誦，以究王訩。」[50]（2）〈小雅‧巷伯〉：「寺人孟子，作為此詩。」[51]（3）〈大雅‧崧高〉：「吉甫作誦，其詩孔碩。」[52]（4）〈大雅‧烝民〉：「吉甫作誦，穆如清風。」[53]此外，《尚書》、《國語》、《左傳》、《毛詩序》、《史記》、《新序》、《列女傳》等典籍也有提及。記載比較多的是《毛詩序》和《史記》二書，本文專論《史記》，茲將相關的說法錄之如下：

> 懿王之時，王室遂衰，詩人作刺。[54]

> 三十九年，繆公卒，葬雍。從死者百七十七人，秦之良臣子輿氏三人名曰奄息、仲行、鍼虎，亦在從死之中。秦人哀之，為作歌〈黃鳥〉之詩。[55]

---

50 〔漢〕毛公傳，鄭玄箋，〔唐〕孔穎達正義：〈節南山〉，《毛詩正義》（臺北市：藝文印書館，1955年，據清嘉慶廿年江西南昌府學重刊宋本影印），卷12，頁396。

51 〔漢〕毛公傳，鄭玄箋，〔唐〕孔穎達正義：〈巷伯〉，《毛詩正義》，卷12，頁429。

52 〔漢〕毛公傳，鄭玄箋，〔唐〕孔穎達正義：〈崧高〉，《毛詩正義》，卷18，頁673。

53 〔漢〕毛公傳，鄭玄箋，〔唐〕孔穎達正義：〈烝民〉，《毛詩正義》，卷18，頁677。

54 〔漢〕司馬遷：〈周本紀〉第四，《史記》卷4，頁140。

55 〔漢〕司馬遷：〈秦本紀〉第五，《史記》卷5，頁194。

周道缺，詩人本之衽席，〈關雎〉作。[56]

仁義陵遲，〈鹿鳴〉刺焉。[57]

武王既崩，成王少，在強葆之中，周公恐天下聞武王崩而畔，周公乃踐阼，代成王攝行政當國，管叔及其群弟流言於國曰：「周公將不利於成王。」……管、蔡、武庚等果率淮夷而反，周公乃奉成王命，興師東伐，作〈大誥〉，遂誅管叔，殺武庚，放蔡叔，……東土以集，周公歸報成王，乃為詩貽王，命之曰〈鴟鴞〉，王亦未敢訓周公。[58]

召公之治西方，甚得兆民和。召公巡行鄉邑。有棠樹，決獄政事其下，自侯伯至庶人各得其所，無失職者。召公卒，而民人思召公之政，懷棠樹不敢伐，哥詠之，作〈甘棠〉之詩。[59]

夫周室衰而〈關雎〉作。[60]

司馬遷的說法，值得注意的是〈關雎〉是「周道缺」、「周室衰」的詩篇，這與《詩序》所說的「后妃之德也」大不相同。顯然，司馬遷並不採《毛詩序》的說法。另外，〈秦本紀〉所載〈黃鳥〉一詩創作的原因，顯然比《詩序》所說：「〈黃鳥〉，哀三良也。國人刺穆公以人從死，而作是詩也。」[61]要詳細許多。朱子《詩序辨說》認為《毛詩序》的說法最為有據，大概指〈秦本紀〉有詳細的說法作為證據。至於《毛

---

[56] 〔漢〕司馬遷：〈十二諸侯年表〉第二，《史記》卷14，頁509。

[57] 同前註。

[58] 〔漢〕司馬遷：〈魯周公世家〉第三，《史記》卷33，頁1518-1519。

[59] 〔漢〕司馬遷：〈燕召公世家〉第四，《史記》卷34，頁1550。

[60] 〔漢〕司馬遷：〈儒林列傳〉第六十一，《史記》卷121，頁3115。

[61] 〔漢〕毛公傳，鄭玄箋，〔唐〕孔穎達正義：〈黃鳥〉，《毛詩正義》，卷6，頁243。

詩序》所說〈豳風〉各詩，或以為周公所作，或以為美周公之詩，茲抄錄如下：

1.〈七月〉，陳王業也。周公遭變，故陳后稷先公風化之所由，致王業之艱難也。[62]

2.〈鴟鴞〉，周公救亂也。成王未知周公之志，公乃為詩以遺王，名之曰〈鴟鴞〉焉。[63]

3.〈東山〉，周公東征也。周公東征，三年而歸，勞歸士，大夫美之，故作是詩也。[64]

4.〈破斧〉，美周公也。周大夫以惡四國焉。[65]

5.〈伐柯〉，美周公也。周大夫刺朝廷之不知也。[66]

6.〈狼跋〉，美周公也。周公攝政，遠則四國流言，近則王不知，周大夫美其不失其聖也。[67]

《毛詩序》所說各詩之詩旨，《史記》有提到的僅〈鴟鴞〉一首，其餘各詩，司馬遷皆未提及，是以為《毛詩序》之說法不可信，或有其他原因，今已不得而知。

---

62 〔漢〕毛公傳，鄭玄箋，〔唐〕孔穎達正義：〈七月〉，《毛詩正義》，卷8，頁279。
63 〔漢〕毛公傳，鄭玄箋，〔唐〕孔穎達正義：〈鴟鴞〉，《毛詩正義》，卷8，頁292。
64 〔漢〕毛公傳，鄭玄箋，〔唐〕孔穎達正義：〈東山〉，《毛詩正義》，卷8，頁294。
65 〔漢〕毛公傳，鄭玄箋，〔唐〕孔穎達正義：〈破斧〉，《毛詩正義》，卷8，頁300。
66 〔漢〕毛公傳，鄭玄箋，〔唐〕孔穎達正義：〈伐柯〉，《毛詩正義》，卷8，頁301。
67 〔漢〕毛公傳，鄭玄箋，〔唐〕孔穎達正義：〈狼跋〉，《毛詩正義》，卷8，頁303。

（二）詩經的編者

關於《詩經》的編纂過程，大概以《史記》的說法為最早，也最詳細。因此，不論贊成或反對司馬遷的說法，大多以它為立論的根據。《史記》〈孔子世家〉說：

> 古者詩三千餘篇，及至孔子，去其重，取可施於禮義，上采契、后稷，中述殷周之盛，至幽厲之缺，始於衽席。故曰〈關雎〉之亂以為〈風〉始，〈鹿鳴〉為〈小雅〉始，〈文王〉為〈大雅〉始，〈清廟〉為〈頌〉始，三百五篇，孔子皆弦歌之，以求合韶武雅頌之音，禮樂自此可得而述，以備王道，成六藝。[68]

> 孔子語魯大師：「樂其可知也，始作翕如，縱之純如，皦如，繹如也，以成。「吾自衛反魯，然後樂正，雅頌各得其所。」[69]

這段話值得注意的是「及至孔子，去其重」，前人對這「去其重」都不太注意，僅戴君仁先生有較詳細的論述。戴先生以為「去其重」，是刪除重複，並舉劉向校《管子》、《晏子春秋》、《列子》時，都刪除許多重複的篇章。程元敏先生在戴先生文後的跋，以為「盡釋前疑」。[70]

---

[68] 〔漢〕司馬遷：〈孔子世家〉第十七，《史記》卷47，頁1936-1937。

[69] 同前註，頁1936。

[70] 詳見戴君仁先生撰：〈孔子刪詩說折衷〉，《大陸雜誌》，第45卷5期（1972年11月），頁48-49。收入林慶彰編：《詩經研究論集》，第二冊（臺北市：臺灣學生書局，1987年9月），頁25-31。

五　春秋的作者和傳承

（一）春秋的作者

　　《春秋》的作者，孟子說的最清楚，他說：「世衰道微，邪說暴行有作。臣弒其君者有之，子弒其父者有之。孔子懼，作《春秋》。」（〈滕文公下〉）又說「王者之跡熄而《詩》亡，《詩》亡然後《春秋》作，晉之乘，楚之檮杌，魯之春秋一也。其事則齊桓、晉文，其文則史。孔子曰：『其義則丘竊取之矣。』」（〈離婁下〉）《史記》有關《春秋》作者的說法，只不過再一次強調而已。

> 孔子因史文次《春秋》，紀元年，正時日月，蓋其詳哉。至於序《尚書》則略，無年月，或頗有，然多闕，不可錄，故疑則傳疑，蓋其慎也。[71]

> 是以孔子明王道，干七十餘君，莫能用，故西觀周室，論史記舊聞，興於魯而次《春秋》。上記隱，下至哀之獲麟。[72]

> 孔子讀史記至文公，曰：「諸侯無召王」、「王狩河陽」者，《春秋》諱之也。[73]

> 子曰：「弗乎，弗乎，君子病沒世而名不稱焉。吾道不行矣，吾何以自見於後世哉！」乃因史記作《春秋》，上至隱公，下訖哀公十四年，十二公。據魯，親周，故殷，運之三代，約其文辭

---

71 〔漢〕司馬遷：〈三代世表〉第一，《史記》卷13，頁487。
72 〔漢〕司馬遷：〈十二諸侯年表〉第二，《史記》卷14，頁509。
73 〔漢〕司馬遷：〈晉世家〉第九，《史記》卷39，頁1668。

而指博,故吳楚之君自稱王,而《春秋》貶之曰「子」;踐土之
會實召周天子,而《春秋》諱之曰「天王狩於河陽」:推此類以
繩當世。貶損之義,後有王者舉而開之。春秋之義行,則天下
亂臣賊子懼焉。……至於為《春秋》,筆則筆,削則削,子夏之
徒不能贊一辭,弟子受《春秋》,孔子曰:「後世知丘者以《春
秋》,而罪丘者亦以《春秋》。」[74]

太史公曰:「孔氏著《春秋》,隱、桓之間則章,至定、哀之際
則微,為其切當世之文而罔褒,忌諱之辭也。」[75]

西狩獲麟,曰:「吾道窮矣。」故因史記作《春秋》,以當王
法,其辭微而指博,後世學者多錄焉。[76]

上大夫壺遂曰:「昔孔子何為而作《春秋》哉?」太史公曰:
「余聞董生曰:『周道衰廢,孔子為魯司寇,諸侯害之,大夫壅
之,孔子知言之不用,道之不行也,是非二百四十二年之中,
以為天下儀表,貶天子,退諸侯,討大夫,以達王事而已矣。』
子曰:『我欲載之空言,不如見之於行事之深切著明也。』夫
《春秋》,上明三王之道,下辨人事之紀,別嫌疑,明是非,定
猶豫,善善惡惡,賢賢賤不肖,存亡國,繼絕世,補敝起廢,
王道之大者也。[77]

孔子之時,上無明君,下不得任用,故作《春秋》,垂空文以斷

---

74 〔漢〕司馬遷:〈孔子世家〉第十七,《史記》卷47,頁1943-1944。

75 〔漢〕司馬遷:〈匈奴列傳〉第五十,《史記》卷110,頁2919。

76 〔漢〕司馬遷:〈儒林列傳〉第六十一,《史記》卷121,頁3115。

77 〔漢〕司馬遷:〈太史公自序〉第七十,《史記》卷130,頁3297。

禮義，當一王之法。[78]

從這裡所引的幾段文字，我們可以得知：（1）司馬遷描述孔子作《春秋》時，有時用「次」，用「為」，其實都是作的意思。[79]（2）作《春秋》的史料依據，是「因史文」、「論史記舊聞」、「因史記」，可見司馬遷認為孔子作《春秋》，是根據魯國國史而來，這一點就講的比《孟子》清楚。（3）這些記載對孔子的社會使命有很詳細的描述，可見孔子所以作《春秋》，有其不得已的苦衷，既想自見於後世，就不怕得罪人。因此，他用全部精力來作《春秋》，「後世知丘者以《春秋》，而罪丘者亦以《春秋》。」足見《春秋》是一部可使亂臣賊子懼的著作。

（二）春秋之傳承

《史記》除論及《春秋》的作者外，也提到戰國至漢初《春秋》之傳承和影響，有關的記載如下：

> 七十子之徒口受其傳指，為有所刺譏褒諱抑損之文辭不可以書見也。魯君子左丘明懼弟子人人異端，各安其意，失其真，故因孔子史記具論其語，成《左氏春秋》。鐸椒為楚威王傅，為王不能盡觀《春秋》，采取成敗，卒四十章，為《鐸氏微》。趙孝成王時，其相虞卿上采《春秋》，下觀近勢，亦著八篇，為《虞氏春秋》。呂不韋者，秦莊襄王相，亦上觀尚古，刪拾《春秋》，集六國時事，以為八覽、六論、十二紀，為《呂氏春秋》。及如荀卿、孟子、公孫固、韓非之徒，各往往捃摭《春

---

[78] 同前註，頁3299。

[79] 詳細論述，可參考阮芝生：〈論史記中的孔子與春秋〉，《臺大歷史學報》，第23期（1999年6月），頁1-60。

秋》之文以著書，不可勝紀。漢相張蒼歷譜五德，上大夫董仲
舒推《春秋》義，頗著文焉。[80]

這裡提到左丘明作《左氏春秋》，鐸椒作《鐸氏微》，虞卿作《虞氏春
秋》，呂不韋作《呂氏春秋》，這些都與《春秋》有密切的關係。即荀
卿、孟子、公孫固、韓非等，也往往捃摭《春秋》之文以著書。

六　儀禮的作者及流傳

　　司馬遷時所謂「禮」，是指「儀禮」，因為是士這一階層的禮儀記
錄，故又稱「士禮」。《史記》對《儀禮》的作者，並沒有很詳細的記
載。涉及《儀禮》僅下列段落。

> 諸學者多言《禮》，而魯高堂生最本。《禮》固自孔子時而其經
> 不具，及至秦焚書，書散亡益多，於今獨有《士禮》，高堂生能
> 言之，而魯徐生善為容。[81]

這一段話是說，秦火後書散亡甚多，今僅存《儀禮》，而當時最擅長的
是高堂生。司馬遷所見到的《儀禮》，應即《漢書》〈藝文志〉所著錄
的「經十七篇」。至於《漢書》〈藝文志〉另著錄「禮古經五十六卷」，
《史記》並沒有著錄此事。

　　《史記》另有一段談到漢初禮經的流傳：

> 魯徐生善為容。孝文帝時，徐生以容為禮官大夫。傳子至孫
> 徐延、徐襄。襄，其天姿善為容，不能通禮經，延頗能，未

---

[80] 〔漢〕司馬遷：〈十二諸侯年表〉第二，《史記》卷14，頁509-510。

[81] 〔漢〕司馬遷：〈儒林列傳〉第六十一，《史記》卷121，頁3126。

善也。襄以容為禮官大夫，至廣陵內史。延及徐氏弟子公戶滿
意、桓生、單次，皆嘗為漢禮官大夫。而瑕丘蕭奮以禮為淮陽
太守。是後能言禮為容者，由徐氏焉。[82]

這段話談到徐生的後代徐襄不能通禮經，而徐延卻能通，但沒有達到
最佳境地。又談到徐襄、徐延及徐氏弟子，皆曾擔任過禮官大夫。

七 孔子刪述六經

從上文的敘述，可以知道許多經典並非孔子所作，而是另有其
人。司馬遷很巧妙的用刪述將孔子與各本經典連結起來。〈孔子世家〉
中對孔子刪述六經的記載不少，關於孔子編輯《尚書》的記載如下：

孔子之時，周室微而禮樂廢，《詩》、《書》缺。追迹三代之禮，
序《書》傳，上紀唐虞之際，下至秦繆，編次其事。曰：「夏禮
吾能言之，杞不足徵也。殷禮吾能言之，宋不足徵也。足，則
吾能徵之矣。」觀殷夏所損益，曰：「後雖百世可知也，以一文
一質。周監二代，郁郁乎文哉。吾從周。」故《書》傳、《禮》
記自孔氏。[83]

司馬遷說「序《書》傳，上紀唐虞之際，下至秦繆，編次其事。」這是
講孔子編輯《尚書》的事。關於孔子編輯《詩經》的事，《史記》有如
下的記載：

古者《詩》三千餘篇，及至孔子，去其重，取可施於禮義，上

---

82 同前註。
83 〔漢〕司馬遷：〈孔子世家〉第十七，《史記》卷47，頁1935-1936。

采契、后稷，中述殷周之盛，至幽厲之缺，始於衽席。故曰：
〈關雎〉之亂以為〈風〉始，〈鹿鳴〉為〈小雅〉始，〈文王〉為
〈大雅〉始，〈清廟〉為〈頌〉始。三百五篇孔子皆弦歌之，以
求合〈韶〉〈武〉〈雅〉〈頌〉之音。禮樂自此可得而述，以備王
道，成六藝。[84]

這是有關孔子刪詩最早的記載，而所謂刪，是指「去其重」，以前學者
都不太注意「去其重」一詞的意義，一直從刪詩這個角度來論辨，花
費不少氣力，最後並沒有解決問題，平白浪費不少時間和精力。關於
孔子因史記作《春秋》，司馬遷的說法是：

子曰：「弗乎弗乎，君子病沒世而名不稱焉。吾道不行矣，吾何
以自見於後世哉？」乃因史記作《春秋》，上至隱公，下訖哀公
十四年，十二公。據魯，親周，故殷，運之三代。約其文辭而
指博。故吳楚之君自稱王，而《春秋》貶之曰「子」；踐土之會
實召周天子，而《春秋》諱之曰「天王狩於河陽」：推此類以繩
當世。貶損之義，後有王者舉而開之。《春秋》之義行，則天下
亂臣賊子懼焉。[85]

故孔子閔王路廢而邪道興，於是論次《詩》、《書》，修起禮樂，
適齊聞韶，三月不知肉味。自衛返魯，然後樂正，雅頌各得其
所。世以混濁莫能用，是以仲尼干七十餘君無所遇，曰：「苟有
用我者，期月而已矣。」西狩獲麟，曰：「吾道窮矣」。故因史
記作《春秋》，以當王法，其辭微而指博，後世學者多錄焉。[86]

84　同前註，頁1936-1937。
85　同前註，頁1943。
86　〔漢〕司馬遷：〈儒林列傳〉第六十一，《史記》卷121，頁3115。

〈孔子世家〉說「吾道不行矣，吾何以自見於後世哉」，〈儒林列傳〉說「世以混濁莫能用，仲尼干七十餘君無所遇」，可見司馬遷以為孔子有滿腔的熱忱，卻無所用於世，乃將其理想寄託在古典文獻的整理上。其中最令孔子滿意的是修《春秋》。司馬遷在〈太史公自序〉中描繪《春秋》的性質時說「《春秋》文成數萬，其指數千，萬物之散聚皆在《春秋》。」司馬遷所要表達的是《春秋》是聖人孔子所修，他的文字雖僅有數萬，蘊含的道理多達數千，萬物聚散的道理也多在《春秋》裡，這就顯示了經典內容無所不包的特質。

八　結論

從上文對《史記》所敘儒家經典作者的論述，可得以下數點結論：

一、關於《周易》的作者：《史記》以為伏羲作八卦，卻未提到重卦和卦爻辭的作者，後人所以以為作者是文王，是因為文王曾演《易》的緣故。至於《易傳》的作者，後人都根據〈孔子世家〉中「孔子晚而喜易」這段話以為孔子所作。但自宋代歐陽修以來，已證明《易傳》非孔子所作。

二、關於《尚書》的作者：討論《尚書》各篇的作者，除〈書序〉的說法外，《史記》〈殷本紀〉、〈周本紀〉也有不少記載，不過詳加核對，可知是司馬遷參考了〈書序〉的說法，但有些說法仍舊與〈書序〉不盡相同。

三、關於《詩經》的作者：《史記》各篇中述及《詩經》各篇之作者有不少，其中〈秦本紀〉記〈秦風〉〈黃鳥〉詩的本事最為詳確。〈十二諸侯年表〉所說「周道缺，詩人本之衽席，〈關雎〉作。」〈儒林列傳〉所說「夫周室衰而〈關雎〉作」與〈毛詩序〉所言「后妃之德」不同，應是用魯詩之說。《史記》〈孔子世家〉所言孔子刪詩之說，是

後代爭辯刪詩與否的根據，學者爭辯時，都忽視〈孔子世家〉所說的「去其重」，是刪除重複。

四、關於《春秋》的作者：《春秋》的作者是孔子，《孟子》書中已說得很清楚，《史記》的論述只不過再一次強調而已。其中提到孔子作《春秋》的史料依據是魯國的國史「史記」，這點比《孟子》所說要清楚許多。後人以為《春秋》非孔子所作，是未仔細分析《孟子》和《史記》的說法所造成的誤解。

五、關於六經的刪述者：司馬遷巧妙地用刪述這一說法，把孔子和各種經典連結起來。《史記》中說孔子「序書傳」，將古詩三千餘篇「去其重，取可施於禮義」，還有因魯史作《春秋》，都是他刪述文獻的成果，能完成這一偉大工作的，唯有孔子這一聖人才有可能。

——本文為參加「正統與流派——歷代儒家經典之轉變」國際學術研討會發表之論文。慕尼黑大學漢學系、中央研究院中國文哲研究所共同主辦，2010 年 7 月。原刊於《經學研究論叢》，第 18 輯（2010 年 9 月），頁 49-65。

中國經典權威形成的幾個原因

一　前言

　　有不少著作都說，儒家經典在古代的中國，擁有其他著作所沒有
的權威，幾已達到神聖化的境地。由於神聖化而掩蓋了經典的真面
目。要恢復經典的真面目，就必須排除各種障礙。民國初年胡適、顧
頡剛等人，要去經典的神聖化，認為《周易》是一本占卜之書，《詩
經》是歌謠的總集，《春秋》是上古史，他們的看法有一共通的特色，
就是經書與聖人並沒有直接的關係，他們只不過是上古史的史料而
已。[1]我們想要深入了解的是，經典的權威是怎麼來的？古代的書籍須
具備那些內外在的條件，才能成為經典？既成了經典，如何累積它的
權威？從哪裡可以看出它的權威？這些問題看似簡單，其實並不好回
答。這只要看已有的論著，幾乎沒有學者很正式的討論過這些問題，
就可以得知一二。本論文分聖人集團的制作、典籍本身的優越性、統
治者的提倡、科舉考試用書等小節來討論。這只是個人的一偏之見，
各方賢達請多多指教。

二　聖人集團的制作

　　一本古代的書籍，要能成為經典，必須有它內外在的條件。所謂

---

[1]　相關論述，可參考林慶彰：〈顧頡剛的經學觀〉，《中國經學》第 1 期（2005 年 11
　　月），頁 66-90。

內在條件，是指這份文獻的內容符不符合社會的需要，能否作為統治者施政的指導原則和人民生活的規範，就像《周易》、《尚書》、《詩經》等書，由於它是以周人社會生活為背景來撰寫的著作，正好符合統治者和廣大人民的需求。所謂外在條件，是指這份文獻是怎麼形成的，作者是誰？如果作者跟聖人無關，這部書能不能成為經典？這是探討中國經典的權威性格必定會碰到的問題。茲先討論外在條件問題。

　　經書所以能成為經典，最重要的是聖人集團的制作，何謂聖人集團？所謂聖人應該是儒家提倡的理想人格的最高境界，在他們心目中，聖人是無所不能的，所以許多經典的形成都與他有關。最先成為聖人的應該是孔子，後來在君王聖人化的過程中，堯、舜、禹、湯、文王、武王、周公也都成為聖人。另外，以孔子為主的聖人的朋友、弟子、親屬等也都可說是聖人的分身，所以這批人雖然所處的時代與孔子並不一致，但是他們成為聖人的時間，大抵都在戰國時代，說他們是一個「聖人集團」，也不為過。[2]

　　那麼，聖人集團跟經書的關係如何？說孔子刪述六經，是很早就有的觀念，茲說明如下：

（一）周易

　　在《周易》〈繫辭〉和〈說卦〉中都有說到聖人與《周易》的關係，表示《周易》為聖人所作。以下錄幾段話來看看當時的說法：

> 1. 聖人有以見天下之賾，而擬諸其形容，象其物宜，是故謂之象。聖人有以見天下之動，而觀其會通，以行其典禮，繫辭焉以斷其吉凶，是故謂之爻。言天下之至賾而不可惡也，言

---

2 「聖人集團」為個人對此一問題的看法，不一定周延。

天下之至動而不可亂也。[3]

2. 夫易，聖人之所以極深而研幾也，唯深也，故能通天下之
   志，唯幾也，故能成天下之務；唯神也，故不疾而速，不行
   而至。子曰「易有聖人之道四焉」者，此之謂也。[4]

3. 天生神物，聖人則之。天地變化，聖人效之。天垂象，見吉
   凶，聖人象之。河出圖，洛出書，聖人則之。[5]

4. 易之興也，其當殷之末世，周之盛德邪？當文王與紂之事
   邪？[6]

5. 昔者聖人之作易也，幽贊於神明而生蓍。參天兩地而倚數，
   觀變於陰陽而立卦，發揮於剛柔而生爻。和順於道德而理於
   義，窮理盡性以至於命。[7]

6. 昔者聖人之作易也，將以順性命之理；是以立天之道曰陰與
   陽，立地之道曰柔與剛，立人之道曰仁與義；兼三才而兩
   之，故易六畫而成卦。分陰分陽，迭用柔剛，故易六位而成
   章。[8]

又有《易》歷三聖之說，《漢書》〈藝文志〉說：

---

[3] 《周易》〈繫辭上〉，見孔穎達《周易注疏》（臺北縣：藝文印書館，1964年影印
　　《十三經注疏》本），卷7，頁150。

[4] 同前註，頁155。

[5] 同前註，頁157。

[6] 〈繫辭下〉，《周易注疏》卷8，頁175。

[7] 〈說卦〉，《周易注疏》卷9，頁182-183。

[8] 同前註，頁183。

> 孔氏為之象、象、繫辭、文言、序卦之屬十篇，故曰易道深
> 矣，人更三聖，世歷三古。

三聖是指伏羲、文王、孔子，三古是指上古、中古、近古。

（二）尚書

關於《尚書》的編者，《史記》〈孔子世家〉有一則記載：

> 孔子之時，周室微而禮樂廢，《詩》、《書》缺。追迹三代之禮，
> 序《書傳》，上紀唐虞之際，下至秦繆，編次其事。……故《書
> 傳》、《禮記》自孔氏。

所謂「書傳」，應是《尚書》的別稱，「序書傳」應是編排整理。
緯書中有孔子刪書之說，《尚書緯》曰：

> 孔子求書，得黃帝玄孫帝魁之書，迄於秦穆公，凡三千二百四十
> 篇，斷遠取近，定可以為世法者百二十篇，以百二篇為《尚書》，
> 十八篇為中候。[9]

這個說法，可能受《史記》〈孔子世家〉孔子刪詩說的影響。

（三）詩經

《史記》〈孔子世家〉說：

> 古者詩三千餘篇。及至孔子，去其重，取可施於禮義，上采契

---

9 《尚書緯》，見《緯書集成》（石家莊市：河北人民出版社，1994年）。

后稷，中述殷周之盛，至幽厲之缺。[10]

這是孔子刪詩說的文獻根據，不論贊同與否，都必須以這則資料作為論述的起點。

（四）周禮

賈公彥〈序周禮廢興〉引〈馬融傳〉說：

〈周禮〉既出於山巖屋壁，復入于秘府，五家之儒，莫得見焉。至孝成皇帝，達才通人劉向、子歆校理秘書，始得列序，著于《錄》、《略》……時眾儒並出，共排以為非是，唯歆獨識，其年尚幼，務在廣覽博觀，又多銳精于《春秋》，末年乃知其周公致太平之迹，迹具在斯。[11]

可見劉歆以為《周禮》乃「周公致太平之迹」，即周公治周所建制度之實錄。

後來鄭玄襲其說，而於《周禮》〈天官〉〈序官〉「惟王建國」下注曰：

周公居攝而作《六典》之職，謂之《周禮》，營邑於土中，七年致政成王，以此《禮》授之，使居雒邑治天下。[12]

又賈公彥〈序周禮廢興〉引鄭玄〈序〉曰：

---

[10] 《新校史記三家注》（臺北市：世界書局，1972年12月），卷47。
[11] 賈公彥《周禮注疏》（臺北縣：藝文印書館，1964年影印《十三經注疏》本），卷首，頁7。
[12] 同前註，卷1，頁10。

斯道也，文、武所以綱紀周國，君臨天下，周公定之，致隆平龍鳳之瑞。[13]

《隋書》〈經籍志〉亦曰：

《周官》蓋周公所制官政之法。

此後歷代的學者大多以為周公所作。

（五）儀禮

關於《儀禮》的作者，古書的記載，不是很清楚，但是根據下列數段話的記載，仍以為是孔子所作：

孔子之時，周室微而禮樂廢，《詩》《書》缺。追迹三代之禮，序《書傳》，上紀唐虞之際，下至秦繆，編次其事。曰：「夏禮吾能言之，杞不足徵也。殷禮吾能言之，宋不足徵也。足，則吾能徵之矣。」觀殷夏所損益。曰：「後雖百世可知也，以一文一質。周監二代，郁郁乎文哉！吾從周。」故《書傳》、《禮》記自孔氏。[14]

論詩則首〈周南〉，綴周之禮。[15]

恤由之喪，哀公使孺悲之孔子，學士喪禮，〈士喪禮〉於是乎書。[16]

13　同註11，頁9。

14　同註10。

15　《新校漢書集注》（臺北市：世界書局，1972年12月），卷88。

16　孔穎達《禮記注疏》（臺北縣：藝文印書館，1964年影印《十三經注疏》本），卷43。

從「《禮》記自孔氏」、「綴周之禮」、「士喪禮」於是乎書，可知當時
學者是以《儀禮》十七篇皆孔子所定。

（六）禮記

　　《漢書》〈藝文志〉說：「七十子後學所記。」〈中庸〉、〈坊記〉、
〈表記〉、〈緇衣〉四篇取自《子思子》一書，〈樂記〉是公孫尼子所
作，〈大學〉、〈學記〉是孟子的學生樂正克所作，〈月令〉，周公所
作，〈王制〉，孔氏遺書，七十子後學所記，〈禮運〉子游所作。這七十
子後學，包括孔子之弟子，再傳弟子，三傳弟子。

（七）春秋

　　《春秋》的作者，孟子說的最清楚，他說：

> 世衰道微，邪說暴行有作。臣弒其君者有之，子弒其父者有
> 之。孔子懼，作《春秋》。[17]

又說：

> 王者之迹熄而《詩》亡，《詩》亡然後《春秋》作，晉之乘，楚
> 之檮杌，魯之春秋一也。其事則齊桓、晉文，其文則史。孔子
> 曰：「其義則丘竊取之矣。」[18]

---

[17] 《孟子》〈滕文公下〉，見楊伯峻：《孟子譯注》（臺北市：河洛圖書出版社，1977年5
月）
[18] 《孟子》〈離婁下〉，同前註。

有關《春秋》的作者,《史記》更加強了孟子的說法:

1. 孔子因史文次《春秋》,紀元年,正時日月,蓋其詳哉。至於
   序《尚書》則略,无年月,或頗有,然多闕,不可錄,故疑
   則傳疑,蓋其慎也。[19]

2. 是以孔子明王道,干七十餘君,莫能用,故西觀周室,論史
   記舊聞,興於魯而次《春秋》。上記隱,下至哀之獲麟。[20]

3. 孔子讀史記至文公,曰:「諸侯無召王」,「王狩河陽」者,
   《春秋》諱之也。[21]

4. 子曰:「弗乎,弗乎,君子病沒世而名不稱焉。吾道不行矣,
   吾何以自見於後世也哉!」乃因史記作《春秋》,上至隱公,
   下訖哀公十四年,十二公。[22]

5. 太史公曰:「孔氏著《春秋》,隱、桓之閒則章,至定、哀之
   際則微,為其切當世之文而罔襃,忌諱之辭也。」[23]

6. 西狩獲麟,曰:「吾道窮矣。」故因史記作《春秋》,以當王
   法,其辭微而指博,後世學者多錄焉。[24]

7. 上大夫壺遂曰:「昔孔子何為而作〈春秋〉哉?」太史公曰:
   「余聞董生曰:『周道衰廢,孔子為魯司寇,諸侯害之,大夫

---

[19] 《新校史記三家注》,卷13。

[20] 同前註,卷14。

[21] 同前註,卷39。

[22] 同註10。

[23] 《新校史記三家注》,卷110。

[24] 同前註,卷121。

> 雍之，孔子知言之不用，道之不行也，是非二百四十二年之
> 中，以為天下儀表，貶天子，退諸侯，討大夫，以達王事而
> 已矣。』子曰：『我欲載之空言，不如見之於行事之深切著明
> 也。』」[25]

比較特別的是，《左傳》這部經典相傳是左丘明所作，左丘明是孔子的
朋友，也是聖人集團的成員，所以列入經典的門檻是可以過關的。孟
子一書所以列入經典，主要是孟子是子思的弟子，當然也是聖人集團
的成員。可見要成為經典的外在條件，如果不是聖人的制作，也應該
要是聖人集團的作品。司馬遷的《史記》，班固的《漢書》，都是偉大
的著作，但他們兩人都不是聖人集團的成員，所以他們的著作不能成
為經書。為何歷代知識分子不能成為孔子的弟子，也要上溯到他的弟
子或二傳、三傳弟子，當時還沒有「聖人集團」這個詞，但知識份子
要上承孔子及其弟子，就是要與聖人集團的成員攀上關係，著作才夠
份量，這如同現代人的著作，需要名人加持是一樣的。

三　典籍本身的優越性

　　成為經典的外在條件是要聖人集團的作品，內在條件就是它具有
其他典籍所不及的優越性。在先秦流傳最廣的應該是《詩》、《書》、
《樂》、《易》、《禮》、《春秋》等六部書，這六部書在先秦的許多書籍
中，早已有很高的評價，如《禮記》〈經解〉，在說明各經的要旨及其
教化功能說：

> 孔子曰：「入其國，其教可知也。其為人也，溫柔、敦厚，《詩》

教也；疏通、知遠，《書》教也；廣博、易良，《樂》教也；絜靜、精微，《易》教也；恭儉、莊敬，《禮》教也；屬辭、比事，《春秋》教也。故《詩》之失，愚；《書》之失，誣；《樂》之失，奢；《易》之失，賊；《禮》之失，煩；《春秋》之失，亂。其為人也，溫柔、敦厚而不愚，則深於《詩》者也；疏通、知遠而不誣，則深於《書》者也；廣博、易良而不奢，則深於《樂》者也；絜靜、精微而不賊，則深於《易》者也；恭儉、莊敬而不煩，則深於《禮》者也；屬辭、比事而不亂，則深於《春秋》者也。」[26]

這六部書既有如此高的功能，實已比其他書適合作為經典，但我們仍不厭其詳的再從三個方面來作論證：

（一）從其內涵來說

如果分別來看，可以見到許多先秦的典籍對各經的評價，如：《詩經》一書，孔子在《論語》中，曾有所評論說：

子曰：「興於詩，立於禮，成於樂。」[27]

子曰：「誦詩三百，授之以政，不達，使於四方，不能專對，雖多，亦奚以為？」[28]

子曰：「小子何莫學夫詩？詩，可以興，可以觀，可以群，可以

---

[26] 《禮記注疏》，卷50，〈經解〉第26，頁845。

[27] 《論語》〈泰伯〉，見楊伯峻《論語譯注》（臺北市：河洛圖書出版社，1980年8月）。

[28] 《論語》〈子路〉，同前註。

怨。邇之事父，遠之事君；多識於鳥獸草木之名。」[29]

子謂伯魚曰：「女為〈周南〉、〈召南〉矣乎？人而不為〈周
南〉、〈召南〉，其猶正牆面而立也與？」[30]

以上四則，是孔子對《詩經》一書的評論，在孔子心目中，《詩經》既
可作為修身的教材，也是從政任事所必須具備的基本知識，在先秦有
哪一本書籍具備這麼豐富的內涵。

對《春秋》一書，司馬遷的《史記》也有所評論，〈孔子世家〉
說：

1. 據魯，親周，故殷，運之三代，約其文辭而指博，故吳楚之
   君自稱王，而《春秋》貶之曰「子」；踐土之會實召周天子，
   而《春秋》諱之曰「天王狩於河陽」：推此類以繩當世。貶損
   之義，後有王者舉而開之。《春秋》之義行，則天下亂臣賊子
   懼焉。……至於為《春秋》，筆則筆，削則削，子夏之徒不能
   贊一辭，弟子受《春秋》，孔子曰：「後世知丘者以《春秋》，
   而罪丘者亦以《春秋》。」[31]

2. 夫《春秋》，上明三王之道，下辨人事之紀，別嫌疑，明是
   非，定猶豫，善善惡惡，賢賢賤不肖，存亡國，繼絕世，補
   敝起廢，王道之大者也。[32]

3. 孔子之時，上無明君，下不得任用，故作《春秋》，垂空文以

---

29 《論語》〈陽貨〉，同前註。
30 同前註。
31 同註10。
32 《新校史記三家注》，卷130。

斷禮義，當一王之法。[33]

（二）從其流傳的情形來說

　　在先秦儒家經典還沒有成立之前，以《詩經》和《尚書》流傳最廣，這兩部書在當時已成為教育貴族子弟的教材，尤其是《詩經》。在《左傳》中，賦詩、引詩多達二百五十六條，應用在引喻、教誡、譏刺、諍諫、稱美、責善、引證、論辯等場合，可以說從政事到日常生活都與《詩經》息息相關。在政事方面，最有名的例子是，魯僖公二十三年，晉公子重耳晉見秦穆公請求協助的事，他邀請舅舅子犯一起赴宴，子犯推辭，認為趙衰比較有學問，應由他陪同。《左傳》記載這件事的經過如下：

> 他日，公享之。子犯曰：「吾不如衰之文也，請使衰從。」公子賦〈河水〉，公賦〈六月〉。趙衰曰：「重耳拜賜！」公子降，拜，稽首，公降一級而辭焉。衰曰：「君稱所以佐天子者命重耳，重耳敢不拜？」

這段話必須要好好地闡釋，才可以知道讀《詩經》在從政應對時的功用有多大，公子重耳見秦穆公，他所賦的〈河水〉[34]一詩，應該作〈沔水〉，該詩的意思說我國家很亂。秦穆公賦〈六月〉，《詩序》說：「宣王北伐也。」是說我要像周宣王一樣幫你北伐，表示願意協助公子重耳回國，所以趙衰才要公子重耳拜謝。這樣的一件政治交易，在兩人都

---

[33] 同前註。

[34] 《國語》〈晉語〉韋昭注：「河當為沔，字相似誤也。其詩曰：『沔彼流水，朝宗于海』，言己返國，當朝事秦。」

沒有說話的情況下結束，如果兩人讀《詩經》時，老師所教的詩旨有出入的話，兩人根本無法溝通，更不可能產生默契，足見熟讀《詩經》對從政應對的好處。

再者，我們也可以從各種典禮中，在飲酒和奏樂歌唱的氛圍中，發現演奏《詩經》樂歌的情況，《儀禮》〈鄉飲酒禮〉這樣記載著：

> 工歌〈鹿鳴〉、〈四牡〉、〈皇皇者華〉。卒歌，主人獻工。……笙入堂下，磬南，北面立，樂〈南陔〉、〈白華〉、〈華黍〉。……乃間歌〈魚麗〉，笙〈由庚〉；歌〈南有嘉魚〉，笙〈崇丘〉；歌〈南山有臺〉，笙〈由儀〉。乃合樂：〈周南〉：〈關雎〉、〈葛覃〉、〈卷耳〉，〈召南〉：〈鵲巢〉、〈采蘩〉、〈采蘋〉。工告于樂正曰：正歌備。……說屨，揖讓如初，升，坐，乃羞。無算爵，無算樂。……明日，賓服鄉服以拜賜，主人如賓服以拜辱。主人釋服，乃息司正。無介，不殺，薦脯醢，羞唯所有。徵唯所欲，以告於先生、君子可也。賓、介不與。鄉樂唯欲。[35]

從這些演奏的正樂，就可以看出當時士人過的是什麼樣的生活，用詩樂來陶冶人心，從這裡也可以得到證明。

要看一部書流傳的情況，也可以從統計它被引用次數的多寡來窺知。《尚書》在先秦流傳甚廣，今傳二十多種先秦文獻都引用過，總共有三百三十多次，引到的篇章有五十多篇。在先秦稱引最頻繁，被引用比較多的篇目，如：〈康誥〉、〈洪範〉、〈呂刑〉、〈太誓〉、〈堯典〉等篇，都與統治者的施政方針有關，反映了以史為鑒的精神。先秦引

---

[35] 賈公彥《儀禮注疏》（臺北縣：藝文印書館，1964年影印《十三經疏》本），卷9-10。

用《尚書》的文句,都是一些平易好讀的句子。戰國以後稱引《尚書》,主要是《左傳》以及儒墨兩家。戰國初期,儒墨兩家並稱顯學,他們都傳播《尚書》,後來儒家取代墨家,成為《尚書》的主要傳播者。

(三)就成語的流傳來說

所謂「成語」,是指在語言歷史中形成而流傳下來的固定詞組。《尚書》、《詩經》、《周易》是三部流傳最廣的書籍,書中的許多文句,後來都成為固定的成語,成語比較多的書,可看出它受歡迎的程度,也反映出它和人民生活的密切關係。

1. 周易

源於《周易》經傳的成語有二百三十七個之多,這些成語有極為豐富的文化內涵,蘊含著民族精神和為人處世的基本態度。

(1)〈乾卦〉:「天行健,君子以自強不息。」→自強不息
(2)〈乾文言〉:「君子終日乾乾,夕惕若厲,无咎。」→朝乾夕惕
(3)〈繫辭傳下〉:「天下有同歸而殊途,一致而百慮。」→殊途同歸
(4)〈謙卦〉:「謙謙君子,用涉大川。」→謙謙君子
(5)〈繫辭傳下〉:「尺蠖之屈,以求信也。」→尺蠖之屈
(6)〈繫辭傳下〉:「君子見機而作,不俟終日。」→見機而作
(7)〈益卦〉:「君子以見善則遷,有過則改。」→改過遷善

2. 尚書

源於《尚書》的成語有一百三十三個之多,出自今文尚書的有六

十個，出於偽古文尚書的有七十三個。

（1）〈堯典〉：「允釐百工，庶績咸熙。」→庶績咸熙

（2）〈堯典〉：「象以典刑，扑作教刑。」→扑作教刑

（3）〈堯典〉：「帝乃殂落，百姓如喪考妣。」→如喪考妣

（4）〈皋陶謨〉：「能哲而惠……何畏乎巧言令色孔壬？」→巧言令色

（5）〈梓材〉：「欲至于萬年惟王，子子孫孫永保民。」→子子孫孫

（6）〈呂刑〉：「一人有慶，兆民賴之，其寧惟永。」→一人有慶，兆
　　　民賴之。

　　以上都是今文《尚書》中所見到的成語，至於偽古文《尚書》中
的成語，很難斷定是來自先秦，暫時不錄。[36]

3. 詩經

　　源於《詩經》的成語到底有多少？由於大家對成語的定義頗不一
致，所以統計出來的數目相差也很大。根據何慎怡最新出版的《詩經
成語研究》[37]的統計，〈國風〉部分有一百六十五個，〈小雅〉部分有一
百三十二個，〈大雅〉部分有八十個，〈三頌〉部分有十四個，序傳箋
部分有三十六個，合計四百二十七個。茲舉數例如下：

（1）〈召南·鵲巢〉：「維鵲有巢，維鳩占之。」→鳩佔鵲巢

（2）〈衛風·氓〉：「言笑晏晏，信誓旦旦。」→信誓旦旦

（3）〈唐風·椒聊〉：「彼其之子，碩大無朋。」→碩大無朋

---

[36] 可參考林政華：〈書經成語研究〉，《孔孟學報》，第47期（1984年4月），頁47-67。

[37] 香港：天馬圖書公司，2009年12月出版。

（4）〈衛風・淇奧〉：「如切如磋，如琢如磨。」→切磋琢磨

（5）〈小雅・小旻〉：「不敢暴虎，不敢馮河。」→暴虎馮河

（6）〈大雅・蕩〉：「殷鑑不遠，在夏后之世。」→殷鑑不遠

4. 禮記

根據林琳《禮記成語研究》[38]，《禮記》四十九篇共有成語二百零二個，分布在其中的三十四篇，其餘十五篇並沒有成語，這些成語有的來自經書，有的來自諸子，有的是《禮記》首次出現。現在舉幾個首次出現的例子：

（1）〈曲禮上〉：樂不可及、禮尚往來、博文強識。

（2）〈檀弓上〉：苛政猛於虎、嗟來之食。

（3）〈曾子問〉：天無二日。

（4）〈禮運〉：天下為公、講信修睦。

（5）〈學記〉：學然後知不足、教然後知困。

（6）〈經解〉：溫柔敦厚、屬辭比事。

另外，《左傳》、《論語》中的成語也都有數百個以上，茲不具舉。一本著作能產生數百個成語，且大部分成語都是現在所常用的，從這點也可以看出這幾本書是多麼深入人心，多麼與人們的生活結合在一起，先秦典籍還有哪一本能與它們相比。

38　東北師範大學漢語言文字學專業碩士論文，2006年5月。

四　統治者的提倡

　　經書所以有那麼大的權威，最關鍵的是統治者的提倡，漢代中期以後，經書受到君王的重視，地位也慢慢增高。首先是文帝時立《魯詩》、《韓詩》博士，景帝時立《齊詩》、《春秋》博士。所謂立博士，就是以某經為太學教授學生的定本，特別聘請博士來教導學生。

　　儒家經典在文、景帝時雖已立《詩經》、《春秋》博士，但當時整個朝廷黃老氣氛仍很重。漢武帝即位後，於建元五年（西元前136年）春，正式設置《詩》、《書》、《禮》、《易》、《春秋》五經博士，這五經也成了法定的經典。建元六年（西元前135年）竇太后逝世，標誌著黃老之學將退出統治地位，武帝「絀黃老刑名百家之言，延文學儒者數百人」[39]（《史記》〈儒林列傳〉）次年，即元光元年（西元前134年）的五月[40]，漢武帝詔舉賢良對策，董仲舒上對策三策，即後人所說的「天人三策」，其中闡發了他「罷黜百家」的觀點：

> 《春秋》大一統者，天地之常經，古今之通誼也。今師異道，人
> 異論，百家殊方，指意不同，是以上亡以持一統，法制數變，
> 下不知所守。臣愚以為：諸不在「六藝」之科、孔子之術者，
> 皆絕其道，勿使並進。邪僻之說滅熄，然後統紀可一而法度可
> 明，民知所從矣。[41]

---

[39] 《新校史記三家注》卷121。

[40] 董仲舒上天人三策的時間，大致有五種說法：（1）建元元年（前140）冬十月，（2）建元五年（前136），（3）元光元年（前134）二月，（4）元光元年（前134）五月，（5）元光二年（前133）至元光四年（前131），本文採第四種說法，這也是大多數學者認同的說法。

[41] 《新校漢書集注》，卷56，頁2523。

另外，在對策中，董仲舒還提出了「興太學」的重要建議，認為：

> 養士之大者，莫大虖太學。太學者賢士之所關也，教化之本原
> 也。……臣願陛下興太學，置明師，以養天下之士，數考問以
> 盡其材，則英俊宜可得也。[42]

這正是根據建元五年所設置的「五經博士」而提出的建議。到公孫弘
當丞相以後，於元朔五年（西元前124年）提出為博士官設弟子員，於
是一套為研究經典、培養儒生的完整制度開始形成。有了這配套的制
度，儒家經典在士人心目中更具有吸引力。「罷黜百家」並不是禁絕各
家的著作和思想，實際上只是提高經書的地位，把它變成官方的統治
思想。

另外，要補充說明的是，博士是秦以來的制度，在武帝置博士弟
子員以前，博士也有弟子，但這只是弟子跟從其師，與朝廷沒有關
係。文、景帝所設的專經博士，使博士的內涵產生很大的變化，也就
是博士之職開始為儒家通專經者所壟斷，博士的地位更加崇高。

五 科舉考試用書

在漢代，科舉還沒有產生，但已用儒家的經典作為學校的教材。
武帝時，太學生僅三十人，昭帝時增到百人，宣帝時增至二百多人，
元帝時增至千人，成帝時增至三千人。太學教師稱博士，漢代每一儒
經設一名博士，武帝時置博士七名，宣帝時擴大為十四名，元帝時增
加到十五名，平帝時，增五經為六經，每經博士為五人，共置博士三
十名。東漢光武帝時置經學博士十四名，博士考試由太常親自主持，

---

42 同前註，頁2512。

如東漢伏恭「太常試經第一,拜博士」。漢代另有一嚴格規定,如果博士不遵守師法或家法,有離經叛道的事證,就無法擔任博士,已任博士的也會被撤換掉。《漢書》〈孟喜傳〉說到孟喜喜歡吹噓自己,曾說他老師田生將過世時靠在他的膝蓋上,將秘笈傳給他,後來有博士缺,「眾人薦喜,上聞喜改師法,遂不用喜。」[43]另一例子是張玄,他少時習《顏氏春秋》,且兼通數家法,某年恰好《顏氏春秋》有博士缺,玄試策第一,拜為博士,過了數個月,太學生告他兼說《嚴氏》、《冥氏》,不宜專為顏氏博士,光武帝就要他下臺。[44]身為某家博士,不得兼講其他家經典,這是保障某部經典權威的一個好辦法。

魏文帝黃初五年(西元224年)正式立太學於洛陽,並制定「五經課試法」,規定剛入太學的稱為「門人」,經兩年能通一經者,稱為「弟子」。以後每隔二年或三年增試一經,通二經的稱「文學掌故」,通三經的稱「太子舍人」,通四經的稱為「郎中」,直到通五經後,隨才敘用。這雖仍以儒家經典為研讀的對象,但已無西漢以來的專經博士,而是承東漢以來的學風,博通群經。

到了東晉南北朝,孝廉科,考儒家經書。在唐代按經書的分量又把經書分作大、中、小三類:《禮記》與《春秋左氏傳》稱為大經;《詩經》、《周禮》、《儀禮》稱為中經;《周易》、《尚書》、《春秋公羊傳》、《春秋穀梁傳》稱為小經。《論語》、《孝經》為共同必試,要求參加科舉考試的人都要熟讀。唐代的科舉考試科目很多,其中的進士科、明經科都要考帖經和墨義。帖經是什麼?杜佑《通典》說:「帖經者,以所習經掩其兩端,中間開唯一行,裁紙為帖,凡帖三字。」[45]即

---

[43] 《新校漢書集注》,卷88,頁359。

[44] 《新校後漢書注》(臺北市:世界書局,1972年9月),卷79下,〈儒林列傳下〉,頁2581。

[45] 杜佑撰,王文錦等點校:《通典》(北京市:中華書局,1988年12月),卷15,〈選舉三〉,頁356。

將經書某行帖上三個字，讓考生將這三個字填寫出來，有點像現在的
「填空」，只要把經文注疏熟讀即可應付。「墨義」是一種簡單的經義
問答，也是熟讀經文和注疏即可回答，可見明經科對考試的要求並不
高。錄取的比例，進士科約一百人錄取一二人，明經科約十人錄取一
二人，可見有重進士輕明經的傾向，故有「三十老明經，五十少進士」
的說法。

到了宋代，考試制度因受黨爭的影響，隨時在改變。王安石主政
時，頒布《三經新義》，作為經義考試的標準。他作《三經新義》的目
的是要以經書施於世用。他用《三經新義》來取代詩賦取士，突出考
試經義和策論，當時把《易》、《詩》、《書》、《周禮》、《禮記》定為
大經，《論語》、《孟子》定為兼經。進士考試有四場：第一場考大經，
第二場考兼經，第三場考論，第四場考策。

宋寧宗嘉定五年（1212），批准國子司業劉爚將《論語集注》和
《孟子集注》立學官的請求，正式成為官方教材。這就表示程朱理學正
式成為科舉考試內容的主要組成部分，這一政策可說是科舉考試內容
的重大變革，對元明清的科舉考試有很大的影響。

元初科舉制度尚未恢復時，詩賦取士和經義取士的爭論就已開
始，元仁宗皇慶二年（1313）恢復科舉取士時，經義派佔了主要地
位，因此設立「德行明經科」，確立了以經義為考試內容的方針，一直
持續到清末科舉廢除。

比較能突顯《四書》、《五經》的權威的是，明清時代進士一科的
考試，分為四個步驟：

1. 童試：預備性考試，考四書義。
2. 鄉試：省一級的考試，第一場試四書義三篇，第二場經義四篇。
3. 會試：中央政府的考試，第一場四書義三篇，第二場經義五篇。

4.廷試（殿試）：皇帝親自主持的考試，試策問一場。

可見在童試、鄉試、會試這三個步驟中，儒家經典都佔了相當重要的份量，儒家經典的權威是伴隨著科舉的保護而來的，等到清光緒三十一年（1905）科舉被廢止，加上民國初年胡適、顧頡剛等人的批判，儒家經典的權威也跟著消解了。

六　結論

從上文的論述可以得到下列數點結論：

其一，一部書籍所以能成為經典，必須有它內外在的條件。外在的條件是它必須是聖人集團的制作。聖人集團以孔子為中心，包括古代的聖王，即堯、舜、禹、湯、文、武、周公等，孔子的子孫、弟子和朋友，這些人他們生活的時空環境然雖相當不一致，但是他們成為聖人的時間大都在戰國時代，所以稱呼這些精英為「聖人集團」也不為過。

其二，成為經典的內在條件應該是典籍本身的優越性，有其他書籍所不及的地方，這可分為三點來談：

（1）可以作為從政所需的教材。（2）可以作為勵志修養之用。（3）可以為他人著書引證之用。《詩經》和《尚書》恰好符合這些條件，在眾多典籍中，都無法與這兩部書相比。

其三，雖成為經典但並不保證有權威，權威往往來自統治者的提倡，漢武帝元光元年，董仲舒提出「罷黜百家，獨尊儒術」，使儒家經學受到官方的保護，而設五經博士，召博士弟子員，形成了一套完備的教育制度。在太學任教的博士如違背師法或家法，都有可能被革職。又廣收博士弟子員，使儒家經典深入士人的心中，這對儒家在歷

代的發展自有幫助。

其四，經典權威的維持和增高，有待科舉制度的支持。從漢代起，政府的銓選人材即建立了相互為用的關係，唐代以來的科舉都以考五經為主，宋代末年以後，先考四書後五經，這是中國考試制度的一大變革，四書的地位也凌駕五經之上。

儒家經典的權威本來是依附科舉考試而來，清光緒三十一年（1905）科舉被廢除，經典的權威也被消解，剩下一些上古史料而已。

——本文作於2012年12月，未刊。

中國經典權威消解的幾個原因

一 前言

　　經典的形成有它本身的條件和歷史因素。在中國，各個學派都有它們的經典，但以儒家學派的十三經，內容最為豐富，影響最為深遠。儒家經典從先秦的六藝到五經，進而十三經的形成，經歷一千餘年。經典在形成的過程中，權威也逐漸確立。然而，在經典權威確立的同時，由於經典本身的問題，有學者開始提出種種質疑，經典的權威也受到嚴峻的挑戰。

　　歷來對經典權威的形成和消解，並沒有論文作深入的討論，筆者曾撰《清初的群經辨偽學》[1]一書，對明末清初學者考辨經書和後人經說真偽的原因、目的、影響，討論頗為詳細。所謂「辨偽」，目的在探求經典真正作者和所記歷史事件的真偽。經典一旦被發覺是後人的偽作，這一部經典的權威也就逐漸消解。當然，經典權威消解的原因有多種，辨偽只不過其中的一種而已。關於這問題，歷來學者並沒有作較有系統的論述。

　　本文將經典權威消解的原因分為：（1）偽作；（2）闕佚；（3）作者問題；（4）記事不實；（5）學術思想變遷等項來討論。這僅是個人不成熟的看法，不一定正確。期盼對這一問題，能有更多學者投入研

---

[1]　林慶彰撰：《清初的群經辨偽學》（臺北市：文津出版社，1990年3月）。

究，本文也就不失其拋磚引玉的作用。

二　偽作

　　今人都以為儒家的經典，是聖人所作。其實如果仔細考訂，跟聖人有關的經書可能並不多。這些經典本來僅不過是先秦時留下來的史料，後來相傳經過孔子的刪訂，逐漸成為經典。從漢代起，因為這些文獻被立於學官，所以權威也逐漸形成。但是因為秦火的關係，經典有闕脫亡佚，就給後人有可趁之機。魏晉時代所產生的偽《古文尚書》，就是要彌補《古文尚書》的闕佚，而偽造出來的，這一部偽書對《尚書》一書的權威打擊最大。《隋書》〈經籍志〉說：

> 晉世祕府所存，有《古文尚書》經文，今無有傳者。及永嘉之亂，歐陽，大、小夏侯《尚書》並亡。濟南伏生之傳，唯劉向父子所著《五行傳》，是其本法，而又多乖戾。至東晉豫章內史梅賾，始得安國之傳，奏之。時又闕〈舜典〉一篇，齊建武中吳姚方興，於大桁市得其書，奏上，比馬、鄭所注多二十八字，於是始列國學。[2]

　　這裏所說的「安國之傳」，即今通行的《尚書孔傳》，所說的「比馬、鄭所注多二十八字」，即指《尚書孔傳》將〈堯典〉在「慎徽五典」之下，分出〈舜典〉，然後在「慎徽五典」之上，加入「曰若稽古帝舜，曰重華，協于帝。濬哲文明，溫恭允塞。玄德升聞，乃命以位」二十八字。

　　《尚書孔傳》出現後，學者並沒有發現它的偽跡。陸德明根據《尚

---

[2]　見魏徵等撰：《隋書》（臺北市：鼎文書局，1987年5月5版），卷27，頁915。

書孔傳》來作《釋文》，孔穎達還根據它來作疏，稱為《正義》。《尚書孔傳》在加入孔穎達的疏文後，也成了知識分子必讀的著作。

在宋元學者中，第一位懷疑《古文尚書》的學者是吳棫。他著有《書裨傳》。該書已亡佚。朱熹嘗說：「近看吳才老說〈胤征〉、〈康誥〉、〈梓材〉等篇，辨證極好。但已看破〈小序〉之失而不敢勇決，復為序文所牽，亦殊覺費力耳。」[3] 接著，朱子也有辨偽的活動。他的考辨成果，收在《朱子語類》和《朱文公文集》中。近人白壽彝作有《朱熹辨偽書語》[4]，朱熹以為〈書小序〉非孔子所作，至於孔安國〈序〉和〈傳〉，可能是魏晉人所偽。他又以為所謂《古文尚書》可能是偽託。至元代吳澄，作《書纂言》，他以為梅氏所獻二十五篇乃蒐集諸家逸書之語而成；且明白指出《偽古文尚書》乃將伏生的二十八篇，析為三十三篇，再雜以輯得之二十五篇。吳氏辨偽的貢獻，乃指出《偽古文尚書》二十五篇為採集群書所引逸書而成，指引後學朝這方向去努力。

到了明代，有梅鷟作《尚書譜》、《尚書考異》二書，他將《偽古文》襲用他書所引《尚書》之文句，或襲用他書文句，一一指出，是第一位尋出偽古文作偽之跡的學者。張西堂曾說：「他差不多已將辨偽古文的破綻儘量尋出，……後人多以為《古文尚書》一案，至閻氏而大白。但其實則不過閻氏將梅氏之說推廣為《疏證》，偽《古文尚書》一案，可以說至梅氏已漸明的。」[5] 這可以視為對梅氏最公正的評價。

清初閻若璩作《尚書古文疏證》八卷，分一二八條，其實今存僅

3　見朱熹撰：《晦庵先生朱文公文集》卷34，《朱子全書》（上海市：上海古籍出版社，2002年本），第21冊，頁1497。

4　該書由北平樸社於1933年出版。

5　見張西堂：《尚書引論》（臺北市：崧高書社，1995年），頁160。

九十九條，與辨偽有關的僅八十六條。[6]閻氏使用的辨偽方法如下：

1. 從書籍之著錄、篇數考辨。
2. 從《尚書》佚文證《古文尚書》之偽。
3. 從抄襲古書字句和文本處辨別。
4. 從禮制、官制、曆法、地理等證《古文尚書》之偽。
5. 從偽書的文本考辨。

其實，這些方法有一部分是受梅鷟的影響[7]，經閻若璩的考辨，所謂《古文尚書》之為贋品，幾可確定。由於宋明理學家都以《古文尚書》〈大禹謨〉中，所標舉的十六字心傳作為聖人「以心傳心」的秘訣，現在〈大禹謨〉竟是後人偽作而成，使理學家的立論失其所依。清中葉以後之學者，不太標舉十六字心傳，一方面學風改變，另方面是與《古文尚書》的權威已在崩解中有關。

民國以來，許多學者註解《尚書》時都不為《古文尚書》作注，甚至刪去《古文尚書》二十五篇，僅保留《今文尚書》的部分，這就是偽作經典最後的下場。晚近學者大抵贊成重新評價《古文尚書》的價值，從文本的角度來評量，發覺南北朝至隋唐間文人為文模仿偽古文的甚多。[8]除了文本的價值外，偽古文出現於古學大為發皇的魏晉時

6　見林慶彰：《清初的群經辨偽學》，第四章〈考辨古文尚書〉，頁146-155。

7　閻若璩聲稱未見過梅鷟的《尚書考異》，但惠棟的《古文尚書考》引「閻若璩曰」七十一條，皆不見於閻氏的《尚書古文疏證》，卻見於梅鷟《尚書考異》，可見閻氏與梅鷟的《尚書譜》、《尚書考異》的關係密切。詳見許華峰撰：〈論尚書古文疏證與古文尚書冤詞、尚書考異的關係〉，《經學研究論叢》，第1輯（1994年4月），頁139-179。

8　討論過這問題的都是日本學者，有斯波六郎（1894-1959）、吉川幸次郎（1904-1980）、平岡武夫（1909-）、清水茂（1925-）等四位。筆者受他們的影響，指導臺北

代，其實該書有為古學張目的意義在內。此點研究學術史、經學史的學者尚未能有所領會，不無可惜。

三 闕佚

由於天災和戰亂，經典在流傳過程中往往有闕佚的情況，既有闕佚，經典的完整性也遭到破壞，既缺乏完整性，經典的權威不免有所折損，所以有闕佚的經典，晉代以後就有不少學者為其作補闕拾遺的工作，目的是要恢復經典的原來面貌。

（一）尚書

在儒家的十三經中，有闕佚記錄者至少有《尚書》、《詩經》、《周禮》、《儀禮》等經。就《尚書》一書來說，班固《漢書》〈儒林傳〉記伏生傳《尚書》一書時說：

> 伏生，濟南人也，故為秦博士。孝文時求能治《尚書》者，天下亡有；聞伏生治之，欲召，時伏生年九十餘，老不能行，於是詔太常使掌故晁錯往受之。秦時禁書，伏生壁藏之，其後大兵起，流亡；漢定，伏生求其書，亡數十篇，獨得二十九篇，即以教於齊、魯之間。[9]

可見伏生藏於屋壁中《尚書》文本，因戰亂已亡佚數十篇，僅剩二十

大學古典文獻學研究所碩士生殷永全撰寫《南北朝散文引用古文尚書之研究》，於2010年7月畢業。四位日本學者研究此一論題的成果，可參考該書頁3-5。

[9] 見班固撰、顏師古註：《新校漢書集注》（臺北市：世界書局，1972年9月），卷88，頁3603。

九篇。王充也說《尚書》本有百篇，秦燒五經，伏生抱百篇藏於山中。景帝時，晁錯往受《尚書》二十餘篇。可見，從漢代以來《尚書》一書就有殘缺。且戰國以來即流傳有《書序》百篇，足見先秦時《尚書》有百篇，而伏生僅能傳二十九篇，闕佚達七十一篇，大大破壞經書的完整性。

為了保持經書的完整性，從唐代開始就有補《尚書》佚文的事，《尚書》因闕佚太多，一個人最多僅能補幾篇。《書序》說：「湯征諸侯，葛伯不祀，湯始征之。作〈湯征〉。」這〈湯征〉篇已亡佚。白居易作〈補逸書〉一篇，補的就是〈湯征〉。[10]《書序》又說：「唐叔得禾，異畝同穎，獻諸天子。王命唐叔歸周公于東，作〈歸禾〉。周公既得命禾，旅天子之命，作〈嘉禾〉。」元末明初的蘇伯衡有〈周書補亡三篇〉[11]，補的是〈獻禾〉、〈歸禾〉、〈嘉禾〉三篇。但後人把這種補佚的工作，視為一種擬經，並不是很重視。

（二）詩經

《詩經》本來有三百十一篇，毛公作《毛詩詁訓傳》時，已亡失笙詩六篇，故班固作《漢書》〈藝文志〉時，云「三百五篇」。所亡佚的六篇是〈小雅〉〈鹿鳴之什〉的〈南陔〉、〈白華〉、〈華黍〉三篇，在三篇〈序〉文之下，說明云「有其義而亡其辭」，其下有鄭玄〈箋〉云：

> 此三篇者，鄉飲酒、燕禮用焉，曰「笙入，立于縣中，奏〈南陔〉、〈白華〉、〈華黍〉」是也。孔子論詩，雅頌各得其所。時俱在耳，篇第當在於此，遭戰國及秦之世而亡之，其義則與眾

---

[10] 見《白氏長慶集》（臺北縣：藝文印書館，1971年2月），卷46，頁1115-1116。

[11] 見《蘇平仲文集》（臺北市：臺灣商務印書館，1983年影印文淵閣四庫全書本）卷1。

　　篇之義合編，故存。至毛公為《詁訓傳》乃分眾篇之義，各置
　　於篇端云。[12]

另三篇是〈小雅〉〈南有嘉魚之什〉的〈由庚〉、〈崇丘〉、〈由儀〉，亦
注明「有其義而亡其辭」，其下有鄭玄〈箋〉云：

　　此三篇者，鄉飲酒、燕禮亦用焉，曰：「乃閒歌〈魚麗〉，笙
　　〈由庚〉，歌〈南有嘉魚〉，笙〈崇丘〉，歌〈南山有臺〉，笙
　　〈由儀〉。亦遭世亂而亡之。[13]

從鄭玄這兩段話，可以得知：（1）這六篇笙詩是鄉飲酒禮、燕禮進行
時的用詩，可見很重要；（2）這六首詩因戰亂亡佚了，但他的詩旨
〈小序〉，因為與其他詩旨合在一起，所以沒有隨詩篇亡佚；（3）今本
詩旨〈小序〉在各詩篇之首，是毛公作《詁訓傳》時所重編。

　　由於亡佚的六篇笙詩，至為重要，所以在晉代先有夏侯湛作〈補
周詩〉六篇。接著，束皙作〈補亡詩〉，都是來彌補詩篇的闕佚。夏侯
湛的〈周詩〉，今已亡佚，內容不詳。束皙〈補亡詩序〉云：「皙與司
業疇人肄修鄉飲之禮，然所詠之詩，或有義無辭，音樂取節，闕而不
備。于是遙想既往，存思在昔，補著其文，以綴舊制。」可見在鄉飲酒
禮和燕禮行禮的過程中，這些詩篇是很重要的，束皙才有補亡的想法。[14]

　　束皙的補亡，一方面是個人的愛好，另一方面，是求經典的完整
性。後人不了解束皙〈補亡詩〉的意義，而給相當低的評價。梁啟超
說：「笙詩六篇有聲無辭，晉束皙謂其亡而補之，妄也。」[15]即是一例。

12　見《毛詩鄭箋》（臺北市：臺灣中華書局，1983年12月臺5版），卷9，頁11-12。

13　同註12，卷10，頁2下。

14　有關夏侯湛〈周詩〉和束皙〈補亡詩〉的論述，詳參張寶三：〈束皙補亡詩論考〉，收
　　入張氏著：《東亞詩經學論集》（臺北市：臺大出版中心，2009年7月）頁161-223。

15　見梁啟超：〈要籍解題及其讀法〉，收入《飲冰室合集》（北京市：中華書局，1989年

（三）周禮、儀禮

《漢書》〈藝文志〉禮家有《周官經》六篇，注曰：「王莽時歆置博士。」顏師古注曰：「即今之《周官禮》也。亡其冬官，以〈考工記〉補充之。」《隋書》〈經籍志〉云：「漢時有李氏得《周官》。《周官》蓋周公所制官政之法，上於河間獻王，獨闕〈冬官〉一篇，獻王購以千金不得，遂取〈考工記〉以補其處，合成六篇，奏之。」各書皆認為《周禮》缺〈冬官〉一篇，以〈考工記〉補之。

由於《周禮》一出現即闕一篇，歷代學者為彌補這一篇，根據六官應有的比例，將其他五官的官職均分配到〈冬官〉者也有，憑空為〈冬官〉補闕者也有。

漢代所謂「禮」，即指《儀禮》，又因是記載士這一階層行各種典禮的儀節，所以又稱「士禮」。《漢書》〈藝文志〉云：「漢興，魯高堂生傳士禮十七篇，訖孝宣世，后倉最明，戴德、戴聖、慶普皆其弟子，三家立於學官。」《漢書》〈藝文志〉除著錄「經十七篇」外，又著錄「禮古經五十六卷」，又說：「《禮古經》者，出於魯淹中及孔氏，與十七篇文相似，多三十九篇。」[16]賈公彥《儀禮注疏》說：「至武帝末，魯共王壞孔子宅，得《古儀禮》五十六篇，其字皆以篆書，是為古文，古文十七篇與高堂生所傳者同，而字多不同。其餘三十九篇絕無師說，在於秘館」[17]

這三十九篇的《禮古經》因絕無師說，後來就亡佚了。至於其篇目，王應麟《漢書藝文志考證》曾略作考訂，可參考。

6月）第9冊，卷72，頁65。

[16] 見班固撰、顏師古註：《新校漢書集注》，卷30，頁1710。

[17] 見鄭玄註、賈公彥疏：《儀禮注疏》（臺北縣板橋市：藝文印書館，1965年），卷1，頁7。

四　作者問題

儒家大部分的經典，原始作者大都無從考訂。因為遠古時代的人沒有著作權的概念，留下來的作品大多未署名。後來的研究者根據需要，將某一聖人加在這些作品上面，就成為這作品的「聖人作者」。這些「聖人作者」享受了作品作者的真正光環。但有些時候經過研究者的考訂，發覺這些作品並非該聖人所作，不但經典權威會逐漸消解，連「聖人作者」也遭到牽累。儒家大部分的經典既皆如此，這種經典形成與聖人的關係，可視為儒家經學傳統的一種特色。茲舉數例作為佐證。

（一）周易

《周易》〈繫辭傳〉的說法：「古者包犧氏之王天下，仰則觀象於天，俯則觀法於地，觀鳥獸之文，近取諸身，遠取諸物，於是始作八卦，以通神明之德，以類萬物之情。」《周易》〈繫辭〉以為庖犧氏作八卦，《禮緯含文嘉》也說：「伏羲德洽上下，天應之以鳥獸文章，地應之龜書，伏羲則而象之，乃作易卦。」可見八卦是伏羲以天地之物象為取法的對象所作成的。司馬遷《史記》〈周本紀〉說：「西伯蓋即位五十年。其囚羑里，蓋益《易》之八卦為六十四卦。」〈日者列傳〉又說：「自伏羲作八卦，周文王演三百八十四爻而天下治。」可見司馬遷以文王為重卦之人，並作卦爻辭。至於《易傳》的作者是誰，《史記》〈孔子世家〉說：「孔子晚而喜《易》，序〈彖〉、〈繫〉、〈象〉、〈說卦〉、〈文言〉，讀《易》，韋編三絕，曰『假我數年，若是，我於《易》，則彬彬矣。』」司馬遷的話講得不太清楚，這裡所謂「序」因有

整理的意，但前人都認為，《易傳》是孔子所作。後人證明伏羲不可能
作八卦，至宋代歐陽修作《易童子問》懷疑〈繫辭傳〉非孔子所作，
也掀起了疑經的風氣。至現在已很少學者相信《易傳》為孔子所作。
馬王堆出土的帛書《周易》，有解說《周易》的文章〈二三子問〉、〈繫
辭〉、〈衷〉、〈要〉、〈繆和〉、〈昭力〉等多篇，其中〈二三子問〉，是
以弟子提問，孔子回答的問答體來進行，最能看出孔子與《易經》的
關係[18]。

（二）尚書

《尚書》是古代文獻的彙編，相傳有百篇，因此有百篇《書序》。
《書序》說明作該篇文章的緣由，從中也可以得知作者是誰。但《書
序》所說各篇文章的作者，是否可信，許多學者已有考訂。值得注意
的是《尚書》的編者則被認為是孔子。《史記》〈孔子世家〉云：

> 孔子之時，周室微而禮樂廢，《詩》、《書》缺。追迹三代之禮，
> 序《書傳》，上紀唐、虞之際，下至秦繆，編次其事。曰：「夏
> 禮吾能言之，杞不足徵也。殷禮吾能言之，宋不足徵也。足，
> 則吾能徵之矣。」觀殷夏所損益，曰：「後雖百世可知也，以一
> 文一質。周監二代，郁郁乎文哉。吾從周。」故《書傳》、《禮
> 記》，自孔氏。[19]

今傳《尚書》，確實是「上紀唐、虞之際，下至秦穆」，而「編

---

[18] 關於帛書《易傳》比較有系統的論述，請參看廖名春撰：《帛書易傳初探》（臺北市：
文史哲出版社，1998年11月）各篇。

[19] 見司馬遷撰、裴駰等三家註：《新校史記三家注》（臺北市：世界書局，1972年12
月），卷47，頁1935-1936。

次其事」的是孔子。但是,《尚書》〈虞夏書〉中的〈堯典〉、〈皋陶謨〉、〈禹貢〉等篇,據今人考證,都作於孔子之後,如果今本《尚書》的編排順序是孔子所定,〈堯典〉等三篇,必是後人所加入。

（三）詩序

《詩經》有《詩序》,陸璣說:「孔子刪詩授卜商,商為之序。」唐末以前大都以《詩序》為子夏所作。至韓愈、成伯璵開始懷疑非子夏所作。宋人疑經改經風氣熾熱,《詩序》的作者被視為山東老學究,且《詩序》從毛公作《詁訓傳》以來一直附經而行,至朱熹《詩集傳》,乃將《詩序》從《詩經》中刪除,將《詩序》廢去。明末起《詩序》的地位逐漸恢復,至清中葉《詩序》的地位,又如日中天。

清末以來,《詩序》又遭到最嚴重的批判。胡適認為歷代以來《詩經》的詮釋所以弄得烏煙瘴氣,是因為《詩序》的緣故,必須切斷《詩序》與《詩經》的關係,《詩經》詩篇的解釋,才能恢復正常,乃再一次將《詩序》廢去,這是中國歷史上繼宋人之後,第二次的反《詩序》運動。

（四）周禮、儀禮

關於《周禮》的作者,鄭玄以為「周公居攝,而作六典之職,謂《周禮》。」賈公彥〈儀禮注疏序〉說:「《周禮》、《儀禮》發源是一,理有始終,分為二部,並是周公攝政太平之書。《周禮》為本末,《儀禮》為本。」可見,都以為《周禮》、《儀禮》為周公所作。後來有《周禮》是劉歆助王王莽偽作之說,晚清今文家攻擊古文經,《周禮》首當其衝,被批判得體無完膚。民國初年,錢穆作〈周官著作時

代考〉[20]，以為《周禮》為戰國時代之作品，非劉歆偽作。此一說法可以糾正王莽偽作說對《周禮》的負面影響。

（五）春秋左傳

《史記》〈十二諸侯年表〉說：「魯君子左丘明懼弟子人人異端，各安其意，失其真，故因孔子史記，具論其語，成《左氏春秋》。」可見當時書名作《左氏春秋》，且為「左丘明」所作。

但左丘明是孔子同時代人，或是長輩，或是晚輩，都沒有其他佐證資料，也因此，「左丘明」變成一切糾紛的根源，再加上劉歆偽造說，也甚囂塵上，兩個問題糾纏在一起，幾乎很難釐清。從清中葉，莊存與作《春秋正辭》開始，公羊學復興，劉逢祿作《左氏春秋考證》，以為《左傳》為劉歆偽造，古文學立論的根據也應聲而倒，此一戰火延續到民國初年。

五　記事不實

經書中所記諸事如果有不夠精確，也會影響經書的權威。像《孟子》一書所記武王伐紂，「血流漂杵」，就遭到很多批評。比較早系統批評經書的，是唐代的劉知幾。他的《史通》中有〈疑古〉、〈惑經〉兩篇。〈疑古〉篇，指出《尚書》、《論語》所記之事有十條是可疑的。這十條的篇幅甚長，茲舉其要點如下：

---

[20] 原發表於《燕京學報》第11期（1932年6月）。後收入錢氏著：《兩漢經學今古文平議》（香港：新亞研究所，1958年），頁285-434。

1. 根據《左傳》、《論語》所追述的夏代史事，駁斥〈堯典〉、《新語》對堯、舜的浮夸虛美，從而說明《尚書》記事之不可盡信。

2. 援引《汲冢瑣語》、《山海經》所述堯、丹朱和舜之間的傾亂以駁斥〈堯典〉孔安國《注》堯、舜尊賢禪讓之說，並進一步指出其事與後代史書矯稱帝皇篡奪為禪讓皆屬虛妄，不足信從。

3. 用邏輯推理方法推論舜死蒼梧乃係被禹篡位放逐，非因南巡，以揭露《尚書》舜、禹禪讓之說的虛妄不實。

4. 根據常理分析並判決《竹書紀年》記事之可信，以揭露儒書所述堯、舜、禹傳賢禪讓的虛謬不實。

5. 根據《逸周書》、《墨子》的記載以揭露《尚書》〈湯誓〉所述湯伐夏，「滅湯之過，增桀之惡」的虛構不實。

6. 援引子貢、劉向之說以揭露儒家經典片面誇大姬周威德和殷紂罪惡的虛謬不可信，從而說明史書所述前朝君主之罪惡往往係後朝君臣之所厚誣。

7. 以儒家思想作為理論根據，通過對武庚、三監叛周一事的分析，說明亡國後裔造反有理，史家不應無所辨別的一概目為頑民。

8. 援引諸書所記姬昌稱王、武王戡黎滅崇等事以證明商亡以前，周已僭竊自大，並未嘗臣屬於商，從而說明史家之讚揚文王、武王，實屬諂佞。

9. 援引《呂氏春秋》、《左傳》諸書所敘太伯讓國給季歷事，證明太伯讓國乃係迫於處境而非出於真誠，以說明史家評議史事不應曲加粉飾而掩蓋事實真像。

10. 就《尚書》〈君奭〉與《左傳》所記管、蔡史事加以分析，揭露周公輔佐幼王成王時確有覬覦王位之野心，而管、蔡卻被周公讒殺，以駁斥《金縢》虛美周公之說。

以上都是針對儒家經典記載不實，提出質疑。又〈惑經〉篇認為《春秋》有十二未諭。他說「《春秋》記他國之事，必憑來者之辭，來者所言，多非其實。……遂使真偽莫分，是非相亂」，「巨細不均，繁省失中。」他又說孔子為尊者諱，為賢者諱，為本國諱，是愛憎由己，「厚誣來世」，嚴重傷害了歷史的真相。茲將十二未諭的要點摘錄如下：

1. 趙盾、許止本無殺君之實，而《春秋》卻加以弒君的罪名。至於鄭子駟、楚公子圍、齊陳乞實有殺君之罪行，《春秋》卻只書君卒，實有違其褒貶必以實的義例。

2. 列舉應書「陽生弒荼」而書「陳乞弒荼」；應書「觀眾弒虔」而書「公子靈弒虔」；應書「闔弒邾子」而書「邾子穿卒」諸例，可見《春秋》書法往往自違其例。

3. 通過「狄人入衛」和「天王狩河陽」兩事，指出《春秋》為賢者諱這一義例，實違背史官應據事直書之精神。

4. 通過對魯先後與吳、戎會盟，《春秋》或書或不書的評議，指出《春秋》記事有應諱而不諱，當恥而不恥的弊病。

5. 列舉諸侯臣僚，舉地叛國，《春秋》時書地時不書地的事例，指出《春秋》記事有「略大存小」的疏失。

6. 列舉諸侯薨，其子未即位而死，《春秋》或諱名或不諱名，義例頗不一致。

7. 以《春秋》書宋華父督和晉里克兩事為例，指出《春秋》書事有違背嚴君臣之防的義例。

8. 舉「公送晉葬」、「公與吳盟」等事例，指出本應直書無隱，但《春秋》卻因「為本國諱」的義例，不明書史事之真相，非良史之筆法。

9. 通過對齊納燕伯于陽事件的評議，批駁《春秋》、《公羊傳》義例

褒貶，實無定準。

10. 舉《春秋》記許國史事不詳備為例，指出《春秋》記事也有欠缺
    周密的地方。

11. 比較《魯春秋》記晉國史事和《晉春秋》記魯國史記之詳略不
    一，指出《魯春秋》記它國事「皆取來告」；無赴告，雖大事亦不
    徵補，以致存在著取捨詳省不當的顯著特點。

12. 《春秋》紀事多憑別國不確切的赴告，致使史事真偽難辨，是非
    混淆。

純就歷史的記載來說，是應如劉知幾所說「據實直書」，這是對史書的
最基本要求，但《春秋》不僅僅是史書而已，它是經書，孟子說過：
「王者之迹息而《詩》亡，《詩》亡然後《春秋》作。」為何《詩》亡是
《春秋》一書作，而非別的書？這是因為《詩》和《春秋》的同質性所
致。我們都知道，自周初以來，《詩》一直承擔著社會教化的功能，當
詩不再出現的時代，社會教化的事由誰來承擔？顯然《春秋》承接了
《詩》的位子。《春秋》既負有社教的功能，就不能「據事直書」，這點
就不是史學家的劉知幾所能領會的。此外，批評經書記載不實的還不
少，像漢代的何休認為《周禮》是「六國陰謀之書」，宋代的蘇轍以為
《周禮》有三點不可信，這些都是對經書內容的質疑，這些話對經書的
權威多少也有影響。

六　學術思想變遷

有時候經書本身沒有太多的問題，因為學術思想的變遷，反成了
被檢討的對象。像民國八年（1919）十一月胡適所寫的〈新思潮的意
義〉一文，把新思潮的意義理解為「研究問題、輸入學理、整理國

故、再造文明」。他所以要整理國故，是要還各家本來的面目，如將整理國故的方向，指向古代的經典，最先要做的是切斷孔子和經典的關係，才能還給古代經典一個真面目。如就《詩經》來說，歷來已被數以千計的學者解釋得烏煙瘴氣，《詩經》的本來面目是什麼？胡氏在〈談談詩經〉中說：

> 從前的人把這部《詩經》都看得非常神聖，說它是一部經典，我們現在要打破這一觀念。假如這個觀念不能打破，《詩經》簡直可以不研究了。因為《詩經》并不是一部聖經，確實是一部古代歌謠的總集，可以做社會史的材料，可以做文化史的材料。萬不能說它是一部神聖經典。[21]

這裡，胡氏提出幾了觀點：（1）《詩經》是一部古代歌謠總集，不是一部神聖經典；（2）《詩經》可以作為社會史、文化史的材料。

> 《詩經》所以成為一部神聖經典，有兩方面的原因，一是受司馬遷《史記》〈孔子世家〉所說孔子刪詩的影響。孔子既有刪詩，那些當存，那些當刪，必有孔子的寓意在內。《詩經》既有孔子的微言大義，不是聖經是什麼？另一是將《詩序》和《詩經》結合。《詩序》被認為是孔門弟子子夏所作。既然如此，也必有孔子的教化觀在內。歷來學者所以要依照《詩序》來解《詩經》，就是要實踐孔子的理想。《詩經》受這兩方面的交互影響，其神聖經典性質也逐漸形成。[22]

---

21 詳見《文學論集》（上海市：中國文化服務社，1929 年）頁 1-20

22 有關胡氏要恢復《詩經》真面目的論述，詳見林慶彰：〈民國初年的反詩序運動〉，收入《第三屆詩經國際學術研討會論文集》（香港：天馬圖書公司，1998 年 6 月）頁 260-282。

民國十二年（1923）顧頡剛提出古史層累說，更掀起了考辨古代
典籍的熱潮。根據顧氏的考辨，《周易》並非聖人所作，而僅是一本占
筮之書。《今文尚書》中的〈堯典〉，是漢武帝時代的作品，與堯根本
無關；〈禹貢〉是戰國時代的作品，與禹根本無涉。顧氏的考辨主要是
在還經典的真面目，連帶地也摧毀了《今文尚書》中這兩部作品的神
聖性。《詩經》中並沒有聖人的教化，僅是一本入樂的詩歌總集。為了
證明《詩經》是入樂的，根據研究歌謠的經驗，認為徒歌迴還復沓的
非常少，而樂歌則為了要配合樂譜，所以大多迴還復沓，從這裡就可
以證明《詩經》是入樂的。關於《周禮》，顧氏早期以為是劉歆偽作，
與周公無關，後來經過考訂，認為是齊國人所作。顧氏又提出很多證
據證明《春秋》並非孔子所作，《左傳》也不是劉歆偽造，先秦時即已
出現。顧氏對這幾部經書的看法，有一共通的特色：即經書和聖人並
沒有直接的關係，既和聖人無關，它的神聖性也就完全消解了。[23]

七　結論

從以上的論述可得以下數點結論：其一，偽作經典如果被發現，
對經典的權威打擊最大。如偽《古文尚書》孔《傳》被發現作偽以
後，元朝的吳澄把真《古文尚書》和偽《古文尚書》分開，後來偽
《古文尚書》逐漸被拋棄，注解《尚書》時，多已不注偽《古文尚書》。
　　其二，經典有關佚不免影響到他的權威性。在十三經中，《尚書》
亡佚最多，其次是《儀禮》，《詩經》跟《周禮》也都稍有亡佚。學者
認為經典不可以有殘缺，所以從晉代以來，就有學者夏侯湛作補〈周

---

[23] 有關顧頡剛對經書的看法，詳見林慶彰：〈顧頡剛的經學觀〉，收入《中國經學》第一
　　輯（桂林市：廣西師範大學出版社，2005 年 11 月），頁 66-90。

詩〉六篇，束晳作〈補亡詩〉六篇，唐代的白居易作〈補逸書〉，明朝的蘇伯衡補《尚書》殘缺的部分，作〈周書補亡三篇〉，這些都是為了經典的完整性而作。

其三，經典的作者大多和聖人有關係。十三經皆有聖人所作或所刪的說法，一旦被證明非聖人所作或聖人所刪，經書的權威即逐漸消解下去。現在《周易》、《尚書》、《詩經》、《周禮》、《左傳》所以不具權威性，主要是因為民國初年的學者已證明它們並非聖人所作。

其四，古代經書的記載往往雜有傳說和神話，如果有人提出質疑，經書的權威性必定受到損傷。像唐代的劉知幾作《史通》有〈疑古〉、〈惑經〉兩篇，專門批評《尚書》、《論語》、《春秋》記載不真的地方。此外，漢代何休批評《周禮》為六國陰謀之書、宋代的蘇轍批評《周禮》有三點不可信，都對經書的權威性有所傷害。

——本文為2010中國經學國際學術研討會主題演講論文，原刊於《南京師範大學文學院學報》2011年1期（2011年3月），頁1-7轉頁131。

中國經學史上簡繁更替的詮釋形式

一　前言

　　儒家經典有所謂「十三經」，各經產生的時代，大抵是西周初至戰國時。由於時代的變遷，以前可以理解的經文，逐漸變得古奧難懂。這時候，對經書作注解的事，也就陸續產生。這種綿延二千多年的注解過程，和一般古書的注解實在大不相同，有必要特別提出討論。

　　大家都知道，經典的注釋有注、疏兩個層次，合經典本身來看就有三個層次，這是一般的著作所罕有的。再者，歷代經典的注疏，有繁有簡，繁是因為在注的下面作疏，簡是因為只取注而拋棄疏。有趣的是這種繁簡的注釋形式，是相互更替進行著，形成了注釋傳統中的一種規律。歷來有關注釋學的著作，例如：汪耀楠的《注釋學綱要》（北京市：語文出版社，1991年3月），第十一章〈古代注釋史〉，討論歷代注釋經籍的發展，但並沒有注意到這一點。董洪利的《古籍的闡釋》（瀋陽市：遼寧教育出版社，1993年12月）第一章〈概說〉，第一節〈從經注說起〉，基本上是歷代經書注釋的簡要介紹，但也沒有提到這一點。近年，張寶三教授申論儒家經典中經、注、疏之關係的論文甚多，也頗有新見，可惜對注釋傳統中簡繁更替的現象也沒有討論。[1]

---

[1]　按時間先後，發表有：（1）〈儒家經典詮釋傳統中注與疏之關係〉，收入《孔學與二十一世紀國際學術研討會論文集》（臺北市：政治大學文學院，2001年10月），頁315-338。（2）〈《毛詩》〈關雎〉篇序、傳、箋、疏之詮解及其解經性格〉收入《龍宇純先生七秩晉五壽慶論文集》（臺北市：臺灣學生書局，2002年11月），頁17-44。

此一現象所涉問題甚多，譬如：（1）為何注釋傳統中僅有簡、繁在交替？（2）此一現象與歷代經學演變的關係如何？（3）簡繁交替是否有例外的情況？這些都無法作仔細的討論，本文專門證成簡繁交替此一論點。

二　戰國至漢初（簡）

《詩》、《書》等文獻在戰國以前還不是經典，但已作為貴族子弟的教材。先秦典籍引《詩》、《書》最多，可見當時流傳之廣。既作為教材，就必須作解釋，在《國語》、《左傳》中，有不少零星的注解，就是這樣來的。《國語》〈周語〉記叔向的話說：

> 其詩曰：「昊天有成命，二后受之，成王不敢康，夙夜基命宥密，於緝熙，亶厥心，肆其靖之。」是道成王之德也。…基，始也。命，信也。宥，寬也。密，寧也。緝，明也。熙，廣也。亶，厚也。肆，固也。靖，龢也。其始也，翼上德讓而敬百姓；其中也，恭儉信寬，帥歸於寧；其終也，廣厚其心，以固龢之；……故曰成。

《左傳》襄公九年記穆姜的話說：

> 亡。是於《周易》曰：隨，元亨利貞，无咎。元，體之長也；亨，嘉之會也；利，義之和也；貞，事之幹也。體仁足以長人，嘉德足以合禮，利物足以和義，貞固足以幹事。

（3）〈詮釋與再詮釋——略論中國解經傳統中注與疏之關係及其相關問題〉，「經典與文化形成」第十七次讀書會發表論文（臺北市：中央研究院中國文哲研究所，2008年6月10日）。

《左傳》昭公二十八年記成鱄的話說：

> 詩曰：「唯此文王，帝度其心，莫其德音，其德克明，克明克
> 類，克長克君。王此大國，克順克比。比于文王，其德靡悔。
> 既受帝祉，施于孫子。」心能制義曰度，德正應和曰莫，照臨四
> 方曰明，勤施無私曰類，教誨不倦曰長，賞慶刑威曰君，慈和
> 徧服曰順，擇善而從之曰比，經緯天地曰文。九德不愆，作事
> 無悔，故襲天祿，子孫賴之。

以上三則，可以看出注解最早的型態是非常簡約的。戰國以後，用來
詮釋典籍的形式逐漸多元化，但最主要的是「序」、「傳」、「說」、
「記」，簡稱「傳記」。[2]我們可以說，「傳」、「記」之學是中國經典詮釋
的源頭。所謂「傳」是闡釋的意思，即闡釋經典的想法。從戰國到西
漢初，是傳、記之學最發達的時段。現存以傳為名的，有《易傳》、
《毛詩詁訓傳》、子夏〈喪服傳〉、《公羊傳》、《穀梁傳》[3]等。《毛詩詁
訓傳》的作者，或說毛萇或說毛亨，因史料不足，無法勉強作判斷。
不過，日本學者太宰春臺作《朱氏詩傳膏肓》，認為解經的標準體式應
該是這本《毛詩詁訓傳》。現存以記為名的有《小戴禮記》、《大戴禮
記》等。傳記之學詮釋典籍的特色，就是「訓詁通大義」，即透過字義
的理解，達到了解文義的目的。從現存的傳、記，可以看出是當時相
當簡樸的詮釋形式。

2　有關戰國至漢初傳記之學的研究，可參考林慶彰：〈傳記之學的形成〉，收入《古道
照顏色──先秦兩漢古籍國際學術研討會論文集》（北京市：社會科學文獻出版社，
2011年1月），頁14-29。

3　當時《左氏傳》稱《左氏春秋》，並未解經。

三 西漢中葉至東漢初（繁）

　　這種訓詁通大義的詮釋形式，流傳一百多年，逐漸被繁瑣的章句之學所取代。所謂「章句」，可分為小章句和大章句兩種。小章句等於訓詁。大章句則在訓詁之外，牽引很多資料。所以必須這樣，是有實際上的需要。《漢書》〈夏侯勝傳〉說：

> 勝從父子建字長卿，自師事勝及歐陽高，左右采獲，又從五經諸儒問與《尚書》相出入者，牽引以次章句，具文飾說。勝非之曰：「建所謂章句小儒，破碎大道。建亦非勝，為學疏略，難以應敵；建卒自顓門名經。[4]

夏侯勝和夏侯建，是西漢宣帝時代的人，夏侯勝是夏侯建的叔叔，夏侯建曾拜他為師。夏侯建研究《尚書》的方法是：「左右采獲，又從五經諸儒問與《尚書》相出入者，牽引以次章句，具文飾說。」這段話是研究章句之學最早、最值得注意的資料。所謂「左右采獲」，是說從夏侯勝和歐陽高兩處援引了不少相關的資料。「以次章句」的「次」，是排列的意思。也就是順著經文各章、各句的脈絡，將所援引的資料納入，然後再加以引申闡述，這就是「具文飾說」。這種解經方式，自成一種格局，且由於牽引資料太多，往往妨害到對本文的理解，經文中所蘊含的聖人之道，已無法兼顧，甚或茫然無所知。所以，夏侯勝要批評夏侯建是「章句小儒，破碎大道」。這裡的「大」、「小」是相對立的，聖人之道是一種「大道」，能通聖人之道的是「大儒」，不能通聖人之道的，是「小儒」。小儒所以不能通聖人之道，是因為只顧援引

---

[4] 見《新校漢書集注》（臺北市：世界書局，1972 年 9 月），卷 75，頁 3159。

資料，證成自己的論點，聖人的原意如何，已棄置不道。此種解經方式，有一部份是為應付論敵用的。夏侯建研經的著眼點即在此。夏侯勝繼承西漢初的學風，「訓詁通」而已，所以夏侯建才批評他「為學疏略，難以應敵」。

由於這種關係，章句的篇幅也越來越多，形成一種繁瑣的注解形式。如秦延君說〈堯典〉篇目二字十餘萬言，說「曰若稽古」三萬言。《後漢書》〈鄭玄傳論〉也說：「經有數家，家有數說，章句多者或乃百餘萬言。」

由於章句太繁瑣，西漢末年以來學者如：揚雄、桓譚、班固、王充已不守章句，朝廷和一般學者也開始刪章句。[5]《論衡》〈效力篇〉說：「王莽之時，省五經章句，皆為二十萬。博士弟子郭路，夜定舊說，死於燭下。」[6]《後漢書》〈章帝紀〉章帝曾下詔說：「五經章句煩多，議欲減省。」[7]〈鍾興傳〉說：「詔令定《春秋章句》，去其復重，以授皇太子。」[8]又〈伏恭傳〉說：「初，父黯章句繁多，恭乃省減浮辭，定為二十萬言。」[9]又〈張奐傳〉說：「初，牟氏章句浮辭繁多，有四十五萬餘言。奐減為九萬言。」[10]可知大章句中浮辭太多，應該要刪除，但即使刪除了書中的浮辭，文字仍相當的繁多。由戰國到漢初的詮釋形式是簡約的，從漢宣帝到東漢初年逐漸繁瑣起來。

5　以上參考林慶彰：〈兩漢章句之學重探〉，收入林慶彰編：《中國經學史論文選集》，上冊（臺北市：文史哲出版社，1992年10月），頁277-297。

6　《論衡》（臺北市：臺灣商務印書館，1979年11月《四部叢刊・正編》本），卷13下，頁130，〈效力篇〉。

7　《新校漢書集注》，卷3，頁138。

8　同前註，卷79下，頁2579。

9　同前註，卷79，頁2571。

10　同前註，卷65，頁2138。

四　東漢中葉至魏晉（簡）

　　東漢中葉起，古學漸盛。所謂「古學」是指什麼？如果以章句之學為今學，那麼戰國至西漢初年「訓詁通大義」的解經方式，就是古學。東漢初年學者都「好古學」，如：《漢書》〈揚雄傳〉說：「雄少而好學，不為章句，訓詁通而已。」[11]〈桓譚傳〉說：「博學多通，徧習五經，皆詁訓大義，不為章句，能文章，尤好古學。」[12]〈班固傳〉說：「所學無常師，不為章句，舉大義而已。」[13]這裡所引的「訓詁通」、「詁訓大義」、「舉大義」，都是古學的特徵，從這裡也可得知古學是與章句之學相對立的。他們喜歡古學，就是喜歡戰國至西漢初年這一時段的治經方式。

　　從東漢中葉起，古學逐漸興盛起來。但並沒有到一枝獨秀的地步。我們看東漢時讖緯學大盛，熹平石經刻的都是今文經，就可以知道古學在當時並沒有勝過今學多少。雖然如此，當時古學家如：許慎、馬融、鄭玄、服虔等皆兼通數經，人稱許慎為「五經無雙許叔重」，這是專通一經的今學家沒法做到的。

　　由於古學僅求訓詁通而已，所以注經的形式非常簡單。就現存東漢末年的經注來觀察，如鄭玄的《周禮注》、《儀禮注》、《禮記注》，注解的形式都很簡約。其中的《禮記注》，注文反比經文少。

　　魏晉時代經學的特色是什麼？有不少學者受思想史和哲學史的影響，稱此一時段的經學為「經學的玄學化」。當時的玄風對王弼的《周易注》和何晏的《論語集解》是有些影響，但他們兩人之書引儒家經

---

[11]　同前註，卷87上，頁3514。

[12]　同前註，卷28上，頁955。

[13]　同前註，卷40上，頁1330。

說有數百條，其中數條有玄學的色彩，並不足以影響到他們著作的儒家本質，用經學的玄學化來描述魏晉時代，實在與事實相差甚遠。我曾經請學生撰寫一篇論文討論魏晉經學的本質問題，她認為魏晉時代應該是古學的時代。[14]

由於當時各經的註解者不只一家，為了集眾家之長，遂有以「集解」為名的著作出現，如：何晏《論語集解》、杜預《春秋經傳集解》、范甯《春秋穀梁傳集解》等都是，這是由「注」過渡到「疏」必經的過程。晉人的集解雖集合眾人之訓詁而成，內容仍舊很簡約。

五　南北朝至唐中葉（繁）

從南北朝起，一直到唐朝中葉，甚至也可以說到了北宋初年，可說是義疏之學的時段，這個時段經書的詮釋方式是相當繁複的，可說是一種煩瑣哲學。義疏之學是受佛教講經的影響，梁啟超曾說：

> 夫隋唐義疏之學，在經學界中有特別價值，此人所共知矣。而此種學問實與佛典疏鈔之學同時發生，吾固不敢逕指此為翻譯文學之產物，然最少必有彼此相互之影響，則可斷言也。[15]

關於儒家經典的義疏之學，近數十年有張恆壽、牟潤孫、戴君仁等先生作比較詳細的討論，可參考。[16]南北朝義疏學的著作今存者僅有皇侃

---

14 葉純芳：〈魏晉經學的定位問題〉，《經學研究論叢》第9輯（臺北市：臺灣學生書局，2002年3月），頁9-36。

15 梁啟超：〈翻譯文學與佛典〉，《梁啟超全集》（北京市：北京出版社，1999年7月），冊7，頁3806。

16 張恆壽有〈六朝儒經注疏中之佛學影響〉，此文作於1936年6月22日，是最早討論此一論題的論文。又收入張氏著：《中國社會與思想文化》（北京市：人民出版社，1989年8月），頁389-410。牟潤孫有〈論儒釋兩家之講經與義疏〉，《新亞學報》第4

《論語義疏》、鄭灼《禮記喪服小記子本疏義》、劉炫《孝經述議》、佚名《講周易疏論家義記》殘卷。從皇侃《論語義疏》和鄭灼《禮記子本疏義》，可以看出早期義疏學的種種體例。有人以為義疏體僅在疏解注文，以今存皇侃的《論語義疏》來觀察，可知疏是對經文和注文的疏通證明。這種詮釋方式，可說是反覆論辨，委曲詳盡。

唐孔穎達修《五經正義》[17]，基本上以南北朝人的義疏為底本，僅略加增刪而已。如：《周易正義》是據「江南舊疏」刪定；《尚書正義》是據劉炫《尚書述議》、劉焯《尚書義疏》刪定；《毛詩正義》是據劉炫《毛詩述議》、劉焯《毛詩義疏》刪定；《禮記正義》是據皇侃《禮記義疏》、北周熊安生《禮記義疏》刪定；《左傳正義》是據劉炫《左傳述議》，梁沈文阿《春秋左氏經傳義略》刪定。所以唐人的注疏可說是南北朝義疏的化身。這種義疏之學既是委曲詳盡，疏通證明，篇幅就不可能太少。所以，由古學的簡約變為繁瑣。

除了《五經正義》之外，另有私家修纂的四經疏，即賈公彥的《周禮疏》、《儀禮疏》，徐彥的《公羊傳疏》，楊士勛的《穀梁傳疏》。這四部疏雖非官修，但除了《公羊疏》體例稍異外，其他三疏體例皆與《五經正義》相同。

所以如此，是因為賈公彥、楊士勛兩人曾參與《五經正義》的修撰。當然，這四部疏內容之繁複，與《五經正義》並無兩樣。

本來義疏之學到中唐，應該可作光榮的結束，但另有《論語》、《孝經》、《爾雅》三部經書沒有疏，要到宋朝初年邢昺為這三部書作疏，才能圓滿結束。《論語注疏》以何晏《論語集解》為底本，參酌皇

卷2期（1960年2月），頁353-415。戴君仁有〈經疏的衍成〉，《孔孟學報》第19期（1970年4月），頁77-96。

[17] 有關《五經正義》的研究成果，可參考張寶三：《五經正義研究》（上海市：華東師範大學出版社，2010年10月）。

侃《論語義疏》;《孝經注疏》以唐玄宗注、元行沖疏為底本;《爾雅注
疏》以郭璞《爾雅注》為底本。不論如何,這三部書記取前人舊疏刪
改而成,內容也相當繁複。

六　唐代後期至南宋（簡）

　　從唐代中葉起,反對注疏的聲音漸漸出現,當時的經學著作已不
太受注疏的拘限,傾向以己意解經,經學著作的篇幅也變得短小,
如:韓愈、李翱的《論語筆解》,成伯嶼的《毛詩指說》,份量都不
多。宋代仁宗慶曆以後,宋人並不相信漢人所傳下來的經書和傳注,
處處懷疑[18],像王安石拋棄漢人的注解,獨立作注,所以所作的三本
書,稱為《三經新義》。朱子的經學著作,如《周易本義》,以為《周
易》是占卜之書,《詩集傳》,沿襲《毛詩詁訓傳》。弟子蔡沈的《書集
傳》,基本訓詁大都抄自《古文尚書孔傳》。不論如何,詮釋的方式都
是簡單的。

　　宋人的經學雖號稱新經學,後來稱為「宋學」,以便和漢人之學的
「漢學」相區隔,但是如從注釋型態來說,漢、宋人注的都是聖人的經
書,漢人作注時是無所憑依,所以註解特別簡單;宋人作注時,因為
不信任漢人所作的注,號稱拋棄漢人之注,獨立解經,所以宋人的經
注大抵是簡單的。

　　漢人的章句之學,如就大章句來說,是非常繁瑣的,所以後來就

---

[18]　關於宋人疑經改經的研究,以屈萬里師的研究,首開風氣。屈師撰〈宋人疑經的風
氣〉,《大陸雜誌》第29卷3期(1964年8月),頁23-25。接著,有葉國良先生撰:
《宋人疑經改經考》(臺北市:臺灣大學中國文學研究所碩士論文,1978年)。近年大
陸討論此一問題的博士論文有兩篇:(1)楊新勛撰:《宋代疑經研究》(北京市:中
華書局,2007年3月)。(2)楊世文撰:《走出漢學——宋代經典辨疑思潮研究》(成
都市:四川大學出版社,2008年6月)。

有刪章句的事出現。宋人的經注雖然簡單，但是他們對經書問題所作的議論就如同漢人的大章句，也是長篇累牘的。這些議論解經並不在經文或注文下進行，而是離開經注文的脈絡去發揮議論，我個人把這種現象稱為「離經言道」。就議論的繁瑣來說，與漢人的章句之學也有類似的地方。

前面提到從漢魏晉人的注到南北朝的義疏，必須經過集解這種注經的形式，這並非漢學特有的注經方式，宋學也經歷了類似的過程。北宋時，彙集前人成果而編輯成書的並不多，到了南宋，這類書逐漸多起來，《周易》方面，朱震有《周易集傳》、林栗有《周易經傳集解》；《尚書》方面，蔡沈有《書集傳》；《詩經》方面，朱熹有《詩集傳》，段昌武有《毛詩集解》；《春秋》方面，張洽有《春秋集注》；《論語》方面，蔡節有《論語集說》；《孟子》方面，蔡模有《孟子集疏》。這些書都可以證明宋人之學也有一集解的過程。

七　元代至明初（繁）

從元代起到明代初年，是元明人為宋人之注作疏的時段。這一時段的注經方法是採宋人的注，再加以詮釋。宋人由於大多數學者都拋棄漢注，傾向自己獨立作注，所以注本來就簡單。以這麼簡單的傳注要說明教化觀點、名物制度，恐有所不足。由於朱子學在元代大盛，許多經學著作大都在「述朱」，這些述朱的書是從《朱子文集》、《朱子語類》及門人的著作中，彙集許多對經典的詮釋文字，不但有保存文獻之功，對朱子學說的發揚也有相當的作用。相關的著作如下：

《周易》有胡一桂的《周易本義附錄纂注》、胡炳文的《周易本義通釋》、董真卿的《周易經傳集程朱解附錄纂注》。《尚書》有陳櫟的《書蔡氏傳纂疏》、董鼎的《書蔡氏傳輯錄纂注》、陳師凱的《書蔡氏

傳旁通》。《詩經》有劉瑾的《詩傳通釋》、胡一桂的《詩集傳附錄纂疏》。《禮記》有陳櫟的《禮記集義》、陳澔的《雲莊禮記集說》。《春秋》有胡炳文的《春秋集義》、俞皋的《春秋集傳釋義大成》、汪克寬的《春秋胡氏傳附錄纂疏》。《四書》有陳櫟的《四書發明》、胡炳文的《四書通》、倪士毅的《四書輯釋》、程復心的《四書章圖纂釋》。

這些書把宋、元人的經說儘量蒐集起來，內容非常豐富，可以說是宋、元人經說的資料彙編，書中因引用的著作甚多，有些早已亡佚，可以從這些書中輯出不少宋、元人的佚書。

明永樂年間所完成的《四書五經大全》，基本上是根據元人的著作加以增刪，早在顧炎武的《日知錄》，朱彝尊的《經義考》，和《四庫全書總目》等書已指出來，但有些說法並不正確。經林慶彰、陳恆嵩的考訂[19]，較正確的說法如下：

1.《四書大全》──以倪士毅的《四書輯釋》為底本，再加以增刪而成。

2.《周易傳義大全》──以董真卿的《周易會通》為底本，而輔以胡炳文的《周易本義通釋》。

3.《書傳大全》──以董鼎《書蔡氏傳輯錄纂註》為底本，再以陳櫟之《書蔡氏傳纂疏》增補不足。

4.《詩傳大全》──以劉瑾《詩傳通釋》為底本，再以各家之說補其不足。

5.《禮記集說大全》──以宋人衛湜《禮記集說》為底本進行刪削。

---

19 詳見林慶彰：〈五經大全之修纂及其相關問題探究〉，原刊於《中國文哲研究集刊》創刊號（1991年3月），頁361-383。後收入林氏著：《明代經學研究論集》（臺北市：文史哲出版社，1994年5月），頁33-59。陳恆嵩：《五經大全纂修研究》（臺北市：東吳大學中國文學系博士論文，1998年6月）。後收入《古典文獻輯刊》第八編（臺北縣永和市：花木蘭文化出版社，2009年3月）。

6.《春秋集傳大全》——以汪克寬的《春秋胡氏傳附錄纂疏》為底本。

可見《四書五經大全》內容雖然繁富，但是它們幾乎都是剽竊元人的
著作而來，一如孔穎達的《五經正義》，是刪定南北朝學者的著作而
來。歷來學者對《五經正義》頗有好評，對《四書五經大全》則頗多
惡評，其實兩套書都是急就章之作，元人的著作已經非常繁瑣，現在
又加入許多資料，內容更加豐富，當然也更加繁瑣了。

八　晚明至清初（簡）

晚明到清初，注解的內容又逐漸走向簡單，《周易》方面，如張爾
岐的《周易說略》，錢澄之的《田間易學》，內容都非常簡約。張爾岐
解釋《周易》〈坤卦〉：「積善之家必有餘慶，積不善之家必有餘殃」時
僅說：「積善之家，不特身受其福也，必有餘慶及其子孫；積不善之
家、不特身受其禍也，必有餘殃及其子孫。」《詩經》方面，如錢澄之
的《田間詩學》，姚際恆的《詩經通論》[20]，陳啟源的《毛詩稽古編》，都
非常簡約。

在禮學著作方面，張爾岐的《儀禮鄭注句讀》，王夫之的《禮記章
句》和姚際恆的《儀禮通論》，內容也非常簡約。如以新四書學派學者
來說：周汝登的《四書宗旨》、葛寅亮的《四書湖南講》、張岱的《四
書遇》、蕅益的《四書蕅益解》，即使將《四書》禪學化，注解的篇幅
也都很簡單。[21] 例如：《論語》〈為政〉篇有：「子曰：詩三百，一言以

---

[20] 有關姚際恆的研究，林慶彰編有《姚際恆著作集》（臺北市：中央研究院中國文哲研
究所，1994 年 6 月），也編有《姚際恆研究論集》（臺北市：中央研究院中國文哲研究
所，1996 年 6 月），可參考。

[21] 可參考簡瑞銓：《張岱四書遇研究》（臺北縣：花木蘭文化出版社，2008 年 3 月）第一
章、緒論。

蔽之，曰思無邪。」蕅益解釋說：「此指示一經宗要，令人隨文入觀，即聞即思即修也，若知詩之宗要，則知千經萬論亦同此宗要矣。」[22]從這裡所引就可以知道蕅益解釋《四書》是非常簡潔扼要的。至於評點派，如：李贄的《四書評》，孫鑛的《批評詩經》，戴君恩的《讀風臆評》，鍾惺的批點《詩經》等，他們評點有相當明顯的不同，但用字之簡約，可說到了惜墨如金的地步，例如：李贄的《四書評》評〈學而〉篇第一章：「子曰：學而時習之，不亦悅乎？有朋自遠方來，不亦樂乎？人不知而不慍，不亦君子乎？」李氏的評論說：「學則有悅樂而無慍，何等快活！何等受用！不學真是小人，一生惟有煩惱而已矣。」〈為政〉篇：「子曰：詩三百，一言以蔽之，曰思無邪。」李贄評曰：「三個字便講了一部《詩經》」。[23]這些評語表現出明人不受傳統拘束的心理。

九　清中葉至清末（繁）

　　清中葉到清末，是清代漢學大為發皇的時代，清中葉推崇東漢古學，清末推崇西漢今學。學者注經的方式，比較傾向繁瑣，所以他們所作的十三經新疏，如：惠棟的《周易述》、孫星衍的《尚書今古文注疏》、陳奐的《詩毛氏傳疏》、孫詒讓的《周禮正義》、胡培翬的《儀禮正義》、劉寶楠的《論語正義》、焦循的《孟子正義》、邵晉涵的《爾雅正義》、郝懿行的《爾雅義疏》，他們也都以漢、晉人的注為底本，疏的內容一如唐、宋人的十三經注疏，堆砌很多資料。其中，值得注意的是惠棟的《周易述》，惠棟著這書主要在提倡漢《易》，著書體例是仿《十三經注疏》的經、注、疏三個層次的注經體例。不同的是《周

---

[22]《四書蕅益解》（臺中市：中台山佛教基金會，1997年5月），〈為政〉第二，頁237。

[23]　李贄《四書評》，頁29、頁33。

易述》的注，並非前人的注，而是惠棟自己作的注。他的注經體例，已可看出清人為群經作注疏的事，是不得不然的結果。

十　清末至現在（簡）

到了清末，儒家經典獨尊的地位逐漸受到質疑，傳統治經的方法和表現的方式也有很大的改變。以前注經所常用的經、注、疏三層的結構，也徹底打破，幾乎所有的經學家都不再遵守經、注、疏間的互動關係。經注有疏，注經時就會顯得比較簡約，如：王闓運著《春秋公羊傳箋》，來探求《春秋》中的微言大義，且把這種注經的方法，用於詩、禮的研究，葉德輝曾批評他：「箋禮補詩，抹殺前人訓詁，開著書簡易之路，成末流蔑古之風」[24]晚清的今文學家治經不太注意訓詁，訓詁有時因字義的探討非常複雜，往往要用長篇累牘來釐清一件事情，公羊家改用發揮義理的方式來注經，確實對當時的學術風氣有所影響。也因為王闓運是用義理來治經，所以他的經學著作，如《尚書箋》、《春秋公羊傳箋》、《論語訓》、《爾雅集解》等，都以簡易為主。

晚清另外一位經學研究的代表性人物王先謙，他的《詩三家義集疏》可說是三家詩研究的集大成之作，該書全錄三百零五篇之經文，詩題及每句經文之下列注和疏兩部分，注中專列三家詩說，包括詩旨解說、詩文訓詁及文字異同。疏中首列《毛詩序》、《毛傳》和鄭玄的《箋》，再徵引秦漢以來古籍記載和歷代學者的考證成果，以明三家詩遺說之出處淵源。王氏的書和惠棟的《周易述》相似的一點是，「注」都不是採自古人的一家之說。不論如何，王氏的注疏體，已比其他注疏體簡潔了許多。

---

[24] 見《經學通誥》（民國四年刊本）。

入民國以後，這種簡約的注經方式，一直被學者沿用著。且一如宋儒，拋棄前人的一切傳注，注文的文字更加簡約。如高亨的《周易古經今注》，只注經的部分，即使引證甚多，仍以簡約為主。胡適的〈周南新解〉、郭沫若的《卷耳集》、陳漱琴的《詩經情詩今譯》，不但注解簡單，且所定的詩旨也與前人頗有出入。《左傳》方面，大部分的著作都在辨偽，王伯祥的《左傳讀本》，注解比杜預的《春秋經傳集解》更簡要。

臺灣這幾十年有不少學者用白話文本注經，幾乎所有注解都是簡要的，可說現在仍處在「簡」、「簡易」、「簡要」的學術氛圍中。學風遲早會變，但要怎麼變，是再變為「繁」、「繁富」的簡繁二元的規律中，或是另有新的發展方向，很難逆料。

十一　結論

戰國以來注釋形式的簡繁更替，已如上述，茲將演變情形列表如下：

順序	1	2	3	4	5	6	7	8	9
時段	戰國—西漢初	西漢中—東漢初	東漢中—魏晉	南北朝—宋初	唐代後期—南宋	元—明初	晚明—清初	清中葉—清末	清末—現在
詮釋形式	簡	繁	簡	繁	簡	繁	簡	繁	簡

看了這個表，我們有幾點要提出討論：

其一，這種簡繁更替的注釋形式大概可分為九個時段，與一般文學史、哲學史按時代來分期並不相合，大體來說，一個朝代的末期往往是新學風醞釀的開始，這種新的學風一直延續到新時代的前數十年，然後逐漸穩定而成為新朝代的主流學風。這種學風的轉變也就是價值系統的轉變，當價值系統轉變時，技術系統也要跟著轉變。如以注經來講，注經的義理系統改變了，注經的方式也要跟著轉變。所以經學史上簡繁交替的注經的現象，背後應該有相當深沉的學術思想轉變的意味在內。

其二，如果這種簡繁交替的現象可以說是一種規律，那麼根據筆者的研究，回歸原典也是一種規律，它每數百年就會出現一次，每次回歸原典的現象產生，與經注的簡繁交替的關係如何，有待進一步的研究。

其三，當註解的形式處在簡這種情況中時，所以會造成簡這種現象，是因為不太引前人的說法，也不再作繁瑣的考證。當然，繁瑣並不一定是因為考證的關係，有時像長篇累牘的議論，也是造成繁瑣的重要根源所在。另外，簡是否可以引用他人之說，像朱熹的《詩集傳》引《毛詩詁訓傳》的說法，蔡沈《書集傳》引《尚書孔安國傳》的說法，並沒有讓這兩書的內容變得比較繁瑣。

其四，同樣是在簡的情況中也有層次上的差別，朱熹的《詩集傳》和《毛詩詁訓傳》都同屬於簡約這個層次，但是太宰春臺[25]作《朱氏詩

---

[25] 近年有關太宰春臺的《朱氏詩傳膏肓》的研究論文甚多，筆者所知的有：（1）村山吉廣：〈太宰春臺の《朱氏詩傳膏肓》〉，刊於《詩經研究》第1號（1974年10月），頁13-20。（2）林慶彰：〈太宰春臺《朱氏詩傳膏肓》對朱子的批評〉，刊於《笠征教授花甲紀念論文集》（臺北市：臺灣學生書局，2001年12月），頁187-204。（3）楊心怡：《太宰春臺對朱熹《詩集傳》的批評》（臺北縣：臺北大學古典文獻學研究所碩士論文，2007年6月）。

傳膏肓》，認為朱子《詩集傳》的議論太多，不合注經的規範。如果太
宰春臺出生在中國，朱熹免不了要遭到浩劫。

　　——由〈中國經學發展的幾種規律〉（原刊於《經學研究集刊》第
　　　七期，頁107-116，2009年11月）第二節「簡繁更替的詮釋形
　　　式」擴充而成。

中國經學史上的回歸原典運動

一　前言

　　一九八六年暑假，我開始撰寫《清初的群經辨偽學》一書，在思考明末清初經學發展的一些問題時，閱讀余英時先生大文〈清代學術思想史重要觀念通釋〉[1]，余先生以為清初學術思想史有回歸原典的現象。我受到啟發認為明末清初的經典研究，是一種回歸原典運動。一九八七年三月，《清初的群經辨偽學》初稿完成，在第二章第三節〈新舊典範競爭中的回歸原典運動〉，即對此一現象有較深入的論述。一九八七年十一月，在臺北舉行的「國際孔學會議」，本人發表〈明末清初的回歸原典運動〉，正式研究經學史上的「回歸原典」現象。此一觀點，逐漸受到經學界的採用，在無數的著作中，都會談到經學史上的回歸原典運動。有些學者會引用此一說法的原始出處，有些則不願意說明這是什麼人最先提出的觀點，就學術倫理來說未免有所欠缺。

　　經學史上的回歸原典現象，並不只明末清初這個時段才有，唐中葉至宋初、清末民初都曾發生過，可說是經學史上時常發生的事。可惜從清末至現在的經學史研究，對此一現象皆未有隻字片語作論述，本文主要的目的，是要證明「回歸原典」在經學史上曾發生過好幾

---

[1]　刊於《史學評論》第5期（1983年1月），頁19-98。該論點見於頁27。

次,是一種解決經學問題的妙方。

二　何謂「回歸原典」

在正式討論中國經學史上的回歸原典運動前,應該要解析何謂「回歸」?何謂「原典」?茲先從「原典」討論起。所謂「原典」,就是原始經典,每一宗教和學派,都有它的原始經典。如基督教的《聖經》,伊斯蘭教的《可蘭經》,印度教的《吠陀》等。至於儒家的原始經典是什麼?即所謂「十三經」。

十三經的形成過程相當複雜,在先秦僅有「五經」,五經即《易》、《書》、《詩》、《禮》、《春秋》。在西周初年已有《書》的一部分資料,這是後來《尚書》一書的雛型。《詩》中的〈周頌〉、〈大雅〉也於西周中葉以前成形,這是《詩經》中成書較早的部分。《易》中的卦、爻辭頗多描述殷、周的互動關係,大概西周初年已形成,可是,直到春秋時代引用者還很少。《禮》是指《儀禮》(也稱《士禮》),是貴族階層行禮的程序表,為免忘記,乃寫成文本。從《禮記》〈雜記〉:「哀公使孺悲之孔子,學士喪禮,〈士喪禮〉於是乎書。」就可以知道《儀禮》的某些篇章,在春秋後期已形成。《春秋》本是魯國的國史,經孔子改定,注入微言大義,形成一部具有褒貶作用的經典。這五部書,由於和聖人有密切的關係,也具備成為經典的基本條件。

戰國時期,解經的著作陸續出現,豐富了五經的內容,也使儒家經典的生命更為活躍。當時解經之書,大抵稱為「傳」、「記」。如:解釋《周易》的有《十翼》,又稱《易傳》;解釋《毛詩》的有《毛詩故訓傳》;解釋《儀禮·喪服》的有《喪服》子夏《傳》。《春秋》的《左氏傳》、《公羊傳》、《穀梁傳》也於戰國時形成。此外,諸子百家於春秋時代開始出現,各家都有它的著作。編輯孔子和孟子言論的著作

《論語》、《孟子》，也陸續完成。《周禮》一書也於戰國出現。另外，《孝經》一書，《呂氏春秋》已引用，可見秦始皇之前已出現。這些「傳」、「記」之書，可能是聖人子弟等聖人集團的成員所作，都含有聖人的理想在內。基本上，儒家的十三種經書，在戰國時已全部完成。但成為經的過程，卻要綿亙到北宋時代，幾達一千餘年之久。

西漢時代設五經博士，所謂五經是承繼先秦而來，即《易》、《書》、《詩》、《禮》、《春秋》。到了東漢時代，有「七經」之名，即在《五經》之外，加入《論語》、《孝經》。唐代有「九經」之名，是指哪九經，說法也不一。一說是《易》、《書》、《詩》、《周禮》、《儀禮》、《禮記》、《春秋左氏傳》、《公羊傳》、《穀梁傳》；另一說是《易》、《書》、《詩》、《周禮》、《儀禮》、《禮記》、《春秋》、《論語》、《孝經》。到了唐代，已遞增至十二經。

文宗開成二年（西元837年），在石碑上刻十二經，立於長安國子監門前，稱為「開成石經」。這十二經是《易》、《書》、《詩》、《周禮》、《儀禮》、《禮記》、《春秋左氏傳》、《公羊傳》、《穀梁傳》、《論語》、《孝經》、《爾雅》。

五代時，後蜀國君孟昶刻石經，刪去《孝經》、《爾雅》，加入《孟子》。這是《孟子》入經部的開始。南宋時，朱子從《禮記》中抽《大學》、《中庸》，與《論語》、《孟子》合稱《四書》。《孟子》在經書中的地位，也完全確定。

從宋仁宗以來，有稱孟蜀所刻經書為「石室十三經」。同時，茅知至作《十三經旁訓》，十三經之名，始見於此，但尚未廣泛流傳。南宋末年周密所著《癸辛雜識》中有提到要節錄《十三經注疏》。此後，十三經之名才逐漸流傳開來。

儒家的十三經，都與聖人集團有關。像《易》相傳歷「三聖」，即伏羲、文王、孔子三聖人所作。《書》、《詩》經孔子刪定，《周禮》是

周公致太平之迹,《儀禮》為孔子所作,《禮記》為七十子後學所記,《左傳》為孔子之朋友左丘明所作。《公羊傳》、《穀梁傳》傳自子夏。《論語》、《孟子》為孔、孟弟子所編。《孝經》是孔門弟子曾子所作。《爾雅》相傳為周公所作。也因為這些書都與聖人集團有關,它們變得神聖不可侵犯。所以,直到明末,胡應麟作《四部正譌》,清初姚際恆作《古今偽書考》[2],都不敢將經書列入偽書。

綜合前代學者的說法,所謂「原典」的神聖性、權威性,可分為下列數點來說明:

其一,經書的作者因為是聖人集團的成員,所以具有高出他書的神聖性和權威性。在回歸原典的過程中,一旦被認為偽作(非聖人集團所作),這種神聖和權威馬上會消解掉。清初辨《古文尚書》、《周禮》,清末辨《左傳》,民國初年辨《周易》、《詩經》,都是最好的例子。

其二,就經書的內容來說,因為都是聖人集團的成員所作,所以所說的都是顛簸不破,可施之久遠,且能垂為教訓的道理。既然如此,在儒學和經學的發展過程中,如有義理的糾紛,就必須以原始經典中的道理作為判斷是非的標準。

其三,就其形式技巧來說,由於經書是聖人集團的成員所作,文章不但有歷久常新的道理,也有很高明的寫作技巧。唐中葉的古文運動,韓愈、柳宗元描述自己的寫作經驗時,都不約而同的強調要模仿經書的寫作技巧,以提升自己文章的寫作水平。

原始儒家經典既具有如此多其他書籍所不可及的特色,一旦儒家後學有義理之紛爭時,它就可以擔任仲裁者的角色。至於學者為磨練

---

[2] 姚氏《古今偽書考》,經部僅列後人經說,並未列入《古文尚書》、《周禮》、《左傳》等屬於十三經中之經典。

文章技巧，也要以原始經典作為寫作的範本。

以上是對儒家「原典」意涵的解析。接著解釋「回歸」。所謂「回歸」，至少有兩層的意義。其一，以原典作為尊崇和效法的對象，這是因為原典有聖人之道在內，唐中葉至宋初、明末清初的回歸原典，基本上屬於這種類型。其二，以原典作為檢討的對象，詳細考辨原典是否與聖人有關，如果無關，這些典籍最原始的面貌是什麼？如民初學者以為《周易》是占卜之書，《詩經》是古代歌謠總集，《春秋》是史書，都是回歸經典本身作徹底檢討的結果。

這兩層意義的「回歸」，目的雖有不同，但都以原典為對象來進行各自的學術活動。

三　唐中葉至宋初的回歸原典運動

前文說到「回歸原典」是解決經典詮釋過程中所產生的問題的良方，到了唐代中葉，產生了中國經學史上第一次的「回歸原典」的現象。那麼，唐中葉以後，經學研究發生了什麼問題？

要回答這問題，得先從漢代以來的經典解釋傳統說起。先秦至漢代逐漸形成的經典，在漢代到魏晉間，產生了許多的注解，如：《周易》的王弼、韓康伯注；《尚書》的孔安國《傳》；《毛詩》的《毛詩故訓傳》、鄭玄《箋》；《周禮》、《儀禮》、《禮記》都有鄭玄的《注》；《左傳》有賈逵、服虔的注，和杜預的《春秋經傳集解》；《公羊傳》有何休的《春秋公羊傳解詁》；《穀梁傳》有范寧的《春秋穀梁傳集解》；《論語》有鄭玄的《論語注》、何晏的《論語集解》等書。

進入南北朝以後，由於當時都用義疏體來講解佛經，儒家經典的

研究，因受佛教講經的影響[3]，產生了許多義疏體的著作。如：《周易》有梁武帝的《周易講疏》，褚仲都的《周易講疏》，蕭子政的《周易義疏》；《尚書》有費甝的《尚書義疏》，劉炫的《尚書述義》；《毛詩》有沈重的《毛詩義疏》，劉炫的《毛詩述義》；《周禮》有沈重的《周官禮義疏》；《禮記》有賀瑒的《禮記新義疏》，皇侃有《禮記義疏》；《左氏傳》有劉炫的《春秋左氏傳述義》，佚名的《春秋公羊疏》；《孝經》有皇侃的《孝經義疏》等；《論語》有皇侃的《論語義疏》，劉炫的《論語述義》等。

　　唐人修《五經正義》，基本上以南北朝的義疏為底本，再加以增刪，如《尚書正義》是以劉炫、劉焯為底本；《毛詩正義》是以劉炫、劉焯為底本；《禮記正義》是以皇侃為底本；《左傳正義》是以劉炫為底本。義疏體對經文和漢晉人的注又作疏通，形成經學詮釋過程中的三層結構。文字已到了疊床架屋的地步。胡適之先生稱為「煩瑣哲學」。由於疏的文字數量太多，到了唐中葉，士人參加科舉考試，大抵皆以注疏為主要閱讀的書籍，經文本身反而被忽略。

　　另外，有些經典很早就有傳，如《春秋》一經，有《左氏傳》、《公羊傳》、《穀梁傳》等。當時士人有以為經的文字，不及傳來得明確，所以以傳的文字來改經。傳本來是解釋經的文字，到了唐中葉，傳的地位反而高於經，當時的經學可說是一種傳學，而非經學。太過重視傳注之學，就好像重視枝葉而忘其本根，如以當時的政治情況來比喻，就是藩鎮的勢力太大，中央政府陵夷不振。

　　這時，產生了一個以全新視野來審視《春秋》的學派，創始者是

3　有關此一問題的研究，可參考（1）牟潤孫：〈論儒釋兩家之講經與義疏〉，《新亞學報》第4卷2期（1960年2月），頁353-415。（2）張恆壽：〈六朝儒經注疏中之佛學影響〉，收入張氏著：《中國社會與思想文化》（北京市：人民出版社，1989年8月），頁389-410。

啖助，繼承者是趙匡、陸淳。他們有感於當時中央政府與藩鎮關係的失控，特別強調「正名」的重要性。認為孔子作《春秋》的目的，在於「尊王室，正陵僭，舉三綱，提五常，彰善癉惡」，這顯然是對當時藩鎮的批評。

啖助等人為了提高《春秋》本經的地位，對《春秋三傳》作了較嚴厲的批評。他們認為古人對《春秋》的解說，本來就是口耳相傳，自漢以後才著於竹帛，於是《三傳》才能廣為流傳。《左傳》收集資料非常宏富，敘事特別詳備，使後人可以得知春秋歷史的本末，也可以透過《左傳》來了解《春秋》經文的內涵。但他們以為《左傳》「敘事雖多，釋意殊少，是非交錯，混然難證」。這是說，《左傳》對《春秋》經中的微言大義闡述太少，且是非混雜，讓人難以把握。

至於對《公羊》、《穀梁》二傳的批評，他們以為在傳授的過程中，不免以訛傳訛，因此和《春秋》經的本義相出入者不少。他們雖然讚美《公》、《穀》二書對聖人的微言大義有所發明，但也批評二傳太拘泥於文句，往往穿鑿附會。他們認為「褒貶」之說對解釋《春秋》大義並非普遍適用。事實上也有許多「文異而意不異」的經文，字字去推敲他的「微言大義」，使二傳的「繁碎甚於左氏」。[4] 啖助等人評論《三傳》雖相當嚴厲，但並不廢棄它們。他們在解釋《春秋》時仍然兼採《三傳》之說。顯然是要《三傳》不可逾越「傳」的本份，這就是他們強調「正名」的真正意義。相對於韓愈〈贈盧仝〉所說：「《春秋三傳》束高閣，獨抱遺經究終始」，顯然要理性許多。同一時代的回歸原典，範圍大小、內容深淺也有許多差異。

此外，唐代的古文運動可說是一種尊經運動，擴大來說，也是一種中國文化的復興運動。大概從南北朝以來，佛道的勢力越來越大，

4　見《春秋集傳纂例》，卷1，〈三傳得失議第二〉。

儒家思想逐漸失去主導的優勢，到了唐中葉，儒家思想已成伏流。韓愈為儒家思想的存活感到很憂心，他的闢佛帶有相當的暴力成分，手段和方法都不很高明，但他的心情我們可以了解，他是希望藉寫作時模仿經典的技巧，來重新喚回大家對儒家經典的重視，並提昇儒家思想的主流地位。

韓愈的文學觀念是復古明道，他主張思想要回到古代儒家，文體也要回到質樸的經典，從經典中去體會聖人之道，他在〈進學解〉中說：

> 上規姚姒，渾渾無涯，周誥殷盤，詰屈聱牙，《春秋》謹嚴，左氏浮誇，《易》奇而法，《詩》正而葩；下逮《莊》、《騷》，太史所錄，子雲、相如，同工異曲。先生之於文，可謂閎其中而肆其外矣。

他認為《尚書》、《春秋》、《左傳》、《周易》、《詩經》、《莊子》、《離騷》、《史記》、揚雄、司馬相如等，都是他寫作時取法的對象，即所謂「非三代、兩漢之書不敢觀」的意思。他又主張「文以載道」，即文學作品應該具有倫理教化的意義。所載的道，是古聖人之道。古聖人之道在經典之中，韓愈所以強調要回歸經典，就是這個原因。

柳宗元的觀點和韓愈相接近，但思想較為通達。他在〈答韋中立論師道書〉中說：

> 始吾幼且少，為文以辭為工。及長乃知文者以明道，是固不苟為炳炳琅琅，務采色誇聲音而以為能也。……本之《書》以求其質，本之《詩》以求其恆，本之《禮》以求其宜，本之《春秋》以求其斷，本之《易》以求其動，此吾所以取道之原也。參之《穀梁》以屬其氣，參之《孟》《荀》以暢其支，參之

《老》、《莊》以肆其端，參之《國語》以博其趣，參之《離騷》
以致其幽，參之《太史》以著其潔。此吾所以旁推交通而以之
為文也。

在〈報崔黯秀才書〉中又說：

辱書及文章，辭意良高，所嚮慕不凡近，誠有意乎聖人之言。
然聖人之言，期以明道，學者務求諸道而遺其辭。辭之傳於世
者，必由於書，道假辭而明，辭假書而傳，要之之道而已矣。
道之及，及乎物而已耳。

柳宗元認為在經書中求聖人之道也要求辭，求辭而遺道固然不可，只
求道而遺其辭，也有所偏枯。最理想的方法是既求道德之道，也求文
辭之道。他所說的「本之《書》以求其質，本之《詩》以求其恆⋯⋯」
都是作文之道。可見，柳宗元回歸經典的用意，不僅在求倫理教化之
道，也在求作文的方法。這點似乎較韓愈的思慮更為周到。但不論如
何，他們的古文運動，都希望從經典中取得創作的泉源。這種帶有復
興文化性質的古文運動，到了宋初，經歐陽修等人的進一步推動，才
正式成功。

四　明末清初的回歸原典運動

　　明末清初的經學研究，所以必須藉回歸原典來解決經典詮釋的種
種困難，實導因於三方面的問題，一是前人留下的問題，如《古文尚
書》真偽問題，《周禮》、《左傳》的作者問題。二是宋人製造出來的問
題，最關鍵的是易圖的來源和朱子另立《四書》系統的問題。三是明
代學者產生的問題。

　　先討論易圖問題。《易》本無圖，所以會產生易圖問題，導因於儒家經典缺乏可與佛、道抗衡的宇宙論的理論體系。為彌補不足，作易圖來充數。這些易圖的總源頭是華山陳摶。根據朱震的《漢上易解》，陳摶的易圖授受，可列表如下：

（1）河圖洛書：陳摶通過种放→李溉→許堅→范諤昌→劉牧。
（2）先天圖：陳摶通過种放→穆脩→李之才→邵雍。
（3）太極圖：陳摶通過穆脩→周敦頤→二程。

從易圖是陳摶所傳，就知道所謂易圖本非儒家原有的東西，但儒家人物卻將它用來作為與佛道抗衡的武器。

　　至於朱子，後人雖稱他是集宋學之大成，但因他而引申出來的問題也不少。最明顯的問題是他將《大學》、《中庸》從《禮記》中抽離，與《論語》、《孟子》合稱《四書》，這等於破壞《禮記》一書的完整性，且有以《四書》取代《五經》的傾向。如再仔細觀察，朱子將《大學》分經一章，傳十章，也於古無據，至於調整《大學》章節順序，為格致章作「補傳」，更有疑經、改經的嫌疑，導致《大學》有數十種改本，不但未解決義理的問題，反而使問題更加複雜化。

　　明代學者的問題，是陽儒陰釋。明代詮釋經典，摻雜佛老，使儒家經典喪失了主體性。這種注釋的方式，看似在詮釋儒經，實則是佛學對儒學的滲透。如：管志道用《華嚴經》的觀點來解釋《論語》、《孟子》。智旭（蕅益禪師）的《周易禪解》、《四書蕅益解》，都是用禪學的觀點作說解。

　　綜合以上幾個時段所累積下來的問題，再加上程朱、陸王何者接近聖人之本義的爭論，有越演越烈的趨勢，儒學的本質是什麼？實有重新加以檢討的必要。要徹底了解儒學的本質，就應對現有的儒家經

典和後儒經說作最徹底的考辨，以分辨真經和偽經。明末清初所以要考辨群經的真偽，是當時回歸原典運動的一種過程。當時諸儒考辨經書或經說的成果如下：

（一）易圖

考辨易圖的有黃宗羲、黃宗炎、朱彝尊、毛奇齡、胡渭等學者。黃宗羲作《易學象數論》，力辨〈河圖〉、〈洛書〉、〈先天圖〉與聖人之旨不合。黃宗炎作《圖學辨惑》，追尋易圖依託的根源。朱彝尊作〈太極圖授受考〉，以為該圖是承襲自道家。毛奇齡作〈河圖洛書原舛編〉、〈太極圖說遺議〉，以為今之〈河圖〉本自大衍之數，〈洛書〉即〈太乙下九宮法〉。〈太極圖〉經毛氏考證，實出自佛、老二氏。

（二）考辨古文尚書

閻若璩作《尚書古文疏證》，列舉一二八條證據，證明《古文尚書》乃魏晉人偽造。其中如〈大禹謨〉所述十六字心傳，是宋明以來學者建立道統的根據。〈大禹謨〉經證明為偽作，道統之說也失去依附。

（三）考辨詩傳和詩說

經仔細研究《詩傳》有鈔本和刻本兩種。鈔本為豐坊偽作，刻本則是王文祿抄自《魯詩世學》。《詩說》則為王文祿偽作。《詩傳》代表孔門傳經，《詩說》代表漢人之傳經。兩書內容非常相近。這正可證明漢人傳經和孔門是一貫相承的，這就戳破宋人直承道統的說法。

（四）考辨周禮

明末清初考辨《周禮》的學者有毛奇齡、萬斯大和姚際恆。毛奇齡作《周禮問》，以為《周禮》作於戰國末年。萬斯大作《周官辨非》，以為《周禮》作於戰國時代。姚際恆作《周禮通論》，以為劉歆偽作。毛奇齡和萬斯大的說法較接近事實，他們兩人為《周禮》的時代定位，並非周公所作，也不是劉歆偽作。既為戰國時代的作品，就和聖人無關。《周禮》既與聖人無關，它的神聖性和權威性就受到相當的考驗。

（五）考辨大學

清初考辨《大學》的有陳確、姚際恆。陳確所要考辨的並非《大學》程本、朱本、古本、石經本義理的是非。而是要證明《大學》非孔子、曾子之書。以《大學》為孔曾之書，是宋明學者的共識，陳確從「迹」和「理」來判斷《大學》並非聖人之語。所以應黜《大學》還歸《禮記》。姚際恆《禮記通論》中以為《大學》雜有禪學，非聖人之本真。

（六）考辨中庸

清初考辨《中庸》者有費密《大學中庸駁論》，潘平格也有考辨，以及姚際恆《禮記通論》中論辨《中庸》的文字。費密、潘平格的說法，今已不可見。姚際恆則以《中庸》之思想不符孔門宗旨，並證明《中庸》思想與佛、老相合，以為《中庸》是二氏之學。既非聖人之

書，根本不必太重視。

（七）考辨石經大學

　　清初考辨《石經大學》者有毛奇齡、朱彝尊兩家。毛氏作《大學石經證文》，考辨《石經大學》為偽作。朱彝尊《經義考》著錄各家《大學》著作時，對相信《石經大學》的學者表示嫌惡和惋惜。《石經大學》的出現，可說是一時附會，要回歸原典，此種附會勢必要加以廓清。[5]

　　以上所考辨的典籍，有的是列為十三經中的正經，有的是歷代學者說經之作。不論是正經或經說，都會有依託附會，要確切了解孔、孟的真正意涵，就必須分辨哪些為真經，哪些為附會。明末清初儒者花費大量功夫來考辨經書和經說的真偽，就是要去偽存真，然後以真經作為衡量義理是非的判準。當時作為判準的是什麼？朱舜水〈答佐野回翁書〉說：

> 來問朱、王之異，不當決於後人之臆斷，寒暖之向背，即當以孔子斷之。（《朱舜水集》，卷5，頁84）

陳確〈復張考夫（履祥）書〉也說：

> 凡儒先之言，一以孔、孟之學正之，則是非無遁情。（《陳確集》，頁132）

李塨〈與王草堂〉說：

> 論朱、陸、王三子，當以孔、孟為斷，合於孔、孟，三子即各

5　參考拙作：《清初的群經辨偽學》（臺北市：文津出版社，1990年3月），各章。

　　詣，無害也；不合孔、孟，三子即同歸，無取也。（戴望《顏氏
　　學記》卷7，〈恕谷四〉，頁186）

以上所引皆以為義理之是非，應以孔、孟為斷，孔、孟已不在人世，
當然要從他們的著作中去尋找裁斷是非的規範。顯然，《論語》、《孟
子》在此一時段回歸原典的運動中，扮演了相當吃重的角色。

五　清末民初的回歸原典運動

　　從清末到民國初年，又再一次的掀起回歸原典的熱潮。清中葉以
後，滿清政府的統治逐漸失去控制，內憂外患接踵而來。乾嘉時代居
於主流地位的考據學者對如此巨大的變動，可說束手無策，新興的今
文學家不甘雌伏，想將考據學者取而代之。遂指控古文經為劉歆偽
作，掀起了晚清今古文學論爭的序幕。今文學家雖逐漸取得優勢，但
所遇到的問題，並非以前常常處理的同質文化間的爭端，而是異質文
化間的糾紛，處理不好，甚至有國破家亡的危機。今古文學家一面鬥
爭，一面應付外來的變局。漸漸的，學者從中領會到今古文之爭並不
能解決中國當前要面對的問題。該如何才能自立圖強？

　　有些學者覺得這是中華文化如何面對世界的變局問題。要解決此
一問題，惟有將傳統學術攤在陽光下重新檢驗，哪些是有用的？哪些
是無用的？哪些是長期被扭曲的？都應該弄清楚。民國初年，對傳統
學術問題的理解，大抵分為兩派，一派是以陳獨秀、胡適、魯迅、李
大釗、毛子水、傅斯年、羅家倫等人為主的新文化運動者，他們有
《新潮》作為喉舌。另一派是以劉師培、辜鴻銘、黃侃等人為主的傳統
學者，他們創辦《國故》月刊。由於兩派各有各的治學理念，對於傳
統學術問題也有相當嚴重的分歧。

　　民國八年（1919）劉師培等人發起成立《國故》月刊社，以「昌明中國固有學術」為宗旨，對新文化運動者所造成的社會變動，則大為不滿，表示將發起學報，以圖挽救。毛子水則對《國故》提出反擊，認為是一種「抱殘守缺」的方式而已。此後，雙方互相攻擊，延續數年。然最重要的是民國八年（1919）十一月，胡適所寫的〈新思潮的意義〉一文。他把新思潮的意義理解為「研究問題、輸入學理、整理國故、再造文明」。這裡的「整理國故」，本是劉師培等人所刻意提倡的，胡適這種新文化運動者竟也加入，但他所以提倡「整理國故」，是因為：

1. 古代學術思想缺乏系統、整理。
2. 前人研究古書缺乏歷史進化觀，不講究學術脈絡發展。
3. 前人讀古書，多誤信訛傳的謬說。
4. 當時學者高談保存國粹，卻不解國粹之內涵。

這是新文化運動者對整理國故的新見解。也代表這一批有新思想學者對傳統文化的態度。至於整理的步驟，胡適以為：

1. 條理系統的整理，從亂七八糟裡尋出一個條理脈絡。
2. 用歷史進化的眼光，尋出每種學術思想是如何發生，其影響如何？
3. 用科學的方法，作精確的考證，整清古人所說的含意。
4. 綜合前三步的研究，還給各家一個本來面目，一個真價值。

到民國十二年（1923）一月，胡適擔任《國學季刊》編輯部主任時，將整理國故的系統意見發表在〈國學季刊發刊宣言〉，以為國故整理的

重要方向是擴大研究範圍、注意系統的整理、博采參考比較的資料。
所以要整理國故，就是要還給古人一個本來面目，他說：

> 整治國故，必須以漢還漢，以魏、晉還魏、晉，以唐還唐，以
> 宋還宋，以明還明，以清還清，以古文還古文家，以今文還今
> 文家；以程、朱還程、朱，以陸王還陸王，……各還他一個本
> 來面目，然後評判各代各家各人的義理的是非。不還他們的本
> 來面目，則多誣古人。不評判他們的是非，則多誤今人。但不
> 先弄明白了他們的本來面目，我們決不配評判他們的是非。

胡氏不但對整理國故提出指導原則，他自己也身體力行進行國故的整
理工作。他不但整理古代各家的哲學，著成《中國哲學史大綱》，更整
理古代白話文學，著成《白話文學史》，也指導學生顧頡剛等人，努力
去整理鄭樵、姚際恆等人的著作。[6]

　　如將整理國故的方向，指向爭議最多的古代經典，根據胡適的意
見，是要還給古代經典一個本來面目。也就是將歷來加在經典上的種
種附會層層的剝去，經典的真面目才能完全突顯出來。顧頡剛所提出
的古史層累說，不是也要還古史一個真面目嗎？這可以說是一事的兩
種不同的表述方法。再進一層說，這不也是另一種方式的回歸原典？

　　茲以《詩經》為例來解釋這一套理論。根據胡適的理解，歷來數
以千百計的學者已將《詩經》解釋得烏煙瘴氣，今人要了解傳統學術
的真相，就要還給《詩經》一個真面目。胡氏在〈談談詩經〉一文中
說：

> 以前的人把這部《詩經》都看得非常神聖，說它是一部經典，

6　以上參考拙作：〈民國初年的反詩序運動〉，收入中國詩經學會編：《第三屆詩經國際
　　學術研討會論文集》（香港：天馬圖書公司，1998年6月），頁260-282。

> 我們現在要打破這一觀念。假如這個觀念不能打破,《詩經》簡
> 直可以不研究了。因為《詩經》並不是一部聖經,確實是一
> 部古代歌謠的總集,可以做社會史的材料,可以做文化史的材
> 料。萬不能說它是一部神聖經典。

這裡,胡適提出幾個觀點:(1)《詩經》是一部古代歌謠總集,不是一部神聖經典;(2)《詩經》可以做為社會史、文化史的材料。胡適以為歷來把《詩經》當作一部神聖經典。並不是《詩經》的真面目,要超越神聖經典這一關才能算是尋找到了《詩經》的真面目。《詩經》的真面目是什麼?即「一部古代歌謠的總集」。可見如果把胡適的論點解釋為回歸原典,它所要回歸的不是聖人的經典,而是超越聖人的經典,聖人起作用之前的真面目。

胡適的學生顧頡剛也認為古代的經典都與聖人無關,根本沒有聖人的微言大義。為了證明這點,他們花費大半的功夫來考訂這些經典的作者,以還它們的真面目。顧頡剛對經典的態度,可以看出新文化運動者如何藉經典作者的考辨,達到還經典一個真面目的目的。茲以顧頡剛為例來說明:

(一)周易

顧頡剛在〈周易卦爻辭中的故事〉中,先分析伏羲、文王、孔子所以成為《周易》作者的原因,然後強調卦、爻辭在《周易》中的關鍵地位。再從卦、爻辭的記事中尋找真正的作者。顧氏根據卦、爻辭中(1)王亥喪牛羊於易的故事;(2)高宗伐鬼方的故事;(3)帝乙歸妹的故事;(4)箕子明夷的故事;(5)康侯用錫馬蕃庶的故事等,以為卦、爻辭作成於西周時代,那時候沒儒家,沒有道統。至於和聖人

發生關係，完全是因為〈繫辭傳〉中觀象制器一段所引起。

（二）尚書

顧頡剛研究《尚書》最久，成果也最豐碩。他在研究《尚書》的過程中花費許多時間考辨〈堯典〉、〈禹貢〉的作成時代，一方面是藉考辨〈堯典〉、〈禹貢〉的時代，摧毀歷來建立在兩文上的古聖王權威，然後還給古代經典一個真面目。

（三）詩經

胡適和顧頡剛都以為《詩經》是一本詩歌總集，所以和聖人有關，是因為前人認為《詩序》是子夏所作。為了要證明《詩序》非子夏所作，他們認為《詩序》與聖人思想不合，故非子夏所作。《詩序》既與子夏無關，而為東漢的衛宏所作，《詩序》就不具有神聖權威。《詩序》既不可信，《詩經》的詩篇也無聖人教化在內，所有詩篇都應該重新解釋。所以，胡適的〈談談詩經〉、〈周南新解〉中，都有出人意表的新解。

（四）春秋

顧頡剛提出許多證據證明《春秋》並非孔子所作，既如此，《春秋》也無聖人的微言大義，祇不過是魯國史書而已。[7]

顧頡剛的論點，主要是證明經書和聖人並沒有直接的關係，也給

---

[7]　參考拙作：〈顧頡剛的經學觀〉，《中國經學》第 1 輯（2005 年 11 月），頁 66-99。

經學研究致命的一擊。而最終目的，是要證成經典是一堆不太可靠的史料而已。

六　結論

本人於一九八六年開始研究明末清初經學的演變時，認為那是一種藉著辨偽手段，達到回歸原典目的的學術運動。後來，慢慢對整個經學史的發展作仔細進一步的探究，發現每隔數百年都會有一次的回歸原典運動。現在學界大多數人都會談經學史上的回歸原典現象，本人也樂觀其成。本文上面數小節的論述，約可歸納為下列數點：

其一，「回歸原典」的「原典」，指儒家的十三經，它們都是聖人集團的成員所作，具有絕對的權威。「回歸」有兩層的意義，一是以原典作為尊崇和效法的對象，因為原典蘊含聖人之道；二是以原典作為檢討的對象，詳細考辨原典是否真的與聖人有關，如果無關，這些典籍最原始的面貌是什麼？

其二，唐中葉以後，因為政治、文化等方面的問題，學者為恢復傳統儒家思想的主導性，強調要回歸《易》、《詩》、《書》、《春秋》等原始儒家經典，從經典中領會聖人之道，和揣摩經典的寫作技巧，以提昇寫作水平。

其三，明末清初是程朱、陸王之爭進入白熱化的時代，為解決義理的紛爭，學者提倡回歸孔孟原典，但經書流傳千餘年，何者是儒家的真經典已頗為混淆，必須先藉辨偽釐清真偽。所以，明末清初的經典辨偽，是一種儒學內部的自清運動，也是達成回歸原典的必要手段。

其四，清末民初是今古文相爭不下的時代，學者以為今古之爭並不能解決國事紛亂的局面。重新回來省視傳統學術，以為必須整理國故。胡適、顧頡剛等人認為整理國故，首要在經典，必須消除經典的

神聖性，還它一個本來面目。這種回歸原典的現象與以往略有不同。以往的回歸原典，是回歸經聖人集團加工後的經典，作為取法的對象，和解決紛爭的判準。胡適等人，是要消除經典的神聖權威，回歸到沒有聖人加工之前典籍的真正面目。要窺知這種真面目，就要極力撇清這些典籍與聖人無關。所以，他們花許多篇幅來消解經典的神聖性。

——本文為應邀參加第五十四回九州中國學會大會（平成十八年度）特別演講論文，長崎大學環境科學部主辦，2006 年 5 月。日文本篇名作〈中國經學史上の原典回歸運動〉，由藤井倫明教授翻譯，刊於《中國哲學論集》第 31、32 合併號（平成 18 年 12 月），頁 1-21。中文本刊於《中國文化》第 30 期（2009 年秋季號），頁 1-9。

中國經學中的中心與周邊

一　前言

　　每一個古老的國家都有它自己的經典。由於各國的文化、地理環境各不相同，經典的形成和傳播、及傳播於各國後，周邊各國的回應方式也各不相同。中國經典形成後，向韓國、日本、越南等周邊國家傳播。對這幾個國家政治、社會、教育產生了相當程度的影響。各國的經學者，在吸收中國經學的精華後，對經書和歷代經說也有不少批評。且所著經學論述，頗有高於中國學者之著作者，如阮元（1764-1869）作《詩書古訓》，早於阮元七十多年日本江戶時代古學派的太宰春臺（1680-1747）作《詩書古傳》，與阮元之書相比，內容多有出入。太宰春臺又作《論語古訓》，比陳鱣的《論語古訓》，也早五十多年，資料與阮元所輯互有出入，可見周邊各國雖吸取中國經學之精華而成，但學風的發展，並不一定中國要早日本一百年，反而是日本早中國數十年。這種情況從來沒有學者試作解釋。可見經學的中心國和周邊國的互動關係，有待進一步的了解的地方不少。

二　中國經典的形成

　　在西周初年，《詩》、《書》等文獻資料已出現，所謂《詩》，可能只有〈周頌〉和〈大雅〉中的一部分，所謂《書》，可能只有〈周

語〉的部分，這些文獻資料，因為數量不多，可能還沒有經過整理。累積到東周的春秋時代，《詩》已有三百篇，根據《左傳》魯襄公二十八年，季札在魯國觀樂所見的《詩》，已分成風、雅、頌三大類，不但《左傳》、《國語》中引詩、賦詩的事例相當多，《論語》中也有評詩、引詩的文字。《書》的部分，相傳有三千餘篇，孔子編為百篇尚書。

　　至於《易》，就卦、爻辭來看，有許多有關殷周史事的記載，其雛形應產生於西周初，至《論語》時，都還沒有充分的引用。因此，有不少學者也懷疑，《易傳》是否為孔子所作。近年出土的馬王堆帛書中有〈二三子問〉，是孔子與弟子論《易》的文字，足見孔子與《易》實有密切的關係。

　　禮的儀式本為古代貴族階層所重視，士之階級所行之禮，因為怕程序會遺忘，就有人把它記下來。所謂《士禮》即是士這個階層當時行禮的節目單。孺悲所以要向孔子學士喪禮，就是因為行禮的過程繁複，非有人教導不行。大抵今傳《儀禮》十七篇，應是春秋至戰國初期時代的產物。至於《春秋》一書，是孔子根據魯史修訂而成的編年體史書，因有孔子的微言大義在內，所以特別受到重視。

　　大概在戰國中後期，到漢朝初年解說這些經書的傳、記之學逐漸發達起來。解說《易》的有《易傳》；解說《書》的有《尚書大傳》；解說《詩》的，有《毛詩詁訓傳》；解說《儀禮》有《禮記》，《禮記》中的〈冠義〉、〈昏義〉等，就是解譯《儀禮》中的〈士冠禮〉、〈士昏禮〉的文字。至於《春秋》，則有《公羊傳》、《穀梁傳》和《左傳》等所謂《春秋三傳》。

　　記載孔子言行的《論語》，大抵也於戰國時期成書。孔子後學的孟子，弟子將其言行記錄輯成《孟子》一書，也應成於戰國時代。《孝經》一書，《呂氏春秋》已有引用，也應成於戰國時代。至於《爾雅》一書，是解說經書文字的記錄，大抵輯成於漢代初年。

　　最具爭議的應是《周禮》，經過千餘年的爭論，大抵以為是戰國時期，知識份子所陳述的理想政治設計。

　　以上十三種文獻資料，它們所以能成為經書，先決條件是要與聖人集團有關。所謂聖人集團，是指伏羲、堯、舜、禹、湯、文、武、周公、孔子等人，和孔子之家屬、弟子和後學。堯、舜、禹、湯、文、武、周公、孔子等人的時代相差很遠，看似很難成為集團的一員，但這些人所以成為聖人的時間，大抵都在戰國時代，因此，時間上雖不在一起，成聖的時間則大抵一致，稱為「聖人集團」也未嘗不可。

　　上述的文獻史料，有《易》歷三聖之說，即《易》經過伏羲、文王、孔子之手，始成書，亦即由三位聖人合作而成。《書》雖在孔子之前已有，但經孔子刪訂為百篇，應有聖人的理想在內。《詩》經孔子刪為三百篇，也有孔子的微言大義在內。

　　至於《三禮》中的《周禮》，前人皆以為「周公致太平之書」，即聖人周公所作。《儀禮》則以為孔子之作，《禮記》既是解說《儀禮》的文字，大都是孔子弟子的作品。《春秋三傳》的《左氏傳》，相傳是與孔子同時的左丘明所作，《公羊傳》是子夏傳給公羊高，《穀梁傳》是子夏弟子穀梁俶所作。總之，《春秋三傳》還是與聖人集團有關。

　　《論語》是記錄孔子言行的書，記錄者是孔子弟子。《孟子》一書的記錄者是孟子弟子。《孝經》的作者，隋唐以前以為是孔子或曾子所作。《爾雅》一書，或以為周公所作，或以為孔子及其弟子所作。總之，十三經作成時代雖然不一，但都與聖人集團有關。

　　十三經也並非同時稱「經」，是經過近兩千年的演變才完成。先秦時期有六經，兩漢只有五經，東漢時有七經，唐代擴充為九經、十二經，宋仁宗時，已有十三經之名。至南宋末年《十三經注疏》，已在學者間流行。

三　早期經典向周邊的傳播

中國和韓國雖有鴨綠江為界，但早期的韓國一直受中國的保護。經書傳到韓國的確切時間，很難作判斷。但在高句麗、百濟、新羅時代，即西元前一世紀至七世紀之間，這三國的許多文獻已受到經書的影響，如：高句麗的「大學」制度，所講授的即是儒家五經，所以知識份子可說人人皆通五經。高句麗第二代的瑠璃王所作的〈黃鳥歌〉，即仿自《詩經》，該詩云：

> 翩翩黃鳥，雌雄相依。
> 念我之獨，誰其與歸。[1]

此模仿《詩經》中的「興」句。至於〈廣開土大王碑〉，則可見到《尚書》的形態。另外，小林獸王三年，頒布律令，訂立國家規範，所有法規皆根源於《周禮》。

在百濟方面，民俗生活中，盛行的投壺遊戲，即宴會時，在適當距離置一大壺，賓主即興投矢入壺中，以中壺矢數多寡訂勝負，勝者須向敗者勸飲。此種娛樂一直流傳到現在。投壺禮，《禮記》有〈投壺〉篇，詳細記載其方法和內容。古爾王（西元234-285年）時代所設置的「六佐平」制，「六佐」即源於《周禮》的六官。百濟南遷以後，實施二十二部官制，內官十二部，即仿自十二地支，外官十部，即仿自十天干。外官中的司徒府、司空府、司寇府，皆仿自《周禮》。《三國史記》古爾王二十八年（西元261年）條以為王「作南堂聽事」，此

---

[1] 朝鮮史學會編輯：《三國史記》（京城：朝鮮史學會，1941年1月，3版），卷13，〈高句麗本紀〉第一，頁148。

一南堂制度，實與明堂制度有相當密切之關係。至於新羅方面，受經書的影響亦深，它們和高句麗、百濟一樣，都有各種「博士」。新羅統一其他二國後，稱為統一新羅時代。當時國學的考試科目，有《禮記》、《論語》、《周易》、《孝經》、《春秋左氏傳》、《毛詩》等，都是儒家的經典。

高麗時代的前期，太祖作《訓要十條》，大抵皆受儒家思想的影響，其中第七條言人君得民心之難，言收拾民心之要乃在從諫言，遠讒言，使民以時，減賦稅、輕徭役等，此種思想，源自《孟子》的民本主義思想。高麗時代的初期，受儒家思想影響最深的是成宗，他曾下詔云：

> 凡理國家必先務本，務本莫過於孝，…是以取則六經，依規三禮，庶使一邦之俗，咸歸五孝之門。[2]

這段話強調孝的重要性，當然是受儒家經書的影響。

談到儒家經典在日本的傳播，最早的記載是《古事記》應神天皇條，所記西元二八五年，百濟博士王仁赴日本貢獻《論語》、《千字文》。根據相關研究，古代經典大概在應神天皇至推古天皇的三百年間，由朝鮮半島逐漸傳入日本。推古天皇十五年（西元607年），日本派小野妹子使隋，兩國正式建交。自第七世紀開始，漢籍通過遣隋（唐）使、學問僧直接傳入日本。

文武天皇大寶元年（西元701年）修成的《大寶律令》，元正天皇養老二年（西元718年）修訂而成《養老律令》有關於經書的記載。

---

2 《高麗史》成宗九年九月條，收入《四庫全書存目叢書》（臺南縣：莊嚴文化事業公司，1996年8月），史部第159冊，頁85。

（1）學令第五條：凡經《周易》、《尚書》、《周禮》、《儀禮》、《禮記》、《毛詩》、《春秋左氏傳》，各為一經，《孝經》、《論語》學者兼習之。

（2）第六條規定所用注本：「凡教授正業，《周易》鄭玄、王弼注，《尚書》孔安國、鄭玄注，三禮、《毛詩》鄭玄注，《左傳》服虔、杜預注，《孝經》孔安國、鄭玄注，《論語》鄭玄、何晏注。」

（3）第七條將經書分為大經（《禮記》、《春秋左氏傳》），中經（《毛詩》、《周禮》、《儀禮》），小經（《周易》、《尚書》），是模仿唐代科舉。

可見經書在當時日本的影響力。從這些記載，也可以得知當時在日本流傳的除了經書本身之外，所流行的是漢、魏、晉學者的注。即所謂漢唐訓詁，也稱漢學，如以宋代傳來的經說為新注，這些漢唐訓詁，則是舊注。

奈良時代的文學作品，如《懷風藻》、《萬葉集》等書，有直接引用《詩經》語句的，也有化用《詩經》語句的。鎌倉、室町時代最有成就的經學家是清原宣賢（1475-1550），著有《周易抄》、《毛詩抄》、《曲禮抄》、《中庸抄》等十六種。這是他長期講經的成果，也是日人有經學著述的開端。清原的《毛詩抄》，不但用古注，也兼用宋儒新注，可說是漢、宋調和的最明顯事例。

四　經典在周邊各國所起的作用

經典在周邊各國傳播的過程中，對各國影響最大的是什麼經典？如果要票選的話，在韓國應該是《朱子家禮》，在日本則是《論語》。

　　《朱子家禮》雖不在十三經的範圍，但該書可說是《儀禮》、《禮記》的簡本，一般人要執行禮儀工作，最方便的手冊。《家禮》在高麗末期，由安珦（1241-1306）傳入韓國，可能性很高。《家禮》制定的冠、昏、喪、祭之禮，符合一班人的道德標準，對王公貴族也並不失禮。所以，很快就在高麗儒者間流傳，著名學者鄭夢周居父之喪，依《家禮》行喪祭之禮，並上書請令士庶仿《朱子家禮》，立家廟，作神主，以奉先祀。這是韓國知識階級適用《家禮》之濫觴。之後，儒者爭相仿效，以《家禮》為喪祭之禮的規範。著名學者文益漸、金五輪等居父母之喪皆依《家禮》寢苫枕塊，服三年之喪，也為社會樹立了全新的行為規範。

　　朝鮮時代初期，《家禮》被朝鮮視為推行儒家教化的重要資源而受到特別重視。太宗初，命平壤府印刷《朱文公家禮》一百五十部。其後，不斷被翻刻印行，在民間廣為流傳，要知道《家禮》在朱子其他著作的籠罩下，有多少人從事研究，依彭林先生的分類統計來考察：

1. 通論：有金長生《家禮輯覽》等三種
2. 類輯集錄：有鄭述《五先生禮說》等五種
3. 探求禮義：有金麟厚《家禮考誤》等九種
4. 變禮研究：有柳長源《常變通考》等二種[3]

合計近二十種。至於普及讀物，數量更多。從這些著作可以窺知《朱子家禮》受到重視的程度。從王公到庶民，行昏喪之禮，皆以《家禮》為規範，朝鮮時代可說是個以《家禮》為主導的儒家社會。

3　彭林著：《中國禮學在古代的朝鮮播遷》（北京市：北京大學出版社，2005年5月），
　　頁106-117。

　　談到經典在日本所起的作用，非談《論語》不可。《論語》自從西元四〇五年百濟博士王仁傳入日本，迄今已超過一千五百年，日本人喜愛之情未嘗衰歇，不但作為日常生活行事的準則，更是企業家管理企業的好幫手，日本人喜愛《論語》，可說終身不渝。

　　不但如此，澀澤榮一（1840-1931）更將論語作為商業上的聖經，認為企業在追求財富利潤，為國培植實力之際，應以「不帶罪惡；神聖之財」為目標，為達成此一目標，吾人勢非嚴守一個主義不可，就是我們常掛在嘴邊的仁義道德。

　　最能代表澀澤思想的著作是《論語與算盤》和《論語講義》二書，真正解開澀澤成功之謎的是他的名著《論語與算盤》。該書出版於一九二八年，但仍是暢銷不衰的名著，是許多社會精英和企業家案頭必備的經典之一。《論語與算盤》由（1）處世信條；（2）立志與學問；（3）常識與習慣；（4）仁義與富貴；（5）理想與迷信；（6）人格與修養；（7）算盤與權力；（8）實業與士道；（9）教育與情誼；（10）成敗與命運等十章組成。光是看章節已深受吸引，內容更是精采，是一本充滿哲學思想、道德境界的大著作。

　　一般人從《論語》聯想到的不外乎道德，即「義」，對算盤的印象即為買賣，即「利」，這兩者從孟子時代即宛若水火。在儒家薰陶長大的人，比較難理解「義利兩全」、「道德經濟合一」的道理。澀澤在《論語與算盤》第一章〈論語與算盤關係的遠近〉中說：

　　　今日道德之根本，應首推孔子門人論述孔子事蹟一書，《論
　　　語》為眾人所推崇拜讀乃周知之事實。但《論語》與算盤，這
　　　兩物既相去甚遠，無法並舉，但我始終以為，這算盤乃由《論
　　　語》造成，而《論語》則有賴予算盤方有真正的財富活動之價
　　　值。因而，《論語》與算盤之關係，實為既相隔甚遠又相距甚

近……。吾竊以為，這物質的進步，倘不能充分以極大之慾望
而圖利殖，則絕無法進步。同樣，只崇尚空洞理論、唯求虛榮
之國民，決不能發達真理。因此，我等自身盡量不只求政界軍
界之不跋扈，而希望實業界盡量擴張實力。這即為增殖物質之
要務。此項尚不完全，則國富無以達成。尚論即達成國富之根
源何在，則謂之，如無仁義道德、名正言順之富，則其富絕無
長久持續之理。在此，將《論語》與算盤相去甚遠的隔閡加以
統一，實乃今日緊要之務。[4]

澀澤改造了《論語》，擴充了《論語》在資本主義社會的影響力，《論
語》也造就了澀澤這位傳奇性的人物。

五　周邊各國經說對經學中心國的批判

　　從高麗的末期起，朱子學在韓國開始流行，至朝鮮時代結束，整
整有六百餘年，都可說是朱子學的時代。這六百餘年間，一直崇奉朱
子思想，並沒有像中國由明代理學轉向清代考證學的過程，也沒有像
日本，出現古學派，把朱子學派打得落花流水。如果將其與中、日兩
國的經學發展相比，這六百年間的思想，可說略嫌單調。

　　在單調的過程中，有幾位對朱子經說略作批評的學者。首先是李
瀷（1681-1763）。他雖盡力學習推崇朱熹，但在當時眾人皆墨守朱子之
說的環境下，他以自己研究的結果，指出朱子不夠完備的地方，如：

　　看經豈不難乎，朱子以後，箋釋之具備，莫如《庸》、《學》二
　　書，其深義奧訣，置不論，《中庸》十九章注，賓弟子兄弟之

4　澀澤榮一撰，洪墩謨譯：《論語與算盤》（臺北市：正中書局，1988年）第一章。

子，此之字，即弟字之誤。《大學》經一章注，止於至善之地而不遷，此止字，即至字之誤。今古諸儒皆不能看得出也。但曰一字致疑則妄也，考校參互則罪也，朱子之文尚如此，況古經乎，東人之學，難免魯莽矣。

他首先舉朱子注《中庸》、《大學》不完備的地方，然後批評當時人盲信朱子注。

李瀷研究《詩經》的代表作是《詩經疾書》。該書對朱子的「淫詩說」並不贊同。他強調讀詩時應把握作品中的「微言大義」，這就是他所說的「讀詩正法」。對〈鄭風·有女同車〉一詩，李瀷說：

此以下，惟《出其東門》一篇外，《集傳》皆謂淫奔之詩。然佩玉瓊琚，非倡冶游女之飾，而孟姜，貴族也，德音，善言也，義亦不著。〈豐〉裳裳之衣，分明是惡其文著，彼艷妝麗服，寧有尚裳之心？又況〈野有蔓草〉，聖人嘗引以自況，君子口吻，此可忍耶？以此推之，鄭六卿所賦，亦皆非淫褻之詞也。凡詩或悅或怨，而每多君臣之際，託諷之詞也。此篇即君悅臣之作。當時鄭亦多賢，如子皮、子產之屬。此恐是君得賢佐，卻以男女託言者也。如二雅亦多天子答臣民之詩，何以異例？[5]

李瀷從篇章字句的考察，認為朱熹《詩集傳》所說的「淫奔之詩」，其實都不是淫奔者直陳其事的淫詩，而是以男女託諷君臣之關係的作品。

稍後於李瀷的有丁若鏞（1762-1836）。他作《詩經講義》，是與正祖（1776-1800在位）問答的講義，書中對朱子的淫詩說大加批判。〈王風·大車〉一詩，朱子《詩集傳》以為淫奔之詩。若鏞不取朱子之

5　見李瀷著，白承錫校註：《詩經疾書校註》（南京市：江蘇教育出版社，1999年12月），頁133。

說，以為是從役中大夫的正配婦人勉其夫之詩，並對朱子以「爾」字為淫奔者相命之詞的說法批判說：「臣按此詩盛言大夫車服之美，而曰豈不爾思，若以爾字屬之所私之男子，則絕無條理，二句之內，忽爾忽子，東語西告，有是文乎」[6]。從明中葉起，朱子《詩集傳》即受到許多的批判，其中最具代表性的是姚際恆的《詩經通論》。韓國的李漢和丁若鏞也都批判朱子，可惜他們並沒有發展出像日本的古學派。

日本江戶中期，朱子學發展到如日中天的同時，出現了所謂的古學派。代表人物是古義學派（崛川學派）的伊藤仁齋父子和古文辭學派（萱園學派）的荻生徂徠（1666-1728），和其弟子。

日本的情況雖然和韓國相當不一樣。由山鹿素行（1622-1685）起，反對朱子學的聲浪逐漸興起。最能代表古學派的是伊藤仁齋父子。伊藤仁齋早年之著作仍是宋儒之路數，三十七歲以後開始懷疑宋儒之學和孔孟之旨不同，以為〈大學〉非孔氏之遺書。他特別重視《語》、《孟》二書，認為《論語》是「最上至極宇宙第一書」。伊藤作《論語古義》、《孟子古義》、《語孟字義》等書。其中的《語孟字義》探討《論語》、《孟子》中關鍵字詞的本義，比戴震的《孟子字義疏証》要早一百年。

荻生徂徠也是古學派的大將，他受明代李攀龍、王世貞的影響，發憤讀古書，提倡古文辭。用研究古文辭的方法來研究古代經典。認為只要了解古文辭在當時語言脈絡中的意義，即可得到該古文辭的正確解釋。他作《論語徵》，在當時讚賞和反對的聲音皆有。反對者的聲浪可能更大，前後約有三十餘家。由於復古的風氣太盛，校勘經典以得正確的用字的書也出現了，最有代表性的是山井鼎（1680-1728）的《七經孟子考文》。後來，該書傳入中國，對清乾嘉校勘學的興盛，不

6　丁若鏞撰：《詩經講義》卷四〈王風·大車〉，收入《域外漢籍珍本文庫》第一輯（重慶市：西南師範大學出版社，2008年）第2冊，頁292。

無激勵作用。太宰春臺（1680-1747）不但作《朱氏詩傳膏肓》批評朱子的《詩集傳》，以為評語、議論太多，非解經的正體。更作《詩書古傳》、《論語古訓》，輯集先秦兩漢經說，以示古訓的重要性。我們知道，阮元曾作《詩書古訓》，也是輯集先秦兩漢之古訓，太宰書的體例與阮元之書體例相近，內容互有出入，有誰知道太宰之書，竟早於阮元七十多年。太宰又作《論語古訓》，時代又比陳鱣的《論語古訓》早五十多年。[7]

內藤湖南說過，日本承繼中國的學風，往往落後一百多年[8]，以上所述各書，皆早於中國數十年，這種現象，該如何解釋？

此外，清中葉以後有許多日本古學派學者的著作，陸續傳入中國，如山井鼎的《七經孟子考文》和物觀的《補遺》，以及荻生徂徠的《論語徵》的傳入，可知日本經學家的著作，已引起中國學者的廣泛注意。除了日本學者的著作陸續輸入外，在日本保存許多中國古籍，有些是中國早已亡佚的，這些書也陸續回傳到中國。如皇侃《論語義疏》、孔安國的《古文孝經孔傳》和鄭玄的《孝經鄭注》等書。乾隆二十六年（1761），翟灝因《七經孟子考文》一書，得知日本尚存有皇侃的《論語義疏》，拖延十年，杭州汪鵬（翼滄）到日本時，才託他購回，並由鮑廷博刻入《知不足齋叢書》中。乾隆三十七年（1772），下令廣採天下遺書，開始編纂《四庫全書》。汪鵬將《論語義疏》的日本刻本獻給布政使王亶望，以「浙江巡撫採進本」呈給四庫館。紀昀等非常驚喜。《論語義疏》傳入以後，當時的著名學者如翟灝、吳騫、盧

7　太宰氏的《詩書古傳》刊於日本寶曆八年（1758），阮元《詩書古訓》的〈序〉署道光十六年（1836），已比太宰氏的書晚七十多年，太宰氏的《論語古訓》作於元文二年（1737），陳鱣的《論語古訓》作於乾隆五十九年（1794）這已比太宰氏的書晚了五十多年。

8　內藤湖南：〈履軒學問の影響〉，收入《先哲の學問》（東京市：筑摩書房，1987年9月）。

文弨、陳鱣、王鳴盛、錢大昕等人或作序，或作考訂，或為文記其事等，可見該書之影響既深且廣。

六　結論

從上文的論述，可得以下數點結論：

其一：中國經典成立的條件之一，是因這些文獻的作者是聖人集團的成員，有聖人的理想在內，再加上官方的認定。中國雖有十三經，但是經一千多年的演變才完成。

其二，經典向周邊各國傳播，早期的傳播資料流傳並不多，只能從律令、史書、文學作品中窺知一二。流傳的媒介大抵是使節和學問僧等。

其三，在各種經典中，以《朱子家禮》在韓國的流傳，和《論語》在日本，最是特別。兩者各在韓、日兩國的社會、學術、工商界起了相當的作用。

其四，朱子學雖在兩國大興其道，但受中國學風的影響，韓國有李瀷、丁若鏞等人大加批評。在日本則形成反朱學的古義學派，古學派的《語孟字義》、《詩書古傳》、《論語古訓》都比中國相關書籍早了數十年。

其五、清中葉以後有不少日本學者之著作輸入，如《七經孟子考文》、《論語徵》，也有不少中土亡佚之書回傳，如《論語義疏》、《古文孝經孔傳》、《孝經鄭注》等。

——本文為應邀參加韓國第二十五屆中國學國際學術大會主題演講論文，韓國中國學會主辦，2005年8月。未刊。

明清時代中日經學研究的互動關係

一 前言

自從應神天皇十六年（西元285年），百濟人王仁將《論語》和《千字文》帶到日本，到十八世紀的江戶時代中期，都可說是中國經典的輸入時期。首先輸入的是屬於漢唐古注的著作，《詩經》方面是《毛詩》，《論語》方面是何晏的《集解》和皇侃的《義疏》等。這些輸入的經學著作，在所謂平安時代，大抵是天皇詔敕等政治文獻，和律令等法令條文加以引用而已。到了鎌倉、室町時代，博士家講經，講的也是漢唐古注，但此時的禪僧將宋學新注傳入，宋學逐漸萌芽。進入江戶時代，宋學大盛，光是朱子就分為星窩學派、南學派、水戶學派、崎門學派等。此外，又有陽明學派，出現中江藤樹、熊澤蕃山等大儒。

十八世紀中葉到二十世紀初期，可以說是既輸入又回饋的時期。十八世紀中葉是江戶中期，由於明清考證學著作的輸入，在朱子學籠罩的學術氣氛之下，產生了以回歸原典為主要目的的古學派，和以博採眾說，折衷於漢唐古注的考證學派。這時期的日本儒者已不僅僅吸收消化中國輸入的經籍而已，他們經過一千多年的汲取養分，在這個階段完成了多種不朽的名著。另外，早期傳入日本的中國經籍，他們經過傳鈔保存，數量也不少，有些在中國甚至早已亡佚。這兩方面的著作，都在乾嘉時代以後陸續傳入中國，對當時的經學研究，造成不

少衝擊。

　　本文主要探討明末至清末，即日本江戶時代中期至明治後期，中國和日本經學研究的過程中，有那些互動關係，此種互動關係產生那些影響。全文分：（1）明末清初儒學著作之傳入日本及其影響；（2）山井鼎和物觀之《七經孟子考文補遺》的傳入；（3）皇侃《論語義疏》的略傳；（4）《古文孝經孔偽政府》和《孝經鄭注》的回傳；（5）荻生徂徠《論語徵》的傳入等小節討論。希望能對一直為人所忽視的中日經學交流史略盡拋磚引玉的作用。

二　明末清初儒學著作之傳入日本及其影響

　　日本江戶時代初期，一仍鎌倉、室町時代的學風，是宋學新注逐漸興盛的時代，朱子學一枝獨秀，產生了許多重要的學派，也成了日本的官學。這種局勢，要等到古學派的伊藤仁齋父子和荻生徂徠師弟的出現才有所轉變。

　　古學派的學者以回歸儒學經典之古義為號召。他們的興起，和明代中葉儒學觀念的轉變有相當的關係。明中葉以後，儒學界最重要的課題，是程朱和陸王異同之爭。王陽明試圖恢復《古本大學》，以解決《大學》改本的爭議。又編《朱子晚年定論》，以為朱子晚年同於陸象山，以平息朱、陸異同的爭端，但都沒有得到應有的效果。稍後，有不少學者認為聖人之說本存於經書之中，不論程朱或陸王都是要闡明聖人之道的，要闡明聖人之道，不能祇從程朱或陸王入手，應回歸儒家原始的經典，即回歸《論語》、《孟子》，才能窺見儒學的真面目。[1]這

---

[1]　可參考林慶彰：《清初的群經辨偽學》（臺北市：文津出版社，1990年），第二章第三節〈新舊傳統競爭中的回歸原典運動〉。

種觀念透過中國各種典籍的輸入，促使部分日本儒者開始反省朱子學
內在的疏失，思藉《論語》、《孟子》等原始經典的研究，來重視儒學
的真面目。

當時研究儒學的觀念如此，要怎麼研究才能呈現聖人的真面目，
實是一大問題。也就是要用什麼方法來研究經典，才能不失本義，如
以古文辭學派的荻生徂徠來說，他受到李攀龍、王世貞的影響之後，
進一步提出復古的主張，正式創立古文辭學派。他在〈答安淡泊〉一
文中說：

> 蓋不佞少小時已覺宋儒之說於六經有不合者，然已業儒，非此
> 則無以施時，故任口任意，左支右吾，中宵自省，心甚不安，
> 於《隨筆》所云，乃其左支右吾之言，何足論哉！何足論哉！
> 中年得李于鱗、王元美集以讀之，率多古語，不可得而讀之，
> 於是發憤以讀古書，其誓目不涉東漢以下，亦如于鱗氏之教
> 者，蓋有年矣。始自六經，終於西漢，終而復始，循環無端。
> 久而熟之，不啻若自其口出，其文意互相發而不復須注解，然
> 後二家集甘如啖蔗，於是回首以觀諸儒之解，紕繆悉見。只
> 李、王心在良史，而不遑及六經，不佞乃用諸六經為有異耳。[2]

徂徠自述其少年時讀宋儒之說，心常有不安。中年以後，受李攀龍、
王世貞復古思想的影響，才發憤讀古書，且從六經至西漢之書反覆誦
讀。再回過頭來看各家注解，自可發現其錯誤。這是徂徠受明末學者
影響最坦白的聲明。但如何能把李、王的復古思想應用在古代經典如
《論語》的研究，徂徠並沒有進一步的說明。我們看徂徠的《論語徵》

2　見荻生徂徠著、平石直昭編：《徂徠集》（東北：ぺりかん社，1985年，《近世儒家文
　集集成》第3卷），卷28，頁7。

也是雜引日本及中國學者的說法甚多，其中引明中葉楊慎的說法不少。

中國典籍源源不斷的輸入，能利用這些典籍和日本既有的藏本作校勘的，是徂徠弟子山井鼎（1680-1728）。他著有《七經孟子考文》，著書的經過和對中國的影響，將於本文第三節討論。這裡想要說明的是，他用來作校勘的經學著作，所謂足利本和古本應該都是日本所藏或日本鈔本，如《足利本禮記》、《足利本周易》、《足利本論語》、《足利本孟子》、《古本禮記》、《古本尚書》、《古本周易》三通、《古本略例》、《古本毛詩》二通、《古本論語》二通、《古本孟子》、《古本孝經》等。此外，大部份的校讎資料，都來自中國，如宋板《五經正義》、正德板《十三經注疏》本、嘉靖板《十三經註疏》本、萬曆板《十三經注疏》本、永懷堂板《十三經註》本、陳澔《禮記集說》、蔡沈《書傳》、程頤《易傳》、朱熹《周易本義》、林堯叟《左傳直解》、朱熹《四書集註》、陸德明《經典釋文》等。至於援引書目，上自先秦典籍，下至明人著書，也有數十種之多。[3] 我們可以這樣說，山井鼎的《七經孟子考文》所以能在經學研究上有不可忽視的價值，除了日本古本和足利本作為校勘的基礎外，中國傳入的各種典籍，也豐富了該書校勘的素材。古學派學者引用傳入典籍來著書而有成就的，數量相當多，山井鼎祇是較突出的例子而已。

由於中國的書籍不斷輸入，在輸入書籍中有不少清初以來學者的考證著作，這也激起了日本文化（1804-1817）、文政（1818-1829）年間以後，日本學者從事考證學的熱潮。[4] 最先倡導考證學風的是吉田篁墩（1745-1798）。他在《近聞偶筆》中說：

3　見山井鼎著、物觀補遺：《七經孟子考文補遺》（臺北市：臺灣商務印書館，景印文淵閣《四庫全書》本），〈凡例〉，頁6-8。

4　可參考中山久四郎，〈清朝考證の學風と近世日本〉，《史潮》第1年第1號（1931年2月），頁1-33。

> 清代諸儒著述如林，各各名家，就中卓爾傑作，吾得三書：考
> 據賅備，援證探討，不遺餘力，盧文弨之《校汲冢周書》是
> 也；述而不作，信而好古，純乎漢唐之舊學，余蕭客之《古經
> 解鈎沈》是也；涉遠履險，見聞詭異，議論精到，文章瞻新，
> 椿園之《西域見聞錄》是也。[5]

可見吉田氏對清人著作之嚮慕。也因此，有書賈翻刻清人之著作，如
當時慶元堂主人松澤老人翻刻盧文弨參校《經典釋文並考證》等都是。

在當時考證學風中，受清儒影響最深、考證成就也最有代表性的
是大田錦城（1765-1825）[6]。大田氏今存著作有五十多種，涵蓋經、史、
子、集四部。經部的著作有三十多種，約佔全部著作的大半。藤田一
正有〈錦城先生大田才佐墓表〉，文中說：

> 先生博學，百氏之書，無所不讀，而尤長於經術。《詩》、
> 《書》、《易》、《春秋》，沈潛反覆，參互錯綜。考證之妙，多發
> 先賢所未發。……其漢、唐、宋、明及近時清人與我國諸儒之
> 說，會萃演繹以歸諸至當為止。[7]

---

5 見吉田篁墩，《近聞偶筆》，卷4。轉引自中山久四郎：〈清朝考證の學風と近世日
　本〉。

6 有關大田錦城的研究成果還不太多，較值得注意的有：（1）井上善雄，《大田錦城傳
　考》（加賀：加賀市文化財專門委員會、江沼地方史研究會。上冊，1959年；下冊，
　1973年）。（2）中村春作等，《大田錦城》（東京市：明德出版社，1986年，《叢書日
　本の思想家》，第26冊）。（3）金谷治，〈日本考證學派の成立──大田錦城を中心
　として〉，《江戶後期の比較文化研究》（東京市：ぺりかん社，1990年），頁38-88。
　（4）林慶彰，〈大田錦城和清初考證學家〉，《張以仁先生七秩壽慶論文集》（臺北
　市：臺灣學生書局，1999年），頁291-303。

7 藤田一正：〈錦城先生大田才佐墓表〉，轉引自中山久四郎：〈清朝考證の學風と近世
　日本〉。

對大田錦城的經學造詣作了最簡要的描述。在大田氏的經學著作中以
《九經談》流傳最廣，也最能看出與清代儒者的關係。《九經談》有十
卷，除卷一總論外，其他九卷分論《孝經》、《大學》、《中庸》、《論
語》、《孟子》、《尚書》、《詩》、《春秋左氏》、《周易》等九部經典。
各卷中雖雜引漢、魏以至清儒的說法，但以清儒之說為最多。根據筆
者統計，時常引到的清儒，及其著作如下：

（1）顧炎武：《日知錄》、《左傳杜解補正》；

（2）方以智：《通雅》；

（3）黃宗炎：《圖書辨》；

（4）毛奇齡：《河洛原舛編》、《太極遺議》、《推易始末》、《古
文尚書冤詞》、《詩傳詩說駁議》、《白鷺洲說詩》、《四書賸
言》、《論語稽求篇》；

（5）朱彝尊：《經義考》、《古文尚書考》；

（6）閻若璩：《四書釋地》、《毛朱詩說》、《尚書古文疏證》；

（7）徐乾學：《古文尚書考》、《淡園集》；

（8）全祖望：《經史答問》；

（9）王鳴盛：《尚書後案》。[8]

在諸家中，毛奇齡被引到二十次，其次是朱彝尊，約十次，三是顧炎
武，約六、七次。從這些統計數目，也可以知道大田錦城與清初儒學
的關係。

　　大田錦城曾作《壁經辨正》十二卷，《梅本增多原》十二卷，考辨
《古文尚書》之偽，並將其精華納入《九經談》卷七，取名為〈梅本增
多小辨〉。由於大田氏的辨證、結論和清初儒者相近的有不少，所以日

本學者有以為襲自清儒者。但在沒有足夠的證據可以證明之前，大田氏的說法僅能說與清儒「暗合」。[9]

大田錦城之後的考證學家還很多，如安井息軒（1799-1876）作《四書集說》、《毛詩輯疏》、《左傳輯釋》等，可說是為江戶時代的考證學作了最光榮的總結[10]。明治初期的竹添光鴻（1842-1917），作《毛詩會箋》、《左傳會箋》、《論語會箋》，分別以《毛傳》、杜預《集解》、朱熹《集註》為底本，儼然清儒為各經作疏，可說清代考據學在日本發展的最高峰。[11]

三　山井鼎和物觀七經孟子考文、補遺的傳入

在傳入中國的典籍中，一種是保存在日本的中國典籍回傳中國，如皇侃的《論語義疏》、《古文孝經孔傳》、《今文孝經鄭注》；另一種是日本人的著作傳入中國，造成影響，如《七經孟子考文、補遺》、《論語徵》等。在傳入中國的日本典籍中，以《七經孟子考文、補遺》最受重視，也最具影響力。

9　大田錦城說：「講經之士，精細考古，則其所見不期而暗合昔人者，往往而有之。予辨駁《尚書》梅本，著《壁經辨正》、《增多原》二書。後數年，得王鳴盛《尚書後案》，讀之，其中往往有暗合愚說者。」見《九經談》（東京市：鳳出版，《日本儒林叢書》本），卷5，頁128。

10　有關安井息軒的研究，可參考：（1）町田三郎著、連清吉譯：〈安井息軒之生涯〉，收入《日本幕末以來之漢學家及其著述》（臺北市：文史哲出版社，1992年），頁1-21。（2）金培懿，〈安井息軒的論語注釋方法論——何謂《論語集說》〉，收入蔣秋華主編，《乾嘉學者的治經方法》（臺北市：中央研究院中國文哲研究所籌備處，2000年10月），下冊，頁817-863。

11　有關竹添光鴻的研究，可參考：（1）町田三郎著、連清吉譯，〈竹添光鴻及其《棧雲峽雨日記》〉，收入《日本幕末以來之漢學家及其著述》，頁59-77；（2）李維棻：〈評左傳會箋〉，《大陸雜誌》第26卷10期（1963年5月），頁21-27；（3）田宗堯：〈讀左傳會箋札記〉，《孔孟學報》第9期（1965年4月），頁235-243。

　　《七經孟子考文》是日本江戶時代古學派儒者山井鼎（1680-1728）
所撰[12]。山井氏少時曾在紀伊的蔭山源七處讀書，之後赴京都進入伊
藤東涯所設的堀川塾。後來，因讀了荻生徂徠的《譯文筌蹄》，深受
感動，遂至江戶拜徂徠為師。山井在徂徠門下有十年之久。享保三
年（1718），山井氏應聘為西條侯儒士，獲准到足利學校查校古籍。山
井氏利用足利學校所藏，校勘當時通行的汲古閣刊本經書，並將所校
的《易》、《書》、《詩》、《左傳》、《禮記》、《論語》、《孝經》（以上
「七經」）和《孟子》，合稱為《七經孟子考文》。山井氏原本身體即羸
弱，奮力校經三年，「生疾更甚，黽勉從事，呻吟交發，不能辨其為何
聲」。享保十一年（1726），書剛完成，已病重。兩年後（1728）不幸
逝世，得年四十八歲。

　　《七經孟子考文》完成後，獻給西條侯，西條侯得到了獻本，認為

---

12 有關山井鼎及其《七經孟子考文》的研究論著有：（1）狩野直喜〈山井鼎と《七經孟
　子考文補遺〉，收入《內藤博士還曆祝賀支那學論叢》（京都市：弘文堂，1926年），
　頁377-404《支那學文藪》（東京市：弘文堂，1927年），頁120-139。有江俠庵譯，有
　江俠庵譯，後收入《先秦經籍考》（上海市：商務印書館，1933年），下冊，頁257-
　283。（2）梁容若：〈山井鼎與七經孟子考文〉，《大陸雜誌》，第10卷2期（1955年
　1月），頁10-13。（3）野田文之助：〈山井崑崙と七經孟子考文の稿本について〉，
　《東京支那學報》，第1號（1995年6月），頁206-208。（4）黃得時：〈山井鼎的七經
　孟子考文〉，《孔孟月刊》，第3卷3期（1964年11月），頁11-13。（5）森銑三：〈山
　井鼎とその七經孟子考文〉，《森銑三著作集》，第8卷（東京都：中央公論社，1971
　年）。（6）山本巖：〈七經孟子考文補遺西渡考〉，《宇都宮大學教育學部紀要》，第
　40號（1990年2月），頁31-41。（7）末木恭彥：〈七經孟子考文考〉，《湘南文學》，
　第24期（1990年3月），頁1-9。（8）末木恭彥：〈七經孟子考文凡例の考察〉，《東
　海大學紀要（文學部）》，第55輯（1991年），頁1-11；第56輯（1991年），頁1-16。
　（9）藤井明：《山井崑崙》（東京市：明德出版社，1988年，《叢書日本の思想家》，
　第18冊）。（10）末木恭彥：〈山井崑崙の尚古思想〉，《中國哲學》，第21號（1992
　年10月），頁21-42。（11）車行健：〈山井鼎經籍校勘的文獻憑藉——《七經孟子考
　文》與日本足利學校所藏漢籍〉，《經學研究論叢》第1輯（1994年4月），頁323-
　338。

很有學術價值，即令作副本兩部，一部送給宗藩的紀州家，另一部獻給德川幕府。呈獻給幕府是在享保十三年（1728）六月，此時山井氏已歿後半年。幕府將軍德川吉宗也深知此書的學術價值，在該書呈獻的第二個月即令荻生總七郎觀（即物觀）作補遺。經兩年，即享保十五年（1730）十二月完成。吉宗將軍下令將《考文》和《補遺》一併刊行。享保十七年（1732）正月，命長崎奉行假商舶之便傳入中國。[13]

在中國，最早收藏該書的是汪啟淑。翟灝《四書考異》說：「愚於乾隆辛巳，從董浦杭先生，向小粉場汪氏，借閱此書。」[14]「乾隆辛巳」是乾隆二十六年（1761），「董浦杭先生」，指杭世駿，「小粉場」是杭郡地名，「汪氏」指汪啟淑。這段話是說乾隆二十六年翟灝透過杭世駿，向汪啟淑借閱《七經孟子考文、補遺》。除了汪啟淑之外，杭州的另一位藏書家鮑廷博也藏有一部《七經孟子考文、補遺》。鮑氏曾從《宋史》的〈日本國傳〉得知日本僧奝然來朝，獻上種種物品之外，又有《孝經鄭注》的記載。乃託友人汪鵬到日本長崎時順便覓購。汪氏到長崎，找不到《孝經鄭注》，卻購得《古文孝經孔傳》和《七經孟子考文補遺》。這兩部書都歸鮑廷博收藏。

清乾隆三十七年（1772）開四庫全書館，汪啟淑進書達六百多種，其中即有《七經孟子考文、補遺》。四庫館臣對這部書的看法，可從《四庫全書總目》得知。《總目》的提要說：

> 原本題西條掌書記山井鼎撰，東都講官物觀校勘。詳其序文，蓋鼎先為《考文》，而觀補其遺也。二人皆不知何許人，驗其

---

13 《正齋書籍考》云：「享保十七年正月，教令長崎將《七經孟子考文》傳入唐土，弘揚於皇都市中。」轉引自王勇、大庭脩主編：《中日文化交流史大系（9）——典籍卷》（杭州市：浙江人民出版社，1996年），頁272。

14 翟灝：《四書考異》（上海市：上海古籍出版社，1995年，《續修四庫全書》本），〈總考〉，卷32，頁6。

版式紙色，蓋日本國所刊。凡為《易》十卷，《書》二十卷，
附〈古文考〉一卷，《詩》二十卷，《左傳》六十卷，《禮記》
六十三卷，《論語》十卷，《孝經》一卷，《孟子》十四卷。別
《孟子》於七經之外者，考日本自唐始通中國，殆猶用唐制歟？
前有凡例，稱其國足利學，有宋版《五經正義》一通，又有
《古文周易》三通，《略例》一通，《毛詩》二通，《皇侃論語義
疏》一通，《古文孝經》一通，《孟子》一通。又有足利本《禮
記》一通，《周易》、《論語》、《孟子》各一通。又有正德、嘉
靖、萬曆、崇禎《十三經注疏》本。崇禎本即汲古閣本也。其
例首經，次注、次疏、次釋文，專以汲古閣本為主，而以諸本
考其異同。凡有五目：曰考異、曰補闕、曰補脫、曰謹案、曰
存舊。按所稱古本為唐以前博士所傳，足利本乃其國足利學印
行活字本，今皆無可考信。[15]

提要的作者以為山井鼎和物觀，皆不知何許人，可見四庫館臣的外國
知識相當貧乏。又以《考文》所引之古本、足利學本為無可考信，也
可知當時與日本間的隔閡。提要作者除略述該書之內容體例外，也將
該書和毛居正《六經正誤》，岳珂《九經三傳沿革例》相比勘，有合有
不合，然以相合者多。從此也可看出該書之價值。

鮑廷博所藏的《七經孟子考文補遺》，曾借給當時校勘大家盧文
弨。他見了該書，非常驚訝，下決心要著書勝過山井。盧氏說：

余有志欲校經書之誤，蓋三十年於茲矣。乾隆己亥，友人示余
日本國人山井鼎所為《七經孟子考文》一書，歎彼海外小邦，

---

15 見《四庫全書總目》（北京市：中華書局，1987年），卷33，經部，五經總義類，頁275。

　　猶有能讀書者，頗得吾中國舊本及宋代梓本，前明公私所梓復三四本，合以參校，其議論亦有可採。然猶憾其於古本、宋本之譌誤者，不能盡加別擇，因始發憤為之刪訂，先自《周易》始，亦既有成編矣。庚子之秋，在京師又見嘉善浦氏鏜所纂《十三經注疏正字》八十一卷，於同年大興翁秘校覃溪所假歸讀之，喜不自禁。誠不意垂老之年，忽得見此大觀，更喜吾中國之有人，其見聞更廣，其智慧更周，自不患不遠出乎其上。雖然，彼亦何可廢也。[16]

可見，盧氏對此書非常嘆服，乃因本國學者未有如此精良之著述，但因其為外國人之著作，故云：「歎彼海外小邦，猶有能讀書者」，這是讚賞中帶有鄙夷的味道。末了仍以為山井之書不可廢。

　　其次，受山井鼎之書影響最深的應是阮元。阮元的〈七經孟子考文補遺序〉說：

　　《四庫全書》新收日本人山井鼎所撰《七經孟子考文》并物觀《補遺》，共二百卷。元在京師僅見寫本，及奉使浙江，見揚州江氏隨月讀書樓所藏，乃日本元板落紙印本。攜至杭州，校閱群經，頗多同異。山井鼎所稱宋本，往往與漢、晉古籍及《釋文》別本、岳珂諸本合；所稱古本及足利本，以校諸本，竟為唐以前別行之本。物茂卿序所稱唐以前王、段、吉備諸士所齎來古博士之書，誠非妄語。[17]

從阮元這段序文，可知他在京師時僅見到《七經孟子考文、補遺》的

16　見盧文弨：〈周易注疏輯正題辭〉，《抱經堂文集》（北京市：中華書局，1990年），卷7，頁85。

17　阮元：《揅經室集》（北京市：中華書局，1993年），卷2，頁43。

寫本，到浙江擔任學政時，才在揚州江氏隨月讀書樓見到日本原刊本。以之「校閱群經，頗多同異」。且阮元發現山井鼎所稱的宋本，往往與漢、晉古籍及《釋文》別本、岳珂諸本相合。又所稱的古本和足利本，是唐以前別行之本。也因此阮元特別看重這部書，於嘉慶二年（1797）將該書重新刊刻。嘉慶六年（1801），中國商船又攜帶九十四部新刊印的《七經孟子考文並補遺》輸入日本。此書之來而復往，也可說是中日經學交流史上之一樁美事。[18]

由於《七經孟子考文、補遺》可資校勘之材料甚多，阮元在作《十三經注疏校勘記》時，使用許多版本，但得力最多的，應是這部《七經孟子考文、補遺》。這只要檢查阮氏的《校勘記》，即可知此言不虛。

山井此書的貢獻，狩野直喜有相當精闢的評論。狩野氏說：「山井之書，不獨便於我國士子之讀經籍，苟凡讀經籍者，不論其為如何，國人不得不由之。從而其書之價值，不因國之內外而有變。現今讀注疏之人，多從阮氏之《校勘記》，不必一一參酌於山井之書。然《校勘記》之大部，是依賴於山井之書，讀注疏之學徒，不論國內外人，莫不接受山井之庇陰。」[19]這可算是最客觀公允的評價。

四　皇侃論語義疏的回傳

在中土已亡佚而由日本回傳中國的典籍中，以皇侃的《論語義疏》最受重視。皇侃是吳郡人，梁國子助教，後任員外散騎侍郎，精通《三禮》、《論語》、《孝經》，著有《禮記新講疏》五十卷、《論語

---

[18] 見王勇、大庭脩主編：《中日文化交流史大系（9）——典籍卷》，頁276。

[19] 狩野直喜著，江俠庵譯：〈七經孟子考文補遺考〉，收入《先秦經籍考》，下冊，頁257-283。所引論點見頁282。

義疏》十卷。《隋書》〈經籍志〉著錄「《論語義疏》十卷，皇侃撰」。
陸德明《經典釋文》的經典序錄部分有「皇侃撰《義疏》行於世也」。
《舊唐書》〈經籍志〉有「《論語疏》十卷，皇侃撰」，《新唐書》〈藝文
志〉有「皇侃疏十卷」。五代丘光庭作《兼明書》時，曾引用皇侃《論
語義疏》。北宋邢昺作《論語正義》，頗有引錄。宋晁公武《郡齋讀書
志》、尤袤《遂初堂書目》都有著錄。南宋中葉，朱子是否見過皇侃的
《義疏》，已是疑問。朱子之後，陳振孫的《直齋書錄解題》已不見著
錄。目錄以外的書，也未有相關的記錄。清初朱彝尊作《經義考》，注
云：「未見」。可見該書在中土已亡佚。

　　當日本享保十七年（1732），將軍德川吉宗下令將《七經孟子考文
補遺》傳到中國後，也引起學者對皇侃《論語義疏》的重視。翟灝的
《四書考異》有如下的記載：

> 愚於乾隆辛巳，從董浦杭先生，向小粉場汪氏，借閱此書（指
> 《七經孟子考文》），知彼國尚有皇侃《義疏》。語於杭，杭初
> 不甚信，反覆諦觀，乃相與東望太息。邐巡十年，眾友互相傳
> 說，武林汪君鵬，航海至日本，竟購得以歸。上遺書局，長塘
> 鮑君廷博，槧其副於《知不足齋叢書》中，以初摺一本見餽，
> 不啻獲珍珠船也。[20]

這裡所謂「董浦杭先生」，是指杭世駿。「小粉場」是杭郡的地名，「汪
氏」是指汪啟淑。汪鵬，字翼滄，是時常往來日本的商人。從上文可
知，乾隆二十六年（辛巳，1761）翟灝因《七經孟子考文》一書，得
知日本尚存有皇侃的《論語義疏》。[21]拖延十年，杭州汪鵬到日本時，才

20　《四書考異》，〈總考〉，卷32，頁6。
21　有關《論語義疏》的回傳及對清儒的影響，較重要的論文有：（1）武內義雄著，江俠
　　庵譯：〈校論語義疏雜識〉，收入《先秦經籍考》，頁69-98。（2）藤塚鄰：〈日本刻

託他購回，並由鮑廷博刻入《知不足齋叢書》中。

汪鵬購回《論語義疏》不久，高宗乾隆三十七年（1772），下令廣採天下遺書，開始編纂《四庫全書》。汪鵬將《論語義疏》日本刻本獻給布政使王亶望，以「浙江巡撫採進本」呈給四庫館。紀昀等諸公非常驚喜。因《四庫全書》抄有七份，分藏七閣，這《論語義疏》也有了七個鈔本。

四庫館臣除作提要時，敘述《論語義疏》回傳始末外，並確認其為真古本。四庫館臣的理由是：

> 此本之前，列十三人爵里，數與《中興書目》合。惟江厚作江淳，蔡溪作蔡系，周懷作周瓌，殆傳寫異文歟？其經文與今本亦多有異同，如「舉一隅」句下有「而亦之」三字，頗為冗贅。然與《文獻通考》所引《石經論語》合。「夫子之言性與天道，不可得而聞也」下有「已矣」二字，亦與錢曾《讀書敏求記》所引高麗古本合。其疏文與余蕭客《古經解鉤沈》所引，雖字句或有小異，而大旨悉合。知其確為古本，不出依託。[22]

但四庫館臣修書兼寓有檢查的意味，所收書中有違礙字句大多遭到刪改，《論語義疏》的某些疏文也遭到刪改的命運。如〈八佾篇〉「子曰：夷狄之有君，不如諸夏之亡也」的〈疏〉原作：

> 此章重中國，賤蠻夷也。諸夏，中國也；亡，無也。言夷狄雖有君主，而不及中國無君也。故孫綽曰：「諸夏有時無君，道不都喪；夷狄強者為師，理同禽獸也。」釋惠琳曰：「有君無禮，

皇侃論語義疏の清朝經學に及ぼせる影響〉，《漢學會雜誌》，第8卷2號（1940年12月），頁1-38。

[22] 《四庫全書總目》，卷35，經部四書類一，《論語義疏》提要。

不如有禮無君也。刺時季氏有君無禮也。」[23]

這段話，四庫館臣把它改為如下的文句：

此章為下僭上者發也。諸夏，中國也；亡，無也。言中國所以
尊於夷狄者，以其名分定，而上下不亂也。周室既衰，諸侯放
恣，禮樂征伐之權，不復出自天子，反不如夷狄之國，尚有尊
長統屬，不至如我中國之無君也。[24]

這樣的修改，和皇侃《論語義疏》的原意實有相當的出入。

從《論語義疏》傳入以後，當時學者，如翟灝、吳騫、盧文弨、
陳鱣、王鳴盛、錢大昕等人，多少都與《論語義疏》有關係。如翟
灝，除前引《四書考異》之文外，又云：

今乾隆三十七年，天子詔徵遺書海內外，欣躍訪購，有自日本
國得侃疏本上獻者，六百餘年淪失古書，重得為下士所見，誠
厚幸哉！[25]

此條是在慶幸《論語義疏》失而復得。吳騫則根據《論語義疏》作
《皇氏論語義疏參訂》一書。該書對《論語義疏》中的經、注、疏都作
了相當精細的考訂。由於僅有鈔本流傳，相當罕見。盧文弨曾受鮑廷
博之託，為《知不足齋叢書》本《論語義疏》作〈序〉，〈序〉中云：

若夫皇氏此疏，固不全美，然十三家之遺說，猶有託以傳者，
為醇為疵，讀者當自得之。如或輕加掊擊，是又開天下以廢棄
之端也，吾其忍哉！乾隆五十三年元夕前一日，杭東里叟盧文

---

23 見《論語集解義疏》（臺北市：廣文書局，1991年），卷2，頁4-5。
24 見《論語義疏》（臺北市：臺灣商務印書館，影印文淵閣《四庫全書》本），卷2。
25 《四書考異》，〈總考〉卷31，頁3。

　　詔書。

盧氏以為《義疏》存有十三家之遺說，至為寶貴。王鳴盛的《十七史
商榷》有〈日本尚文〉一文，盛贊日本保存中國古文獻。[26]其《蛾術編》
提到皇侃《論語義疏》時說：

> 邢昺《論語疏》，淺陋不堪，而《論語疏》已亡。近從日本復傳
> 至中土，誠藝苑之鴻寶也。[27]

此外，孫志祖的《讀書脞錄》，述及《論語義疏》時說：

> 皇侃《論語義疏》十卷，當南宋時已佚，故朱子亦未之見，近
> 始與《古文孝經孔傳》並得之日本國中。嘗取二書衡量之，
> 則孔《傳》贗而皇《疏》似真也。其中遺文佚事，若管仲奪邑
> 之伯氏名偃，公冶長辨鳥語，張石虎難夷、齊之類，洵足以資
> 多識而廣異聞。且所采舊說數十家，標新領異，非唐以後人所
> 能偽撰。然經文與今本多異，其合於史書微引者，固可擇善而
> 從。而流傳既久，亦容有彼國人之竄改，如「子行三軍則誰
> 與」，《釋文》云：「與，皇音餘。」而今本《義疏》云：「若行
> 三軍，必當與己。」是仍讀如字，而不音「餘」也。「子溫而
> 厲」，《釋文》云：「皇本作君子。」今《義疏》本仍作「子」。
> 吾不能無疑焉。好古之士當分別觀之，而不徒震為異域之秘
> 書，斯可矣！[28]

孫氏以為《義疏》采舊說數十家，非唐以後人所能偽撰，然與《釋文》

26　見《十七史商榷》（臺北市：廣文書局，1980 年），卷 92，頁 22。

27　見《蛾術編》（揚州市：江蘇廣陵古籍刻印社，1992 年），卷 8，頁 5。

28　見《讀書脞錄記》（臺北市：廣文書局，1963 年），卷 2，頁 15-16。

所引頗有不合，也不能無疑。部分疑問，後來陳澧也提及，以為「足利人妄補之也」[29]。

另外，研究《論語義疏》也相當用心的學術團體，是阮元和學海堂諸子。嘉慶二十二年（1817），阮元擔任兩廣總督，道光四年（1824）設學海堂。阮元從經史子集中出各種論題要學生習作，有關《論語義疏》的論題，都收入《學海堂二集》中。同一〈皇侃論語義疏跋〉，計有鄒伯奇（二篇）、桂文燦、章鳳翰、潘繼李等四人的論文。[30] 這些論文大抵不懷疑《義疏》之真偽，而在討論《義疏》疏解的疏失，以及《義疏》破何晏的注等問題。另陳澧《東塾讀書記》卷二《論語》條，對《義疏》有相當多的批評。

此外，桂坫的《晉磚宋瓦室類稿》卷四有〈皇氏論語義疏真偽考〉，祁永膺的《勉勉鉏室類藁》卷四有〈皇氏論語義疏真偽考〉，傅維森的《缺齋遺稿》卷一有〈皇氏論語義疏真偽考〉。他們的論題都一樣，可能都是廣雅書院的課題。三家之考辨，或舉出其真的部分，或評判其作偽的證據，大抵皆前人已說過的話，沒有特別的新見。

皇侃《論語義疏》自乾隆年間回傳入中國後，一直到清末，研究討論的風氣一直未中斷。可說為漢學的研究注入了新的生命。

五　古文孝經孔傳和孝經鄭注的回傳

除了皇侃《論語義疏》外，回傳中國，引起學界更多討論的是《古文孝經孔傳》和《孝經鄭注》。先討論《古文孝經孔傳》所引起的爭論。[31]

29　見《東塾讀書記》（臺北市：臺灣商務印書館，1968 年），卷 2，頁 20。
30　見《學海堂三集》（清咸豐九年〔1859〕啟秀山房刊本），卷 13。
31　有關《古文孝經孔傳》的重要研究論文有：(1) 林秀一：〈孝經孔傳の成立につい

清雍正十年（日本享保十七年，1732年），日本古學派學者，荻生
徂徠的弟子太宰純刊刻了一部《古文孝經孔傳》。此書由汪翼滄自長崎
訪得，攜回國內。鮑廷博將其刻入《知不足齋叢書》第一集中。盧文
弨為該書作序時，以為非近人所能撰造，但又有些許可疑。其所以認
為非近人所能撰造，是因為：

> 余按傳文以求之，如云「閒居靜而思道也」，則陸德明引之矣；
> 「脫衣就功，暴其肌體」云云，則司馬貞引之矣；「上帝亦天
> 也」，則王仲丘引之矣。其文義典核，又與《釋文》、《會要》、
> 《舊唐書》所載一一符會，必非近人所能撰造。[32]

由於這些原因，盧文弨以為非近人所偽造。但又因為：

> 蓋其文辭微與西京不類，與安國《尚書傳》體裁亦別，又不為
> 漢惠帝諱「盈」字，唯此為可疑耳。[33]

盧文弨以為《古文孝經孔傳》的文辭與西漢不相同，體裁也與孔安國
《尚書傳》不相同，又沒有避漢惠帝的名諱，所以有點可疑。文弨又以
為即使這書被認為劉炫偽作，因古書能傳於今日者已相當少，所以也
不可廢。

《四庫全書總目》則以為《古文孝經孔傳》是偽作：

> 其傳文雖證以《論衡》、《經典釋文》、《唐會要》所引，亦頗相
> 合。然淺陋冗漫，不類漢儒釋經之體，并不類唐、宋、元以前

　て〉，《孝經學論集》（東京市：明治書院，1976年），頁235-248。（2）胡平生：〈日
　本《古文孝經》孔傳的真偽問題〉，《文史》第23輯（1984年11月），頁287-299。
[32] 見《抱經堂文集》，卷2，頁20，〈新刻古文孝經孔氏傳序〉。
[33] 同上。

人語。殆市舶流通，頗得中國書籍，有粺點知文義者，摭諸書所引孔〈傳〉，影附為之，以自誇圖籍之富歟？[34]

《四庫全書總目》雖以為《傳》文和《論衡》、《經典釋文》、《唐會要》所引頗相合。但以為「淺陋冗漫」，不但不像漢儒釋經的體裁，也不像唐、宋、元以前人的用語。而以為是日人從諸書中輯出所引之孔《傳》，以自誇圖籍之富。

阮元在《孝經注疏校勘記》中也說：

> 《孝經》有古文，有今文，有鄭注，有孔注。孔注今不傳，近出於日本國者，誕妄不可據。要之，孔傳即存，不過如《尚書》之偽傳，決非真也。

阮元以為孔《傳》已亡佚不傳，近世出於日本之《古文孝經孔傳》「誕妄不可據」。鄭珍更著有〈辨日本國古文孝經孔氏傳之偽〉一文，提出該書有十大偽證[35]，鄭珍大抵從下列數個方面來考辨《古文孝經孔傳》：

（一）孝經孔傳之分章和字句與實際情況不合

> 《孝經》漢止分章，晉荀昶撰集諸說，仍無章名。至皇侃《義疏》始標目，各冠章首，明皇御注因之。然則標章非古也，故宋司馬溫公所見古文本經止二十二章而已。今標目惟所多四章別立新名，餘皆同御注。其偽二。
>
> 桓譚《新論》云：「古《孝經》千八百七十二字，今異者四百餘字。」班固〈藝文志〉序《孝經》云：「『父母生之，續莫大

---

[34] 《四庫全書總目》，卷32，經部孝經類，〈古文孝經孔傳一卷〉提要。
[35] 王鍈點校：《鄭珍集·經學》（貴陽市：貴州人民出版社，1991年），頁15-17。

焉』,『故親生之膝下』,諸家說不安處,古文字讀皆異。」異不
止二處,班氏道其略,桓氏總其數也。今經文止少桓氏九字,
猶云相傳脫誤,至見班氏有此言,乃改「續」為「績」,改「生
之膝下」作「生毓之」,其餘除〈閨門〉章皆同今文,未見有字
讀皆異,異不過強加閑文語助百二十四字耳,亦未見四百餘字
也。其偽三。

前一則以為《孝經》之標章名始於皇侃《義疏》,《孝經孔傳》有章
名,自是不古。後一則以為《孝經》之異文本有四百餘字,今異者僅
百餘字,與前人所說不合。

(二)孝經孔傳與御注、邢疏所引孔傳不合

《御注》所用舊說,疏必云「依某注」,非者則否。其〈天子章〉
疏云:「一人,天子也,依《孔傳》。慶,善也,《書傳》通十億
曰兆,古數為然。」則惟「一人,天子也」五字是《孔傳》,餘
皆非也。又〈孝治章〉注「立德行義,不違道正,故可尊也」
三句,疏云:「此依《孔傳》」,且引劉炫《義疏》解之。至「制
作事業,動得物宜,故可法也」三句,疏不云「依某」,又自
解之,則非《孔傳》也。又注「容止,威儀也。必合規矩,則
可觀也」四句;又注「上正身以率下」一句,疏皆云「依《孔
傳》」,至「進退,動靜也。不越禮法,則可則也」及「下順上
而法之,則德教成也」數句,皆明皇自撰,故疏不云「依某」。
今一概認作《孔傳》入之,是疏之體例尚未別白也。其偽五。
邢氏〈孝治章疏〉引孔安國曰:「亦以相統理。」〈感應章注〉:
「禮,君燕,族人與父兄齒也。」《疏》云:「此依《孔傳》。」今

> 傳中無此二條。可見空腹野夫，即目前注疏猶未細檢，宜其文
> 俚俗至是。其偽六。

前一則以為《御注》所用舊說，出自《孔傳》者，皆云「依《孔傳》」，有些非《孔傳》的，《古文孝經孔傳》也一律採入。後一則以為邢氏《孝經疏》所引《孔傳》，皆不見於《古文孝經孔傳》。

（三）孝經孔傳與劉炫說法不合

> 劉炫既撰孔氏注本，別作《古文稽疑》一篇明之，又作《義疏》
> 三卷，書皆不傳，要主孔氏駁鄭氏。兩漢以來，并謂《孝經》
> 為孔子與曾子陳孝道，獨炫謂孔子自作，特假曾子之言以為對
> 揚之體，并非因曾子請業而對。是所撰《偽孔傳》大端也。今
> 《孔序》乃云：「曾子躬行匹夫之孝，未達天子諸侯以下之事，
> 因侍坐諮問，而夫子告其義，遂集錄之名曰《孝經》。」則與炫
> 說不應，其偽一。
> 鄭氏注「孝始於事親」三句云：「父母生之，是事親為始；四十
> 強而仕，是事君為中；七十致仕，是立身為終。」劉氏駁之，文
> 具載邢《疏》，是必《偽孔傳》與鄭異義，乃持以難鄭氏。今傳
> 解此三句與鄭義同。其偽四。

因隋代以來學者皆以《古文孝經孔傳》為劉炫偽造，所以日本所傳《古文孝經孔傳》如與劉炫說法不合，即以為偽。前一則以為〈孔序〉有關《孝經》作者的說法，與劉炫不合。後一則《古文孝經孔傳》說法與邢氏《孝經疏》所引劉氏說不合。

此外，鄭珍針對〈孔序〉也提出多項質疑：

（一）孔序與孔安國事蹟不合

　　許沖〈上說文表〉稱「《古文孝經》者，孝昭帝時魯國三老所
獻。」按《史記》〈自序〉云：「述黃帝以來，至太初而訖。」其
〈孔子世家〉稱孔安國「為今皇帝博士，至臨淮太守，早卒」，
則安國卒在太初以前，遠不及昭帝。獻壁中諸古文，皆死後其
子孫所為。今〈孔序〉乃云：「魯三老孔子惠抱詣京師獻之。」
其偽七。

（二）孔序與漢代訓詁體例不合

　　孔穎達云：「漢初為傳訓者，皆與經別行。及馬融為《周禮
注》，乃云欲省學者兩讀，故具載本文。」則東漢末始就經為
注。今〈孔序〉云：「發憤精思，為之訓傳，悉載本文，萬百餘
言。」是漢儒訓詁體例且未知也。其偽八。

（三）孔序與漢代經學傳授不合

　　《漢書·藝文志》：「孔氏有《古文尚書》，孔安國以今文字讀
之，因以起其家，逸書得十餘篇。」故《古文尚書》傳自安國
始。伏生所傳二十九篇今文耳，非古文。今〈孔序〉云：「昔吾
逮從伏生論《古文尚書》誼。」是今古文《尚書》祖師亦且不
辨。其偽九。

（四）孔序誤解陸德明注經體例

> 陸氏《經典釋文》，其初本標經文用朱書，標注文用墨書，故
> 《序例》云：「朱以發經，墨以起傳。」本因摘字為音，經傳相
> 間，欲便覽者分別，乃如此書之。「起」、「發」云者，即標之
> 謂也。今〈孔序〉亦云：「朱以發經，墨以起傳。」不知經何
> 待發，所起者又何傳也？是直不解陸氏所謂，徒見其例於古無
> 有，以為甚奇異，可以欺世也。其偽十。

鄭珍這十點辨偽的意見一直很有權威性，後來研究《孝經》的學者大
都遵信此說。即至民國時代，如王正己的〈孝經今考〉還說：「鄭先生
辨之甚詳，無容疑義。」蔡汝堃的《孝經通考》也說：「吾人驗鄭氏所
舉十條，足以發《孔傳》之偽跡。」[36]日本《古文孝經孔傳》傳入後，激
起的波瀾有如此之大，恐是大家所始料未及。

在《孝經》方面，另一件引起熱烈討論的是，清乾隆五十九年
（日本寬政六年，1794年）日本人岡田挺之所刊的《今文孝經鄭注》，
傳入中國後，鮑廷博將其收入《知不足齋叢書》第二十一集中。

首先，焦循有〈勘倭本鄭注孝經議〉一文，焦氏以《經典釋文》
及《孝經正義》加以考核，固有合者，但疏舛不備的也不少，因此，
焦循以為該書有十二可疑，茲引錄二則如下：

> 1.〈諸侯章〉，《釋文》有：「費用約儉，奢泰為溢」等文，明皇
>   注云：「費用約儉，謂之制節；慎行禮法，謂之謹度。無禮為

---

36 見胡平生：〈孝經〉，《中國古代佚名哲學名著評述》（濟南市：齊魯書社，1986年），
頁140。

驕，奢泰為溢。」《正義》云：「此依鄭注釋制節也。」其他雖未言依鄭，而「奢泰為溢」一語，明注《釋文》，疑其皆本諸鄭。此刻惟有「費用約儉」語，其下皆異，可疑一也。

2. 《釋文》有「薄賦斂，省徭役，列士封疆」等文，「列士」蓋「列土」之譌，乃解「富貴不離其身，保其社稷」語也。此刻「保其社稷」下，無「列土封疆」注，而繫「薄賦斂，省徭役」於「和其人民」下，然則「列土封疆」，將亦解「和其人民」乎？可疑二也。[37]

焦循大抵從字句的出入來論斷《古文孝經鄭注》字句與《釋文》所引頗有出入。雖有十二點可疑，焦氏不敢論定該書為日人偽造，僅敢說：

乃今考之，其中少有菁華則皆見於《釋文》、《注疏》諸書，而諸書所見，此中不備者，十之七八，雖真鄭注，亦已糟粕。夫鄭氏所以足重者，菁華也；去其菁華，止存糟粕，雖親見其操筆而書，亦何足重？且鄭氏《詩箋》、《禮注》，並立學官，其他殘注，散見典籍中者，光采自不可沒，又安用此疑似之糟粕為乎！[38]

焦氏認為這刻本即使是真鄭注，但因內容不完備，也已是糟粕。這種糟粕又何必那麼重視它？另外，孫詒讓也有〈日本刊孝經鄭注跋〉，以為此注雖不出康成，但是魏徵以前舊注，故《群書治要》得加以採錄，非貞觀以後人所作。[39]

---

[37] 見《雕菰集》（臺北市：鼎文書局，1977 年），卷 12，頁 186。

[38] 同上。

[39] 見孫詒讓：《孫籀廎先生集》（臺北市：藝文印書館，1963 年），第二冊，《籀膏述林》，卷 6，頁 12。

除論辨岡田挺之刻本《孝經鄭注》之真偽外，在嘉慶以後的學術
界，也花費不少篇幅討論鄭玄是否為《孝經》作注，如嚴可均的〈孝
經鄭氏注敘〉、〈孝經鄭注考〉，黃家岱的〈孝經鄭注真偽辨〉等都
是。[40] 這都是岡田挺之刻本《孝經鄭注》傳入後，在學界激起了討論的
熱潮。

六　荻生徂徠論語徵的傳入

除了荻生徂徠弟子山井鼎和荻生之弟物觀的《七經孟子考文、補
遺》傳入中國，引起很大的迴響外，荻生徂徠本人的著作，如《論語
徵》、《大學解》、《中庸解》和批評徂徠的蟹養齋的《非徂徠學》，都
已在清嘉慶十三年（日本文化六年，1809年）傳入中國。根據《長崎
年表》，文化六年（1809）條，〈唐船和板書籍數種を輸出す〉，記載
和刻本輸入中國，有經學著作等二十七種。其中有徂徠的著作《大學
解》、《中庸解》、《論語徵正文》和蟹養齋的《非徂徠學》。[41]

在傳入的徂徠著作中，以《論語徵》一書的流傳最廣。最早引用
《論語徵》的是吳英的《竹石軒經句說》。吳氏之書引《論語徵》有八
處，其中有五處是反駁徂徠的。[42] 吳英之後，利用《論語徵》的學者有
道光間的狄子奇。狄子奇著有《孔子編年》、《孟子編年》、《經學質
疑》，合稱《安雅齋雜著》。《經學質疑》包括《論語質疑》二十卷、

---

40 嚴可均的〈孝經鄭氏注敘〉、〈孝經鄭注考〉，見《鐵橋漫稿》（臺北市：藝文印書
　館，1971年，《叢書集成三編・心矩齋叢書》本），卷5，頁2；卷4，頁15。黃家
　岱的〈孝經鄭注真偽辨〉，見《㼦藝軒雜著》（清光緒乙未〔1895〕江蘇南菁講舍刊
　本），卷中，頁28。
41 轉引自藤塚鄰：〈物徂徠の論語徵と清朝の經師〉，《支那學研究》（斯文會）第4編
　（1935年2月），頁65-129。
42 吳英：《竹石軒經句說》，轉引自藤塚鄰：〈物徂徠の論語徵と清朝の經師〉。

《中庸質疑》四卷、《大學質疑》二卷、《孟子質疑》十四卷。在《論語質疑》中，引到徂徠《論語徵》的，計有十三處[43]，如「君子人與」二句，狄氏說：

> 《論語徵》，此與〈仲尼燕居〉「古人與？古之人也。」文法相似，皆是贊嘆之詞，非始疑而後決也。（卷8）

又如「晨門曰」，狄氏說：

> 隱士如儀封人、晨門，皆深知聖人者，胡氏以為譏者非是。物茂卿云：「凡譏者必載斷詞，茲無之，則非譏也。」

狄子奇的《論語質疑》引清儒之說達數十家，所引條目多寡不一。引徂徠《論語徵》達十三處，可說已相當多。所引大抵遵循《論語徵》之說。

　　以著有《論語正義》著名的《論語》學專家劉寶楠，在所著《論語正義》中有否引到徂徠的《論語徵》？檢查《論語正義》的結果，引到《論語徵》的有兩處。一是《論語正義》卷八〈述而篇〉「子釣而不綱，弋不射宿」條云：

> 物茂卿《論語徵》云：「天子諸侯，為祭及賓客則狩，豈無虞人之供，而躬自為之，所以敬也。狩之事大，而非士所得為，故為祭及賓客則釣弋，蓋在禮所必當然焉。古者貴禮不貴財，不欲必獲。故在天子諸侯則三驅，在士則不綱不射宿。」[44]

這是引徂徠《論語徵》申釋「子釣而不綱，弋不射宿」的涵意。又

---

[43] 狄子奇：《論語質疑》，轉引自藤塚鄰：〈物徂徠の論語徵と清朝の經師〉。

[44] 見劉寶楠：《論語正義》（北京市：中華書局，1990年），卷8，頁276。

《論語正義》卷十〈子罕篇〉「有美玉於斯」章，「求善賈」解也引及徂徠的話：

> 物茂卿《論語徵》云：「善賈者，賈人之善者也。賈音古。」[45]

這是引徂徠的話來解釋「善賈」的意思。

在清儒中第四位注意到徂徠《論語徵》的是俞樾。俞樾所見的《論語徵》，是同治五年（1866）戴望在杭州書肆購得。俞樾見了非常驚訝，曾在《春在堂隨筆》卷一記下《論語徵》的版刻行款：

> 《論語徵》，甲乙至壬癸十卷，日本物茂卿撰。其書每葉二十行，每行二十字，每卷首末兩葉版心，皆有「滕元啟謹書」五字。[46]

除了記行款之外，俞樾也對《論語徵》的得失略作評論，他說：

> 其大旨好與宋儒牴牾，然亦有謂朱注是處。議論通達，多可采者。惟謂上論成於琴張，下論成於原憲，故二子獨稱名，此則近於臆說，然亦見會意之巧矣。[47]

俞樾認為《論語徵》「議論通達，多可采者」，但徂徠以《論語》前十篇（《上論》）為琴張所編，後十篇（《下論》）為原憲所編，俞樾認為「近於臆說」。

俞樾又將《論語徵》中有見解的說法摘鈔下來，計有十七條之多。如：

---

45 同上，卷10，頁342-343。
46 見《春在堂隨筆》（臺北市：新興書局，1984年，《筆記小說大觀》22編本），卷1，頁3。
47 見《春在堂隨筆》，卷1，頁3。

【千乘之國】

萬乘、千乘、百乘，古言也。謂天子為萬乘，諸侯為千乘，大夫為百乘，語其富也，如千金之子，孰能計其囊之藏適千而言之乎？古來注家，布算求合，可謂不解事子雲矣。

【為政以德】

為政，秉政也。以德為用，有德之人秉政，而用有德之人，不勞而治，故有北辰之喻。

【子奚不為政】

我死，子為政，謂秉柄於其國也。疇昔之羊，子為政，謂秉柄於其事也。此章孔子為大夫時事，聖人施為，不與常人同，於其官政，不必屑屑然有所更張。然其意豈或人所能知，故引書答之。

【食不語，寢不言】

語者，誨言也。如樂語、合語之說。古者飲食之禮，如養老有乞言合語是也。然當食不語，食訖乃語，所以遵道。故君子平日亦依其禮，當食不誨言也。寢者，內侍也；言者，言政事。如高宗三年不言是也。內寢不言政事，所以盡天職。

【君子惡居下流】

謂紂之為逋逃藪也。眾惡人歸紂，而紂受之，其所自為惡雖不甚，而眾惡人所為惡，皆紂之惡也。故曰天下之惡皆歸焉[48]

以上僅錄數條。從俞氏所錄的十七條，可知他通讀了《論語徵》。後來，俞氏在《東瀛詩記》卷一評論徂徠時，又再度提到《論語徵》，他說：

---

[48] 見《春在堂隨筆》，卷1，頁3-6。

余嘗見其所著《論語徵》一書，議論通達，多可喜者。如謂上
論成於琴牢，下論成於原思，故二子獨書名，雖出臆見，亦微
會意之巧。余已悉取數十則，入《春在堂隨筆》矣。[49]

這和前面的引文，內容大抵相同。又俞樾得到安井息軒的《管子纂詁》
時，曾寄信給戴望說：

近得彼國人安井仲平《管子纂詁》，足下亦得之否？其書似不及
物君之《論語徵》。[50]

俞氏將安井息軒的《管子纂詁》和徂徠的《論語徵》相比，以為有所
不及。

第五位注意到《論語徵》的學者是李慈銘。光緒六年（1880）十
二月四日，李慈銘讀俞樾的《春在堂隨筆》時，對俞樾所錄《論語徵》
十七條，在《荀學齋日記》中記下了他的看法：

如記日本物茂卿所撰《論語徵》諸條云云，皆有關係實學。[51]

認為俞氏所錄諸條有關實學。光緒十二年（1886），李慈銘的友人楊守
敬攜回很多珍籍，李氏甚感驚奇。此外，又得到林述齋所編《佚存叢
書》、《七經孟子考文補遺》、《孝經鄭注》、皇侃《論語義疏》等書，
對日本文獻頗有思慕之情。同年九月接待來華訪問的岡千仞。二十四
日岡千仞送給李氏徂徠所著《蘐園隨筆》五卷。李氏在書上作了不少
批語，如「其言頗平實近理」、「其卷二論樂之為教一首，文極醇實，

49　見《東瀛詩記》（臺北市：廣文書局，1971年，《古今詩話叢編》本），卷1，頁4。
50　見《春在堂尺牘》（臺北市：文海出版社，1969年，《近代中國史料叢刊》第42輯），
　　卷1，頁24，〈與戴子高〉。
51　見《荀學齋日記》乙集下。轉引自藤塚鄰：〈物徂徠の論語徵と清朝の經師〉。

得教化之本。」可見，李慈銘對徂徠《蒩園隨筆》特為欣賞。

以上是清乾嘉以後，江浙地區經學家得到徂徠《論語徵》的反應和觀感。大抵贊美《論語徵》言而有據、平實近理，雖有臆測之見，然小疵不掩大醇，足供研究《論語》的學者參考之用。

七　結論

從以上各小節的論述，可得下列數點結論：

其一，日本江戶時代中期古學派的興起，與晚明以來的復古學風有關，如荻生徂徠的復古學即受李攀龍、王世貞之影響。文化、文政年間以後興起的折衷考證學派，更是清初考據學風的重現，如大田錦城的《九經談》引清初學者有九家之多，所引條目也多達數十條。江戶晚期的安井息軒，可說集江戶時期考證學之大成。明治初期的竹添光鴻，為《毛詩》、《左傳》、《論語》作會箋，儼然清代學者為群經作新疏。這些學者都從清代考證學家得到養分。

其二，山井鼎和物觀的《七經孟子考文、補遺》傳入中國後，四庫館臣將其收入《四庫全書》之中，這是《四庫全書》中惟一的日本人著作。阮元更將該書加以翻刻，回傳日本。阮氏作《十三經注疏校勘記》時頗多利用《七經孟子考文、補遺》，足見該書在校勘學上的價值。

其三，皇侃《論語義疏》在南宋中葉已亡佚。汪鵬自日本採購回國，《四庫全書》開館時，汪氏呈獻該書，並被著錄。唯書中有關夷狄的字句，被館臣篡改。由於此書失而復得，其中有不少字句與群書所引略有出入，學者或以為真，或以為假，爭論頗多，但大抵以肯定其為真者居多。魏晉南北朝經籍亡佚殆盡，此書之回傳，為該時段經學研究，增添了可貴的資料。

其四，《古文孝經孔傳》和《今文孝經鄭注》，在中國也早已亡佚。《古文孝經孔傳》為太宰純所刊刻，《今文孝經鄭注》則是岡田挺之自魏徵《群書治要》中輯出。兩書回傳中國後，真偽問題引起極為熱烈的討論。《古文孝經孔傳》，《四庫全書總目》以為偽撰，鄭珍更提出偽證十點。《今文孝經鄭注》，焦循也提出十二可疑。而為鄭注作跋、或重輯鄭注的也有多家。使本已熱鬧非凡的漢學研究，增加不少生命力。

其五，日本古學派荻生徂徠的《論語徵》於清末傳入中國，吳英、狄子奇、劉寶楠、俞樾、李慈銘等學者都加以引用。尤其俞樾，將《論語徵》中見解特出者加以摘錄，計有十七處之多。足見《論語徵》一書的價值。

從明末至清末，考證學傳入日本，產生了古學派和考證學派。而他們古學派的著作如《七經孟子考文、補遺》、《論語徵》等，再加上像皇侃《論語義疏》及《古文孝經孔傳》、《今文孝經鄭注》的回傳，不但增加經學研究的素材，也對中日經學研究的交流增添不少佳話。

——本文為參加第三屆國際漢學會議發表之論文，原刊於《中國思潮與外來文化》（臺北市：中央研究院中國文哲研究所，2002 年 12 月），頁 241-270。

從詩經看古人的價值觀

一　前言

　　《詩經》是三千年前至二千五百年前，古代中原一帶和鄰近地區的詩歌總集。依其內容，可分為〈風〉、〈雅〉、〈頌〉三大類。〈風〉分為〈周南〉、〈召南〉、〈邶〉、〈鄘〉、〈衛〉、〈王〉、〈鄭〉、〈齊〉、〈魏〉、〈唐〉、〈秦〉、〈陳〉、〈檜〉、〈曹〉、〈豳〉等十五國，約為西周末年至春秋中葉的作品；〈雅〉分為〈小雅〉和〈大雅〉兩類，是周王朝的詩歌。〈小雅〉可能是西周中葉至東周初年的作品；〈大雅〉是西周中葉至西周末年之作品。〈頌〉分為〈周頌〉、〈魯頌〉和〈商頌〉。〈周頌〉是西周初年的作品。〈魯頌〉可能是東周魯僖公時所作；〈商頌〉可能是商人後裔的宋人所作，約作於宋襄公時。[1]如果依照著成時代的先後排列（〈魯頌〉、〈商頌〉不計），應該是〈周頌〉、〈大雅〉、〈小雅〉和〈國風〉。這樣的排列順序，至少可看出兩種不凡的意

---

[1]　以下有關《詩經》〈風〉、〈雅〉、〈頌〉的作成時代，大抵採用屈翼鵬師：《詩經釋義》（臺北市：中國文化大學出版部，1980年）一書的看法。該書的〈敘論〉說：「三百篇的時代，就文辭上看，以〈周頌〉為最早，大致都是西周初年的作品；〈大雅〉裏也有幾篇像是西周初年的作品，而大部份是西周中葉以後的產物。〈小雅〉多半是西周中葉以後的詩，有少數顯然地是作於東周初年。〈國風〉中早的約作於西周晚年，晚的已到了春秋中葉以後——如〈陳風・株林〉及〈曹風・下泉〉等。〈魯頌〉四篇，全部作於魯僖公的時候；〈商頌〉最晚的也作於此時。總之，這三百零五篇詩，最早的約作於民國紀元前三千年左右，最晚的也在兩千五百年左右。」（頁6）

義：一是可由詩篇的時代先後，看出周人思想的演變。二是可由詩篇
的時代先後，看出文體的演變。第二點不是本文所要討論的範圍，故
略而不論。第一點從思想的演變，可以看出周人價值觀念之一斑。

　　討論古人價值觀念的論文並不多，如果有也都是泛論性質，或從
儒學的觀點來申論。就一部經典來加以分析，並藉以看出古人價值觀
念的演變的，並未多見。尤其藉《詩經》來看出古人價值觀，更是少
之又少。前人所以不把《詩經》當作一種分析價值觀念演變的素材，
大抵是認為《詩經》是一部文學作品，較難看出思想演變的痕跡。《詩
經》就其性質來說，也許可說是文學作品，但就其所蘊含的思想成
分，正是研究古代思想演變的最佳材料。從思想的演變來看古人價值
觀念的演變，也是理所當然的事。就這一點來說，《詩經》在研究古代
思想史的重要性，也就可想而知了。

　　本文擬從〈周頌〉、〈大雅〉、〈小雅〉、〈國風〉的詩篇中，將古人
所崇尚的價值觀念提出加以討論，並就所以形成此種價值觀念的環境
因素試加討論，以便從周人價值觀念的演變來看出周代社會轉變的種
種痕跡。

二　周頌頌天

　　〈周頌〉三十一篇，據《詩經》學者的研究，是《詩經》三百零
五篇中較早的作品，大約作於西周初年。詩篇的內容，大抵反映兩種
觀念：一是天命觀念，另一是對祖先的崇拜。在周初人的觀念，天是
具有絕對權威的人格神，它是正義的象徵，周人所以能擊敗殷商，就
是上天降下大命的緣故，所以周初人對天的敬畏、崇敬，可說無以復
加。〈周頌〉的許多詩篇，都反映出這種觀念，如：

　　維天之命，於穆不已。（〈維天之命〉）

　　天作高山，大王荒之（〈天作〉）

　　我將我享，維羊維牛，維天其右之（〈我將〉）

　　我其夙夜，畏天之威，于時保之。（〈我將〉）

　　敬之敬之，天維顯思。（〈敬之〉）

從這些詩句都可以看出周人對天的敬畏。但是，天並不是具象的，天的權威如何顯現出來呢？天得把天子當成自己的兒子，然後再降天命給他。〈時邁〉說：

　　時邁其邦，昊天其子之。

〈時邁〉是祭祀武王的詩篇。這兩句是說，武王巡行邦國有一定的時間，上天把他當作自己的兒子。〈昊天有成命〉說：

　　昊天有成命，二后受之。

二后是指文王和武王。文、武王配享天命的事，在〈大雅〉中也有明顯的記載，如〈大明〉說：「有命自天，命此文王。」承受天命的天子，就必須非常謹慎的來保持其天命，所以〈周頌·桓〉說：

　　綏萬邦，婁豐年，天命匪懈。

所以，能配享天命的天子，一定要遵奉上天所規定的道德律，天是仁慈的，正義的。這種仁慈和正義，對一位天子來說也是最應該遵守的道德原則。凡是天子都必須達到這一道德理想。當時，天所以降大命給文王，是因為文王的道德修養已達到天所要求的標準，才能得到天命。文王之德的崇高既可得天命，自是當時人崇拜的偶像，所以〈周頌〉中述及文王之德的詩句不少。如〈清廟〉：「濟濟多士，秉文之

德。」這是說，從政的官員濟濟一堂，都秉持著文王的美德。〈維天
之命〉說：「於乎不顯，文王之德之純。……駿惠我文王，曾孫篤
之。」這幾句話是說，上天所降的天命多麼偉大啊！文王的品德是那
麼精純。也因文王品德的精純，才能配享偉大的天命。文王不但能配
天命，還能把德惠傳給子子孫孫。這些後代的子孫應該篤守它。所以
〈周頌〉中，頌贊文、武王能承受天命，子孫能將天命發揚光大的詩篇
也不少。這種將文、武王的德業加以發揚，以求得更多的福份，可能
就是周初人所要追求的最高價值了。〈昊天有成命〉說：

> 成王不敢康，夙夜基命宥密。於緝熙，單厥心，肆其靖之。

這首詩說，文王和武王承受天命，成王繼承這種天命，努力從公，以
求國家安寧，一點也不敢懈怠。所以不敢懈怠，是怕把天命弄丟，成
為國家的罪人。

　　〈周頌〉中除贊美文王能配享天命，品德精純外，對武王也頗多贊
美之詞，如〈武〉說：

> 於皇武王，無競維烈。允文文王，克開厥後。嗣武受之，勝殷
> 遏劉，耆定爾功。

這首詩贊美武王的功業無人能比，後代的基業都是他開創的，他戰勝
殷紂後，即停止殺戮，也因此建立了偉大的聲名，〈賚〉也有類似的描
述：

> 文王既勤止，我應受之，敷時繹思。我徂維求定，時周之命。
> 於繹思。

這首詩是說，文王創業很辛勤，我武王把他的遺志加以繼承，施大恩

給百姓，以求天下的安定。能這樣做，上天所降給周人的天命才能保全。[2]

　　從上述詩篇的分析，我們可以瞭解，周初人以文王、武王配享天命為周人立國之根據。文王所以能配享天命，是因他們有精純的品德；武王所以繼天命是因為他有彪炳的功業。成王所以能繼承天命，是因他有奮鬥不懈的精神。這些不平凡的周人祖先，也就成為周人效法的對象。

　　就這點來說，周初人所要追求的，應該是由天命思想導引出來的道德修養。此種道德修養的準則，來自文王、武王、成王等祖先。文、武、成也希望此種道德修養能廣布在人民的身上。這種由上而下，由君子而小人的道德要求，就是春秋時代以後，儒家人物德治思想的先導。

三　大雅疑天

　　西周中葉左右的詩篇，可以以〈大雅〉作為代表。〈大雅〉詩篇的內容已較具多樣的變化，有頌贊詩、燕飲詩、諷刺詩、周初史詩、宣王史詩等多種類型，而以周初史詩、宣王史詩佔較多的篇幅。在論及這兩類史詩所表現的價值觀念之前，必須先加以討論的是，周初人所敬畏的天，到〈大雅〉時代，已受到某種程度的懷疑。吾人知道，天

2　討論周人天命思想的論著相當多。早期有郭沫若的《先秦天道觀的進展》（上海市：商務印書館，1936年）一書，晚近討論此問題的專著不少，如黎建球的《先秦天道思想》（臺北市：箴言出版社，1974年）；李杜的《中西哲學思想中的天道與上帝》（臺北市：聯經出版事業公司，1978年）；楊慧傑的《天人關係論》（臺北市：大林出版社，1981年）；黃湘陽的《先秦天人思想述論》（臺北市：文史哲出版社，1984年）；傅佩榮：《儒道天論發微》（臺北市：臺灣學生書局，1985年）等。這些書對周人的天命觀都有較詳細的討論，可參考。

命思想的維繫，端賴國家的安定和社會的和諧。一旦天災人禍不斷，社會失去安定時，人民對於這種至善和正義化身的天也起了懷疑。〈大雅〉中有不少詩篇即表現這種思想的傾向。例如〈板〉說：

> 上帝板板，下民卒癉。……（一章）
>
> 天之方難，無然憲憲。……（二章）
>
> 天之方虐，無然謔謔。……（四章）

「上帝板板，下民卒癉」，是說上帝違反常道，下民受勞累苦痛。「天之方難，無然憲憲」，是說上天正降下災難，不要太過於高興。「天之方虐，無然謔謔」，是說天正在施暴虐，不要嬉戲玩樂。本來天或上帝根本是正義、公理的化身，可是由於時代的動亂，天的形象逐漸受到考驗，所以才有這樣的詩句出現。〈蕩〉的詩句也可以證明這一觀點：

> 蕩蕩上帝，下民之辟。
>
> 疾威上帝，其命多辟。（一章）

這幾句詩是說：偉大的上帝，是下民的君主；發怒的上帝，命令也就多怪僻。上帝既是公平、正義的，則上帝發怒時，應該是在懲罰惡人。既如此，上帝之命怎可說是「多辟」呢？現在詩人認為上帝之命是「多辟」的，可見詩人心中的上帝已不是高高在上，已不是公理、正義的化身。上帝的屬性開始受到懷疑。既如此，也由對上天的依賴，慢慢轉而對祖先的崇敬和對時君的稱揚。這種觀念在〈大雅〉的周初史詩和宣王史詩中表現得最為明顯。

（一）對開國祖先的崇敬

〈大雅〉中的周初史詩，有〈生民〉、〈公劉〉、〈緜〉、〈皇矣〉、

〈大明〉、〈文王有聲〉等篇。〈生民〉記述周人始祖后稷的神異故事。〈公劉〉記述周人祖先公劉由邰遷豳，辛苦經營的過程。〈緜〉記述周人祖先古公亶父至文王辛苦創業的經過和成就。〈皇矣〉記述太王、太伯、王季之德，以及文王伐密伐崇的故事。〈大明〉是記述季歷、文王、武王三世的史詩。〈文王有聲〉記述文王遷豐、武王遷鎬的事蹟。從這些記述周人祖先事蹟的詩篇裡可以看出幾點現象。這些詩篇大都在歌頌周人祖先的偉大，例如：〈生民〉一篇，除記述后稷出生的經過外，對后稷在農業上的成就，也有相當詳細的描述。該詩第五章說：

> 誕后稷之穡，有相之道，茀厥豐草，種之黃茂。實方實苞，實種實褎，實發實秀，實堅實好，實穎實栗，即有邰家室。

這是說，后稷有幫助農作物成長的方法。從「茀厥豐草」至「實穎實栗」，描述后稷種植穀物的過程。因為后稷有如此高的成就，他就在邰這個地方成立了家業。依此來說，后稷奠定了周人以農立國的基礎，是周人最可敬的祖先。此事在〈周頌〉的〈思文〉和〈魯頌〉的〈閟宮〉也一再提起。〈公劉〉一篇敘述遷徙豳地的經過，舉凡開國的宏規，遷居瑣務，無不加以描述。詩中每章皆以「篤公劉」起頭，以表示對公劉一種最高的敬意。如第一章：

> 篤公劉，匪居匪康，迺場迺疆，迺積迺倉，迺裹餱糧，于橐于囊，思輯用光，弓矢斯張，干戈戚揚，爰方啟行。

這章描述周人要遷居前的種種準備工作，如把米糧裝袋，備齊弓箭干戈斧鉞等武器，都由公劉來統一督導。其他各章，如公劉勘察豳的土地，以作為久居的打算，都有深刻的描述。〈緜〉篇是描述太王遷徙，為文王之興奠基的史詩。詩中描述周人由「陶復陶穴，未有家室」到遷地定居的經過，第三、四章說：

> 周原膴膴，菫荼如飴。爰始爰謀，爰契我龜。曰止曰時，築室
> 于茲。
>
> 迺慰迺止，迺左迺右；迺疆迺理，迺宣迺畝。自西徂東，周爰
> 執事。

這是描述太王為周人遷居，籌畫經營的情形。雖對太王的才能未有明顯的描述，周人所以能遷居成功，乃是太王的功勞。〈皇矣〉對王季的品德也有詳細的描述，第三章說：

> 維此王季，因心則友。則友其兄，則篤其慶，載錫之光。受祿
> 無喪，奄有四方。

另外，對文王的描述，則更加仔細，詩的第四章說：

> 維此文王[3]，帝度其心，貊其德音，其德克明，克明克類，克長克
> 君。王此大邦，克順克比，比于文王，其德靡悔，既受帝祉，
> 施于孫子。

這章說，上帝讓文王有光明的德行，可以作人民的君王，使四方歸附。〈大明〉篇對文王之德也有相當詳盡的描述，第二章說：

> 維此文王，小心翼翼，昭事上帝，聿懷多福。厥德不回，以受
> 方國。

文王是因他處事小心謹慎，心地光明的事奉上帝，所以才能保有更多的福祉。而且，也因他的品德正直不邪，所以才能使四方之國歸附。

3　本句《毛詩》作「維此王季」，而《左傳》昭公二十八年引此句作「維此文王」。《左傳正義》說：「今王肅注及韓詩亦作文王。」今從各家之說作「維此文王」。

（二）對宣王功業的頌揚

〈大雅〉中述及周宣王的詩篇不少。如〈雲漢〉描述宣王禳旱祈雨；〈崧高〉敘述宣王封其大舅申伯於謝邑，並命召伯虎為之築城建屋，以作為南方的屏障。〈烝民〉描述周宣王命仲山甫城齊，尹吉甫作詩送之。〈韓奕〉描述韓侯來朝時，周人作詩送他。〈江漢〉描述宣王命召穆公平淮南之夷，詩人美之。〈常武〉描述宣王親征徐方，詩人作此詩以美之。這些詩篇對宣王的文治武功有較詳盡的描述。如〈江漢〉篇：

> 明明天子，令聞不已；矢其文德，洽此四國。（六章）

詩人認為宣王英明睿智，聲望如日中天，又能廣佈其文德，四方之國皆蒙受恩澤。又如〈常武〉篇：

> 王猶允塞，徐方既來。徐方既同，天子之功。
> 四方既平，徐方來庭。徐方不回，王曰還歸。（六章）

這首詩描述宣王親征徐方，由於宣王策略的應用，徐方一下子就平定了。詩人認為這是宣王的功勞。

〈大雅〉中也有不少頌美周王或諸侯的詩篇，如〈棫樸〉、〈旱麓〉、〈思齊〉、〈下武〉、〈泂酌〉、〈卷阿〉等皆是。也有燕飲詩，如〈行葦〉、〈既醉〉等皆是。也有一些是諷刺詩，如〈瞻卬〉，刺幽王寵愛褒姒，以致天下大亂；〈召旻〉刺幽王任用小人以致饑饉並至。這些和人事的關係已越來越為密切。

由此可知〈大雅〉的詩篇，以周初史詩、宣王史詩為大宗。周初對天的頌讚，對文、武王德業的稱揚，在〈大雅〉時代，天的權威已

開始受到質疑，對文、武王，或其他祖先的稱揚，也以較具體的方式
來描述，而不是空洞的稱揚。這種對先祖先公德業的敘述，可以說是
一種史詩。而這些史詩，所以不同於〈小雅〉、〈國風〉的詩篇，是
〈大雅〉的史詩，主要是稱述遠古的祖先，或在位的國君，而不是個人
的權益地位問題。如果這種對祖先或國君的稱述可以認為是〈大雅〉
時代的一種價值觀的話，那很顯然地，當時人的價值觀與〈周頌〉、
〈小雅〉、〈國風〉時代並不相同。

四 小雅罵天

　　時代比〈大雅〉稍晚一點的〈小雅〉，共有八十篇，如果扣除〈笙
詩〉六篇，則有七十四篇。這七十餘篇詩的時代，大約是西周晚期至
東周初年的作品。這些作品跟〈大雅〉比起來，由於時代更晚，作品
更多樣化。除了有關周宣王事蹟的詩篇外，由於時值西周末年，內政
不修，外患頻仍，所以反映社會離亂的詩篇也越來越多。至於反映人
事問題的詩篇，如親情、愛情、友情的詩篇也不少。這正表示時代越
演變，人與天的距離越來越遠，而逐漸由人與天的關係轉變為人與人
的關係的思考。

　　在討論〈小雅〉詩篇的內容之前，我們必須把〈周頌〉頌天，〈大
雅〉疑天的天道思想稍加檢討，看看〈小雅〉詩篇對此一問題的反
映。就〈小雅〉的詩篇來說，人民對於天已不僅止於懷疑、抱怨，而
是無情的攻擊和唾罵了。如〈節南山〉說：

> 天方薦瘥，喪亂弘多。……昊天不傭，降此鞠訩；……
> 昊天不惠，降此大戾。……昊天不平，我王不寧。

這幾句話是說：老天正降下災禍，禍亂既大且多。老天不太公平，降

下這樣的大災禍；老天不同情，禍亂鬧個不停；老天做事不公平，使得我王不安寧。對公平、正義的老天，充滿懷疑。〈正月〉說：

> 民今方殆，視天夢夢。……有皇上帝，伊誰云憎？……天之扤
> 我，如不我克。

這幾句是說：人民正在危急之中，上天卻老眼昏花；……我想請教上帝，你是恨誰，使亂不停？……老天加害我，唯恐不能把我置之死地。〈雨無正〉的首章也說：

> 浩浩昊天，不駿其德，降喪饑饉，斬伐四國，昊天疾威，
> 弗慮弗圖。舍彼有罪，既伏其辜，若此無罪，淪胥以舖。

這是說，老天不施仁德，降下饑荒，人民死傷遍地，有罪的人逍遙法外，無罪的人卻受牽連。從這些描述，可以看出上天已完全失去他公正的立場。

在這同時，人們也逐漸領悟到，人世間的種種禍福，並不完全操之於上天，可能操之於統治者；或是某些握有權力的人。這種自覺，使人們逐漸拋開對上天的依賴、懷疑、抱怨和攻擊，轉而對人事的思考。這是我們研究〈小雅〉詩篇時特別要注意的。

〈小雅〉中也有一些與周宣王有關的詩篇，如〈采薇〉一篇，記載初春北伐，冬季凱旋。從詩中「不遑啟處，玁狁之故」，「玁狁孔棘」等句，可知玁狁進犯的規模不小。從「一月三接」句，可見此次戰役非常激烈。除了這種戰爭的描述，作者對自己所處的境遇感到相當的無奈，所以寫下最後一章：

> 昔我往矣，楊柳依依，今我來思，雨雪霏霏。
> 行道遲遲，載渴載饑，我心傷悲，莫知我哀。

前四句看似寫景，其實以今昔景物的對比來襯托他內心的變化。在路上，他又饑又渴，又有誰知道他內心的痛苦呢？這種對自己處境的關懷，進而產生憐惜、怨懟之感的觀念，實已開啟東周時代詩篇描述人事問題的先河。〈出車〉一篇，也是敘述討伐玁狁的詩篇，詩中「昔我往矣，黍稷方華；今我來思，雨雪載塗。」描述的手法，與〈采薇〉完全相同，這一時期詩篇所反映思想觀念的轉變，也可見一二。〈六月〉一篇，敘述討伐玁狁至太原。表面上這些詩篇似在描寫戰爭，可是從深處加以觀察，這一類的詩篇，似乎都反映一個問題，在動盪的時代裏，人為了什麼而東征西討北伐？人處在這種時代，扮演的是什麼樣的角色？

最重要的，應該是反映社會離亂的詩篇，這是作者對動盪時代的一種忠實記錄。這類的詩篇基本上是愛國傷時的，對社會的不公平、不正義，提出許多的批評。前文述及對天的依賴已逐漸降低，轉而對人事的思考，如〈十月之交〉說：

> 黽勉從事，不敢告勞。無罪無辜，讒口囂囂。
> 下民之孽，匪降自天，噂沓背憎，職競由人。

這是說，詩人很努力的做事，不敢說一聲辛苦。自認自己無罪過，却遭到不少讒言的批評。從這裏他領悟出來，下民的活受罪，並不是來自上天，而是有某些人在操縱。這已充分表現當時人思想觀念的轉變。人們更從人事問題的思考中感受到人與人間所受待遇的不公平，而發出抗議之聲。如〈大東〉第四章說：

> 東人之子，職勞不來。西人之子，粲粲衣服。
> 舟人之子，熊羆是裘。私人之子，百僚是試。

東人是東國之人，指的可能是殷商人的後裔；西人、舟（周）人，指

周朝之人；私人，指周人之家臣。東國之人的兒子，一直承擔著苦差事，卻沒有人來安慰；而周人的兒子卻穿著華貴的衣服；即周人家臣的兒子，各種官職也都當過。這是多麼不公平的事。又如〈北山〉更是反映這種觀念的典型詩篇。該詩的四、五、六章說：

> 或燕燕居息，或盡瘁事國；或息偃在床，或不已于行。
> 或不知叫號，或慘慘劬勞；或棲遲偃仰，或王事鞅掌。
> 或湛樂飲酒，或慘慘畏咎；或出入風議，或靡事不為。

全詩十二句，連用十二個「或」字，每兩句一組，以「勞」、「逸」二事，作強烈的對比，以反映當時勞逸不均的現象。此種現象，當然是後天環境因素所造成的，所以詩篇前頭要說：「溥天之下，莫非王土，率土之濱，莫非王臣，大夫不均，我從事獨賢。」由於「大夫不均」，作者承擔的事也特別多。他所以不以為這種勞逸不均的現象是天命或天意，自是對人事問題深入觀察的結果。

除上述兩類詩篇外，反映其他人事問題的詩篇也不少，如〈常棣〉一詩，即是強調兄弟和樂的詩篇，詩中強調兄弟之間能和好，全家才有真正的快樂。〈白駒〉是一首留客詩，客人硬著要走，就繫住他的馬；他的馬要走了，就好言勸牠。客人留不住了，就為他的馬準備上路所需的糧草，並勸他不要忘記互通信息。〈無羊〉一詩除了描述牧羊人的生活外，更用夢來表示自己的願望。〈谷風〉一詩，則是棄婦的悲吟，形式和內容都與〈邶風‧谷風〉完全相像。詩的第一章說：

> 習習谷風，維風及雨，將恐將懼，維予與女，將安將樂，女轉棄予。

這是說，從前大家一起過艱苦的日子，只有我（作者）陪伴你，如今生活漸安逸，卻把我拋棄。這是作者對婚姻生活缺乏保障的一種控

訴。〈蓼莪〉一詩,則是孝子悼念父母的詩,詩中對自己無法報答父母
的深恩感到無比的愧疚,詩的第四章說:

> 父兮生我,母兮鞠我。拊我畜我,長我育我;
> 顧我復我,出入腹我,欲報之德,昊天罔極。

除敘述父母養育之深恩外,對老天奪走他父母的生命,使他無法略盡
孝道,認為是一種無法彌補的損失。不得不說:「昊天罔極」(老天你
真沒良心)。

　　以上有關〈小雅〉詩篇的分析,可知當時人已從對天的頌揚、懷
疑,逐漸變成對天的詛咒、唾罵,天在人們心目中的的崇高價值已逐
漸降落,人們開始去思考人世間的種種問題,政治問題、社會問題,
或人自己的情感問題,都是〈小雅〉作者所關心的。這種對人事問題
的思考反省是伴隨著時代的變化而來的。只不過他所反映的問題沒有
〈國風〉詩篇那麼廣泛,也不像〈國風〉詩篇,每一種問題有那麼多詩
篇來反映。把〈小雅〉視為由〈大雅〉向〈國風〉推進過程中,一種
過渡時代的反映,是最恰當不過了。

五　國風不理天

　　由西周末年到春秋時代,由於時代的動亂,社會呈現多元化發
展,當時人也由對天的懷疑、詛咒,進而關心人本身的問題。人自身
的問題是什麼?愛情幸福問題、待遇公平問題、生命價值問題等。這
些問題,在《詩經》〈國風〉中反映得特別強烈。我們也可以從〈國
風〉有關這一類問題的詩篇中,看出當時人價值觀念的轉變。

（一）公平正義的追求

從〈小雅‧北山〉一篇已可看出詩人對當時政治的不公平有不少的怨言，〈節南山〉一詩，更質問妨害國家進步的人是誰？到了〈國風〉時代，反映這種觀念的詩篇也更多了，如〈召南‧小星〉：

> 嘒彼小星，三五在東。肅肅宵征，夙夜在公，寔命不同。

作者對這種「肅肅宵征，夙夜在公」，必定非常不滿，可是他缺乏與別人享受同等待遇的條件，所以說「寔命不同」。如果他的命與別人沒有不同的話，他就不會有這種吟詠的方式了。「命」是一種先天的限制或優待，作者在這裡很顯然地是受到了限制，所以他不敢有所怨言，當他能突破「命」的觀念的拘囿時，情況一定會有所改觀。相類似的詩篇，如〈邶風‧北門〉：

> 出自北門，憂心殷殷。終窶且貧，莫知我艱。已焉哉！天實為
> 之，謂之何哉！（一章）

作者可能是一位盡忠職守的公務員，工作非常繁重，生活也清苦，照道理家人對他的處境，應有同情的瞭解才對，可是家人卻對他「交遍讁我」（二章）、「交遍摧我」（三章），心中的苦悶可想而知。而他對家人的指責，也只能說「天實為之，謂之何哉」來自我解嘲。「天」就是命，對他來說是一種先天的限制。作者內心雖有不平，但他認為若是命或天的因素使然，即使內心有所不平，也只能徒呼負負。至於〈魏風‧伐檀〉的作者，對這種不公平，不會把它歸之於「天」或「命」，而是以嘲諷的態度，對執政者作技巧的批評，如第一章：

> 坎坎伐檀兮，寘之河之干兮，河水清且漣漪。不稼不穡，胡取
> 禾三百廛兮？不狩不獵，胡瞻爾庭有縣貆兮？彼君子兮！不素
> 餐兮。

作者肯定君子是不「素餐」（白吃白喝）的，可是沒有看到君子出去「狩」、「獵」（打獵），家裏庭院却有「縣貆」（懸掛的豬獾），這是什麼緣故呢？擺在眼前的事實，與君子的理想道德形象發生嚴重的衝突。作者對不公平的不滿，在字裡行間充分表現出來。

除了對不公平的不滿外，如果不公平、不正義到讓人無法忍受時，詩人即有逃離這種暴政的想法表現出來，〈邶風・北風〉和〈魏風・碩鼠〉就是這一類思想的代表作。〈北風〉第一章：

> 北風其涼，雨雪其雱。惠而好我，攜手同行。其虛其邪？既亟
> 只且。

作者以「北風」之涼，「雨雪」之多，來比喻暴政。在暴政的威脅之下，只好與同好攜手同行，一起逃離。〈魏風・碩鼠〉也反映相類似的觀念。第一章說：

> 碩鼠碩鼠，無食我黍！三歲貫女，莫我肯顧，逝將去女，適彼
> 樂土，樂土樂土，爰得我所。

作者把執政者比為吃百姓糧食的大老鼠，這隻大老鼠吃百姓的糧食太多，却毫無回饋。作者覺得這種地方缺乏讓人生活安定的公義原則，所以他決定離開這裡，尋找一可以安身立命的地方。也許這一「樂土」僅是作者的理想，在這世界裏並沒有，但是作者追求安身立命生活的期盼也表露無遺。

（二）愛情幸福的期盼

在這方面特別強調婚姻的自主性。所以希望透過自己的選擇而完成婚姻大事的詩篇也特別多。〈周南・關雎〉描述自由追求少女，可以達到「求之不得，寤寐思服。悠哉悠哉，輾轉反側」的地步，這種對感情的執著，充分表現作者的自主性。〈衛風〉和〈鄭風〉的愛情詩篇，如〈竹竿〉對失戀心理的描述；〈伯兮〉對離家丈夫的思想。〈木瓜〉的愛情贈答；〈鄭風・叔于田〉、〈大叔于田〉對情人的愛慕；〈遵大路〉渴求再得到愛情；〈狡童〉對男朋友的責備；〈東門之墠〉，對心儀男子的愛慕；〈出其東門〉，對純樸女子的愛戀；〈野有蔓草〉的一見鍾情；〈溱洧〉，在春日男女間的情愛等，都表現出當時男女對愛情幸福的期盼。當追求愛情自主的理想受到阻撓時，必定發出哀嘆的聲音，〈鄘風・柏舟〉：

> 汎彼柏舟，在彼中河。髧彼兩髦，實維我儀。之死矢靡它。母也天只！不諒人只！（一章）

她把自己比成在河中漂流的柏舟，處境雖艱苦，但是對那「兩髦」的男人，心志已堅，是不會改變的。由於他的母親可能有意把他許配給另外一個人，所以他要說：「母也天只！不諒人只！」〈鄭風・將仲子〉也有類似的情形，如：

> 將仲子兮，無踰我里，無折我樹杞。豈敢愛之？
> 畏我父母。仲可懷也，父母之言，亦可畏也。（一章）

一旦美好的婚姻生活受到挫折，而導致婚姻破裂，受害的一方也會發出痛苦的呼聲。這種情況，在〈邶風・谷風〉和〈衛風・氓〉中反映

得最為激烈。〈谷風〉的作者（女主人）會以種種比喻的詩句，來喚起她丈夫的良知，如「誰謂荼苦，其甘如薺。」是說誰說荼菜很苦？其實對我來說，它甜得像甜菜一般。這表示她的心境比苦菜要苦得多。「就其深矣，方之舟之；就其淺矣，泳之游之。」是說，要是水深的話，就用舟划過去，要是水淺的話，就游泳過去。比喻對家裏的事安排非常的妥當。這表示自己對這個家有很大的貢獻，有貢獻照道理應該得到丈夫的尊重，可是却遭到仳離的命運。這位女主人所以要傾訴這麼多，當然是希望藉傾訴來挽回自己的婚姻，保障自己的婚姻幸福。這種對自己美滿幸福的追求，也表現在〈衛風・氓〉中，該篇同樣用了不少的比喻，如「淇水湯湯，漸車帷裳」，表示淇水的水很大，都已經浸濕車的布帷。水既然這麼大，他的丈夫如果有一點良知的話，就應該暫時留她下來，等水位低了再請她走。又「淇則有岸，隰則有泮」，是說淇水都有它的堤岸，低濕的地方也有它的邊際。無生命的水都如此，有感情的人卻毫無分寸，可說比水都不如了。作者所以要如此，無非藉這些比喻來彰顯他丈夫的不合人道，在毫無充分理由下，犧牲她婚姻的幸福。

從以上的分析，也可知道東周時代的人，已逐漸領悟到個人情感生活的好壞，與其終身的幸福是息息相關的。《詩經》〈國風〉中的某些篇章，正好反映了這種觀念的演變。

（三）生命價值的珍惜

從西周末年人事的動盪中，人們慢慢的體會到生命價值的重要性。所以，〈國風〉的某些詩篇對生命表示特別的珍惜，要是生命受到威脅時，發之於詩歌的，就是徬徨、焦慮與恐懼。如〈邶風・擊鼓〉，描述到宋國參加南征的士兵，在其他人都回國以後，他獨留下來防

守。他的孤獨感，使他覺得生命受到威脅，詩的第四章說：

> 「死生契闊」，與子成說；執子之手，「與子偕老」。
> 于嗟闊兮！不我活兮！于嗟洵兮！不我信兮。

作者想到以前曾經拉著他太太的手說過：「死生都要在一起」，「要跟你白首偕老的」：沒想到現在可能都無法兌現。他覺得此時跟他太太隔得好遠，所以說：「闊兮」、「洵兮」，又想到如果他死掉，以前說過的話，也無兌現，所以說：「不我信兮」。也許〈擊鼓〉詩的作者想得太多了。他之所以想那麼多，當然是因為對死亡之恐懼所產生的一種焦慮感。因此種焦慮感，讓他的思緒紛亂異常。〈秦風‧黃鳥〉也表現出對生命價值的珍惜，該詩首章說：

> 交交黃鳥，止於棘。誰從穆公？子車奄息。維此奄息，百夫之
> 特。臨其穴，惴惴其慄。

西元前六二一年秦穆公去世時，從死者有一七七人，子車氏的三個兄弟也在裡面。他們是秦國有名的武士，稱為「三良」。這首詩就在哀悼三良之死；[4]三良之從死，對秦國人來說，是一種莫大的損失，所以秦國人要為他們殉葬的事感到哀傷。殉葬的風俗，古代各國都曾發生過，在我國殷商時代有之，即秦穆公之前的武公，也以六十六人從殉。都沒有批評的文字。[5]何以到了秦穆公時的殉葬行為會出現譴責的詩

4　根據應劭的說法：「秦穆公與群臣飲酒酣，公曰：『生共此樂，死共此哀。』於是奄息、仲行、鍼虎許諾。及公薨，皆從死。」詳見《史記》〈秦本紀〉正義引。姑不論三良是否願意從死。秦國人看三良之死，畢竟是一種莫大的損失。

5　討論古代殉葬風俗的論著很多，1950年4月至6月的《光明日報》對此事曾有深入的討論。參加討論的有楊紹萱、陸懋德、李景春等人。郭沫若的《奴隸制時代》（上海市：新文藝出版社，1952年）收了〈讀了記殷周殉人之史實〉、〈申述一下關於殷代殉人的問題〉、〈發掘中所見的周代殉葬情形〉等三篇論文。後來，此一問題陸續有

歌呢？這就是人的獨立自主性和人自身價值被發現所促成的。詩中作者看到那麼深邃的墓穴，即使再有勇氣，面臨死亡威脅時，也會「臨其穴，惴惴其慄。」，而對這種不仁道的事，發出「彼蒼者天，殲我良人」的哀嘆。可是，作者還是很希望能挽救這種局面，所以說：「如可贖兮，人百其身。」要是可以贖回來的話，願意以一百個人來贖回三良兄弟。這裏不但表現對生命價值的珍重，而且生命價值有高有低，作者希望用較低的去換回較高的。這種對生命價值的珍視，到了春秋時代，有更進一步的發展。叔孫豹的「太上有立德，其次有立功，其次有立言，雖久不廢，此之謂不朽。」就是此一觀點的具體表現。孔子和其他先秦諸子，大多以道德實踐為思想發展的基礎，此種發展從《詩經》中已可看出端倪。

六 結論

根據上文的討論分析，吾人可知，《詩經》這部書反映了西周初年至東周春秋時代思想的演變。這種思想的變遷，也就是周人價值觀念演變的一種表示。其演變的情形，約可歸納為下列數點：

（一）作於西周初年的〈周頌〉，充分反映了周人的天命觀念。周人之取代殷商而立，非有安定殷商遺民的方法不行。在這個需要下，周人創出一套天命說，認為配享天命的天子，應該是個有德者，殷人因為失德，天命轉移，而失去自己的國家。周文王、武王因為品德精純，所以得到上天的眷顧，代殷商而立國。上天既有如此高的權威，

人討論，如彭適凡的〈略談古代人殉問題〉，刊於《歷史教學》1965年8期；榮孟源的〈周代殉葬問題〉，刊於《新建設》4卷6期；佘樹聲的〈論人殉人祭和我國社會史的關係〉，收入《中國古代史論叢》1981年3輯；顧德融的〈我國古代的人殉和殉節〉，刊於《中國史研究》1987年2期。

所以〈周頌〉中稱揚上天之偉大的詩句也特別多，且文、武、成王都
秉承上天之命，施恩於百姓，也成了人民感激、膜拜的對象。說上天
和祖先神為周初人崇奉的最高價值也不為過。

（二）〈大雅〉的詩篇則反映西周中葉以後的思想情況。當時周政
中衰，災禍不斷，所以對天的敬畏之情也逐漸減退，懷疑上天的觀念
也出現了。而周人創業的祖先文王、武王、成王的德業，是令人終生
感激的。至於周宣王中興之功，也值得令人感念。所以〈大雅〉中對
文、武、成王的崇敬，對宣王功業加以頌揚的詩篇也特別多。這種由
對上天的敬畏，轉變對祖先的頌揚，是周人由天命思想轉變為人文思
想過程中，必然要經過的程序。〈大雅〉詩篇正好是這一過程最好的注
腳。

（三）〈小雅〉詩篇反映西周中葉到東周初年的思想情況。由於內
憂外患交相煎迫，周人在失望痛苦之餘，不但對權威的天表示質疑，
更加以詛咒、唾罵。在這種痛苦煎迫的過程中，人們逐漸體會出國家
的災禍，人民的痛苦，並不一定是上天在操縱，而是人為的過失。所
以，〈小雅〉中反映社會離亂，批評制度不公，社會缺乏正義的詩篇也
就特別值得注意。申論友情、親情、愛情的詩篇，也為〈國風〉時代
的人文詩篇作了先導。

（四）〈國風〉詩篇大抵是西周末年至春秋中葉的作品。這段時間
是中央政府權力失控，諸侯據地為王的時代。社會也呈現多元化的發
展。代表最高權威的天，已完全失勢。人民所關心的是，社會是否公
平合理、個人愛情、婚姻的幸福、生命的價值等問題。社會如果缺乏
正義，個人的生命、自由都缺乏保障，這種強調公平、正義的觀念，
當然是延續〈小雅〉的傳統。對愛情、婚姻強調自主性，就是對傳統
規範的一種反擊。對生命價值的珍視，則是人本身獨立性、自主性的
發現。這種現象，正好是春秋時代人文思想蓬勃發展的先導。更證明

了先秦諸子思想與《詩經》間的一種傳承關係。

就上述〈周頌〉、〈大雅〉、〈小雅〉、〈國風〉等詩篇反映的思想來看，《詩經》不但是具有高度技巧的文學作品，更是檢驗古人價值觀念演變的最佳材料。

——本文為參加「中國人的價值觀國際研討會」發表之論文，原刊於《中國人的價值觀國際研討會論文集》（臺北市：漢學研究中心，1992 年 6 月），上冊，頁 203-217。

毛詩序在詩經解釋傳統上的地位

一 前言

儒家經典有所謂十三經。這十三部經典的作者和形成過程相差很多，甚至被列為經典的時間也有先有後。各個經典所產生的問題也各有不同，很難有可以涵蓋各經的標準和解釋方法。因此，在討論這些經典的解釋時，往往必須各經分開來處理。

如就《詩經》一經來說，它分為風、雅、頌三大類。風分為十五國風，雅分為〈小雅〉、〈大雅〉，頌分為〈周頌〉、〈魯頌〉、〈商頌〉。三大類的詩，計有三百零五篇，大概是西周初年到東周中葉所留傳下來的詩，這些詩篇，最先編成於何時，實無法考訂，但可確定的是，在西周時代起，可能已將某些詩篇編輯成書，用來教導當時的貴族子弟，這從《左傳》、《國語》中各國政府官員賦詩、引詩的熟練程度即可得到理解。[1]要讀《詩》必須先了解各詩篇的詩旨。當今雖沒有留存東周以前各詩旨的記錄，但從《尚書》、《國語》、《左傳》等書所留下部分詩篇作者和本事的記載，可以知道在詩的流傳過程中，每一首詩，應有一公認的詩旨，如果將這些詩旨編輯成為一書，就是現在流傳的《詩序》。

由於《詩序》應是諸家論詩詩旨的匯編，在《詩經》流傳的過程

1　可參考曾勤良著：《左傳引詩賦詩之詩教研究》（臺北市：文津出版社，1993年1月）。

中，如齊、魯、韓三家詩也都有他們自己的《詩序》。三家詩的《詩序》大多已亡佚。[2]他們解釋詩篇的詩旨與今存的《毛詩序》雖有些出入，但如就全體來說，不論是今存的《毛詩序》和三家詩的《序》，大體都存有某種程度的教化觀點。

本文並不是要考辨今存《毛詩序》的作者問題，主要是討論《毛詩序》是如何形成，其解釋觀點如何，對《詩經》解釋史產生哪些影響，除了《詩序》給《詩經》解釋所造成的思想箝制，在歷史上也造成兩次所謂的「反詩序運動」，它們是從哪個角度來反對《詩序》，有沒有達到思想解放的效果？另外，也要討論為何規模龐大的反《詩序》運動後，《詩序》的影響力看似消退，但並無法將《詩序》廢棄，原因如何？以上諸問題，本文僅試著作解答而已，並非有特別高明的見解。

二　詩序的形成和解釋觀點

《詩序》的形成問題，是《詩經》研究史上最為糾結的問題。但不幸的是《詩經》詩篇的解釋，幾乎與《詩序》的興衰，有密不可分的關係，所以要談歷代對《詩經》詩篇的解釋，就不得不討論《詩序》，要談《詩序》免不了要從《詩序》的形成討論起。

《詩序》是如何形成？或者說《詩序》的作者是誰？這是歷經近二千年無法解決的大問題。尊《詩序》的學者以為是子夏所作，子夏是孔子的弟子，所以《詩序》中一定有孔子的詩教觀在內。反《詩序》的學者以為非子夏所作，可能出於東漢的衛宏。《詩序》既與聖人無關，當然不可能有聖人的「微言大義」，《詩經》詩篇的解釋，也不必

2　三家詩的序，《魯詩》的《序》，今存〈周頌〉三十一篇，見於蔡邕《獨斷》。《韓詩》根據《唐書‧藝文志》：「韓詩卜商序，韓嬰注。」可見《韓詩》也有《序》。惟今已亡佚，《齊詩》有無《序》，無可考。

受《詩序》之左右。

本文談《詩序》之形成，不擬對歷來學者所說的作者問題，炒冷飯似地重新檢討一遍，而是想從先秦的各種記載中，來看出《詩序》是先秦諸家詩說的彙編，並非出於一人之所作。為證成這一說法，論證的方式如下：

（一）從春秋時代的賦詩可確定詩篇之詩旨

《左傳》中的賦詩，可以看出《詩經》被廣泛應用的程度，其中雖有斷章取義的地方，但我們可以從當時的政治人物賦詩的情況來看出大家對某些詩篇的詩旨是有一定的共識的，如：公子重耳流亡寺，和秦伯（秦穆公）相會，這是決定重耳是否能回國的最關鍵性事件。《左傳》僖公二十三年記載重耳見秦穆公時說：

> 子犯曰：「吾不如衰之文也，請使衰從。」公子賦〈河水〉。公賦〈六月〉。趙衰曰：「重耳拜賜！」公子降，拜稽首，公降一級而辭焉。衰曰：「君稱所以佐天子者命重耳，重耳敢不拜？」

這段話令人好奇的不在他們的政治談判已完成，而是為何公子重耳賦〈河水〉[3]，穆公賦〈六月〉之後，政治談判即可圓滿達成。這一樁政治會談，雙方都要對〈河水〉、〈六月〉這兩首詩的詩旨有最起碼的共識，也就是兩人所理解的詩旨，應該相差不遠，甚至完全相同，才能互相了解對方的意思。《左傳》中的賦詩相當多，大抵上要讓對方了解，必須雙方都有共識的詩旨，才不會誤會對方的意思。這就要說到，當這

---

3 《國語》〈晉語四〉韋昭注云：「河當作沔，字相似誤也。其詩曰：『沔彼流水，朝宗於海。』言己反國，當朝事秦。」

些貴族子弟在學《詩》時，教《詩》的人必已明確的告訴他們，每首
詩的詩旨是如何，這是《詩序》形成的最基礎的條件。也就是說：《詩
序》是以這些解說為基礎，加以整理而成的。

（二）先秦典籍中對某些詩篇詩旨的記載

在先秦典籍中也記載了某些詩篇的詩旨和作者。這些記事，應當
是當時說《詩》者的共識，恐非某人或某一家之言。如《尚書》〈金
縢〉說到〈幽風・鴟鴞〉一詩時說：「周公居東二年，則罪人斯得。於
後，公乃為詩以貽王，名之曰〈鴟鴞〉；王亦未敢誚公。」這是說，〈鴟
鴞〉一詩，是周公居洛邑時作來送給成王的，而《詩序》說〈鴟鴞〉
的詩旨是：「周公救亂也，成王未知周公之志，公乃為詩以遺王，名之
曰〈鴟鴞〉焉。」《詩序》與《尚書》〈金縢〉的說法完全相同，所以
連朱子也說：「此序以〈金縢〉為文，最為有據。」[4]

在《左傳》中也有不少論及詩篇詩旨的地方，如隱公三年說〈碩
人〉一詩是：「衛莊公娶於齊東宮得臣之妹，曰莊姜，美而無子，衛人
所為賦〈碩人〉也。」是說〈碩人〉一詩為衛人所作。《詩序》說〈碩
人〉是「閔莊姜也。莊公惑於嬖妾，使驕上僭，莊姜賢而不答，終以
無子，國人閔而憂之。」所說與《左傳》幾乎完全相同。又如〈鄘風・
載馳〉一詩，《左傳》閔公二年說：「許穆夫人賦〈載馳〉。」《詩序》
說這詩是「許穆夫人作也。……」又如〈秦風・黃鳥〉一詩，《左傳》
文公六年說：「秦伯任好卒，以子車氏之三子奄息、仲行、鍼虎為殉，
皆秦之良也。國人哀之，為之賦〈黃鳥〉。」《詩序》的說法是「哀三
良也，國人刺穆公以人從死，而作是詩也。」

---

4 《詩序辨說》（臺北市：臺灣商務印書館，景印文淵閣《四庫全書》本），卷上，頁48。

在先秦的典籍中，如《國語》、《孟子》中也有不少類似的例子。我們可以說，《詩序》基本上吸收了先秦諸家詩說而成的，在戰國時恐已單獨成篇流傳。後來毛公作《毛詩詁訓傳》時，才將這單獨流傳的《詩序》和《毛詩詁訓傳》合為一書。鄭玄在〈小雅・南陔〉等三詩序下的《箋》說：

> 此三篇者，遭戰國及秦之世而亡之，其義與眾篇之義合編故存。至毛公為《詁訓傳》，乃分眾篇之義，各置於其篇端云。[5]

這是說，〈小雅〉中的〈南陔〉、〈白華〉、〈華黍〉三篇，因戰國及秦之亂，詩的內容已亡佚。但詩的序，因當時與其他各詩之詩旨合為一篇，所以才能保存下來。到了毛公作《詁訓傳》，才把這單獨成篇的詩序（眾篇之義），分散於各篇之前。這也可以證明《詩序》形成於《毛詩詁訓傳》之前。

其次，要討論的是這《詩序》的釋詩觀點是什麼？為何可以左右《詩經》的解釋達二千年之久，如要用最簡單的說法來表示，《詩序》的解釋觀點，就是教化觀。詩的教化觀，並不始於《詩序》。在孔子時，已將詩的解釋導向教化的功能。所以《論語》〈陽貨篇〉有：「《詩》：可以興，可以觀，可以群，可以怨。邇之事父，遠之事君。」這種教化觀在《詩序》之前的〈大序〉中也有反映，如「上以風化下，下以風刺上，主文而譎諫，言之者無罪，聞之者足以戒，故曰風。」《詩序》的作者，以〈國風〉的詩篇來作為政治諷諫的工具，所以〈國風〉詩篇的作用，也僅僅是反映政治的興衰，道德的良窳而已。至於詩篇所反映的男女情感和生命的價值等人文思想的傾向，並

---

5 見《毛詩注疏》（臺北縣：藝文印書館，1969年，《十三經注疏》本），卷九之四，頁342。

非〈詩大序〉措意的所在。

最能反映《詩序》教化觀的是，建立在〈周南〉、〈召南〉的王道教化。〈詩大序〉云：

> 然則〈關雎〉、〈麟趾〉之化，王者之風，故繫之周公。南，言化自北而南也。〈鵲巢〉、〈騶虞〉之德，諸侯之風也，先王之所以教，故繫之召公。〈周南〉、〈召南〉，正道之始，王化之基。

這裡以〈周南〉為王之風，〈召南〉為諸侯之風，不論是王者或諸侯之風，都是「正道之始，王化之基」。這就是所謂的「正詩」。正詩代表了古代王者、諸侯的德化。所以，〈周南〉十一篇幾乎都是后妃的德化。〈召南〉十四篇，則幾乎是夫人的德化。如〈周南‧葛覃〉的〈序〉是：「后妃之本也。后妃在父母家，則志在於女功之事，躬儉節用，服浣濯之衣，尊敬師傅，則可以歸安父母，化天下以婦道也。」是以〈葛覃〉可以「化天下以婦道」。又如〈卷耳〉的〈序〉說：「后妃之志也，又當輔佐天子，求賢審官，知臣下之勤勞，內有進賢之志，而無險詖私謁之心，朝夕思念也。」是后妃也應輔佐天子，憂國憂民。又如〈螽斯〉的〈序〉說：「后妃子孫眾多也。言若螽斯不妒忌，則子孫眾多也。」后妃要能不妒忌，才能使君王子孫眾多。從這些〈序〉文，建構了最理想的后妃的形象。而后妃是誰？是文王之妃太姒，大姒所以能成為母儀的典型，完全是文王的教化所致。所以〈周南〉是反映文王德化的詩篇。至於〈召南〉，本是諸侯之風，因諸侯感受文王之德化，所以諸侯的夫人也能有勤勞、節儉等之美德。總而言之，〈周南〉、〈召南〉詩篇所反映的是文王道德教化的成果。這種德化的成果，正是教導婦人成為賢妻良母的最好的教材。

至於不在文王「正道之始，王化之基」的變風、變雅，則是動蕩時代國情、民風的反映。如：

〈邶風・谷風〉：刺夫婦失道也。

〈鄘風・桑中〉：刺奔也。

〈衛風・伯兮〉：刺時也。

〈王風・君子于役〉：刺平王也。

〈鄭風・叔于田〉：刺莊公也。

〈齊風・東方未明〉：刺無節也。

〈魏風・伐檀〉：刺貪也。

〈唐風・揚之水〉：刺晉昭公也。

至於變雅的部分，大都是在刺幽王。讀者從這裡可以完全理解《詩序》的釋詩觀點，其實是很簡單，也就是將《詩經》三百零五篇分為正、變兩部分。正詩的部分，是文王的德化，這些詩都可以教導后妃、夫人，甚至一般匹夫匹婦，成為最完美的人格者。變詩的部分，是在諷刺為政者施政的種種不當，這也可以作為國君、大臣和一般人的反面教材。漢代王式所以能以《詩經》作為諫書來教導昌邑王，就是這個緣故。

《詩序》的這種解釋觀點並沒有什麼高深的理論。當肯定《詩序》出於孔門時，不論是正風、正雅或變風、變雅都可以成為教材；當否定《詩序》出於孔門時，這種教化觀也不一定因地基動搖而倒塌，這就是《詩序》了不起的地方。

三　宋人對詩序價值的質疑

在《詩經》解釋的歷史發展過程中，《詩序》有兩次被廢，第一次是在宋代，第二次是在民國初年，現在先討論第一次。

《詩序》被廢是始於南宋的朱熹，但反《詩序》的運動，早在唐末

即已萌芽。成伯璵的《毛詩指說》云：「〈小序〉，子夏唯裁初句耳，至『也』字而止。……其下皆是大毛公自以詩中之意而繫其辭也。」[6]這段話是說，子夏僅作《詩序》的首句，即到「也」的地方而已，以下是大毛公以詩意增加。這分明將《詩序》為子夏所作的說法，否定掉一半。這也啟導了宋人反《詩序》的運動。

進入北宋，首先批駁《詩序》的是歐陽修（1007-1072）。他的《毛詩本義》時時批判毛、鄭的缺失，偶爾也批駁《詩序》。如論〈周南・兔罝〉云：「今為詩說者，泥於《序》文『莫不好德，賢人眾多』之語，因以謂：周南之人，舉國皆賢，無復君子、小人之別。……則又近誣矣。」[7]至蘇轍（1039-1112）作《詩集傳》，僅取《詩序》首句。他說：「今《毛詩》之《敘》，何其詳之甚也？世傳以為出於子夏，予竊疑之。子夏嘗言《詩》於仲尼，仲尼稱之，故後世之為《詩》者附之。……誠出於孔氏也。則不若是詳矣。……故予存其一言而已；曰：是《詩》言是事也，而盡去其餘。」[8]

南宋初年，攻擊《詩序》最力者，是鄭樵（1102-1160）。他的《詩辨妄》〈自序〉說：「今學者只恐毛氏，且以序為子夏所作，更不敢疑議。蓋事無兩造之辭，則獄有偏聽之惑，今作《詩辨妄》六卷，以見其得失。」《詩辨妄》又說：「《詩序》，……皆村野妄人所作」[9]鄭樵的《詩辨妄》，今僅存顧頡剛輯本，該書是否逐篇探究詩義，並不很清楚。

真正「去序言詩」的是王質（1127-1189）。王氏作《詩總聞》，在討論詩篇旨意時，完全不提《詩序》。所以，朱彝尊〈雪山王氏質詩總

---

[6] 《毛詩指說》（臺北縣：漢京文化事業公司，1979年，《通志堂經解》本），解說第二，頁8。

[7] 《毛詩本義》（臺北縣：漢京文化事業公司，1979年，《通志堂經》本），卷一，頁6。

[8] 《詩集傳》（北京市：書目文獻出版社，1990年），卷一，頁45。

[9] 《詩辨妄》（北平市：樸社，1993年7月），頁8。

聞序〉說：「自漢以來，說詩者率依〈小序〉，莫之敢違，廢《序》言詩，實自王氏始。既而朱子《集傳》出，盡刪《詩序》，蓋本孟子以意逆志之旨，而暢所欲言。後之儒者咸宗。」[10]王質的《詩總聞》雖廢去《詩序》，但因該書流傳不廣，所以沒有發生什麼影響，真正影響《詩經》解釋的是朱子的《詩集傳》。

朱子曾說過：「自二十歲時讀《詩》，便覺〈小序〉無意義。」[11]他又說：「到三十歲，斷然知〈小序〉出於漢儒所作，具為繆戾，有不可勝言。」[12]這並不表示朱子已開始反對《詩序》，因為舊本《詩集傳》是尊〈小序〉的，該書的《序》作於孝宗淳熙四年（1177），這一年朱子已四十八歲。從二十歲覺得無意義的《詩序》，到四十八歲時，何以仍遵用它？主要是缺乏外在環境的誘因。當他讀了鄭樵的《詩辨妄》以後，盡改以前之說。他說：

> 《詩序》實不足信，向來見鄭漁仲有《詩辨妄》，力詆《詩序》，其間言語太甚，以為皆是村野妄人所作。始亦疑之，後來仔細看一兩篇，因質之《史記》、《國語》，然後知《詩序》果不足信。因是看〈行葦〉、〈賓之初筵〉、〈抑〉數篇，《序》與詩全不相似。以此看其他《詩序》，其不足信者煞多。[13]

朱子看了《詩辨妄》以後，已使他對《詩序》的信心動搖。他找《史記》、《國語》中涉及《詩經》的，加以對證，發現《詩序》的說法與《史記》、《國語》有很多不相合的地方。從這些不同，得知《詩序》並

---

10 見朱彝尊撰：《曝書亭集》（臺北市：世界書局，1964年2月），中冊，頁422。
11 《朱子語類》（臺北市：華世出版社，1987年1月），卷八十，頁2078。
12 同上。
13 同上，頁2076。

非解《詩》的唯一觀點，所以《詩序》並不可信。[14]

　　既不信《詩序》，但《詩序》是伴隨著《詩經》而存在，朱子教導學生時，會碰到《詩序》問題，自己注解《詩經》時，也會碰到這一問題。他除了新本《詩集傳》不采《詩序》外，又作《詩序辨說》，對各篇《詩序》逐條作辨說。根據《朱子語類》、《詩序辨說》和朱鑒所編的《詩傳遺說》，朱子對《詩序》的批評，可分為下列數點：

　1. 批評《詩序》之作者。
　2. 批評《詩序》觀點不合理。
　3. 去《序》才能得《詩》之本義。

每一項，朱子都說了很多的話，如果根據朱子的話，《詩序》幾乎不可信，非全部拋棄不可，但事實並非如此。如根據李家樹先生的研究，可知〈國風〉的部分，仍有將近百分之七十是遵信《詩序》的，僅百分之三十異於《詩序》。[15]至於〈大雅〉、〈小雅〉部分，根據王清信之研究，在〈大雅〉、〈小雅〉一〇五篇詩中，與《詩序》相同者仍有百分之五十，相異者有百分之四十七[16]，也就是仍有一大半受《詩序》之影響，這部分的比例雖比〈國風〉部分要來得低，但仍可看出朱子仍拋脫不了《詩序》的陰影。

　　如就朱子受《詩序》影響的部分舉例來說的話，朱子在說二〈南〉詩義時，不但相信《詩序》「文王之化」的觀點，且極盡附會之能事。

---

[14] 見林慶彰：〈朱子對傳統經說的態度──以朱子《詩經》著述為例〉，見《國際朱子學會議論文集》（臺北市：中央研究院中國文哲研究所，1993年5月），上冊，頁183-202。

[15] 李家樹：〈國風毛序朱傳異同考析〉，（香港：學津出版社，1979年1月）。

[16] 王清信：《詩經二雅毛序與朱傳所定篇旨異同之比較研究》（臺北市：東吳大學中文研究所碩士論文，1999年6月），頁195。

如〈周南・關雎〉,《詩序》只說「后妃之德也」,並沒說后妃是誰。
朱子《詩集傳》則以為「蓋指文王之妃太姒」「君子,則指文王也。」
〈卷耳〉篇,《詩序》說:「后妃之志也。」朱《傳》說:「后妃以君子
不在而思念之。」並指所懷之人為文王。至於〈召南〉諸詩,朱《傳》
則多以「南國被文王之化」來解說。可見朱子比《詩序》更強調詩
教。就這一點來看,朱子不但未反《詩序》,反而更尊信《詩序》。

朱子逝世後,何基(1188-1268)得其嫡傳,再傳給王柏(1197-
1274)。王柏著《詩疑》,抨擊《詩序》不餘遺力。如「〈凱風〉之詩,
孝子之心至矣,其為詞難矣。是詩也,孝子自責之詞。《序》曰:美孝
子,何其謬哉!」[17]這是批評《詩序》不諳詩意。又如:「《考槃》之詞
雖淺,而有暇裕自適氣象。《孔叢子》載孔子曰:於《考槃》見遁世之
士無悶於世。此語足以盡此詩之義,殊不見其未忘君之意。《序》者皆
誤。」[18]這是引孔子之言來證明《詩序》的錯誤。

從宋初的歐陽修開始,到宋末的王柏,經歷兩百餘年。《詩序》經
各家攻擊而被廢。此後,一直到明中葉,各家《詩經》的著作,皆沿
襲朱子的《詩集傳》,不附《詩序》。雖不依《詩序》來說詩,但《詩
序》所標榜的教化觀,並未失去影響力。這點從朱子的《詩集傳》大
談文王之化,就可得到證明。

四　明清人重新肯定詩序的價值

自朱子《詩集傳》廢去《詩序》不錄,直到明初,說《詩》之
家,大抵遵從朱子之說。明中葉起,開始有學者批評朱子之說不可盡

---

17 《詩疑》,卷一,頁5。
18 《詩疑》,卷一,頁5。

信，如季本的《詩說解頤》已開始反駁朱氏之說，且自創新意。李先芳的《讀詩私記》則特別強調《詩序》即使是毛公、衛宏之作，也是「去古未遠」。李氏也引馬端臨之說，以為「〈雅〉〈頌〉之序可廢，〈國風〉之序不可廢。」朱謀瑋的《詩故》，《四庫全書總目》以為「是書以〈小序〉首句為主。」似乎以謀瑋全遵〈小序〉。其實，謀瑋是要以〈小序〉作為思考的基點，然後再作檢討。經筆者研究，謀瑋贊同〈詩序〉之說者僅百分之六十，不贊同者有百分之三十九。由此可見，謀瑋即使是〈詩序〉首句，也有部分不贊同。[19]稍後的郝敬，態度則已大大地轉變。他非常看重〈詩序〉。郝氏說：

> 《詩序》相傳為子夏與毛公合作。今按：各《序》首一句為詩根柢，下文皆申明首句之意。故先儒謂〈首序〉作自子夏，餘皆毛公增補。今觀〈首序〉簡當精約，非目巧可撰。古人有詩即有題，或國史標注，或掌故記識，曾經聖人刪正，決非苟作，而毛公發明微顯，詳略曲盡，為千餘年詩家領袖。至宋儒師心薄古，一切詆為妄作，只據詩中文字，斷以己意，創為新說，今用之，予未敢信其然也。（《毛詩原解》，卷首，頁3）

在郝敬看來，各《詩序》的首句（首序）「簡當精約」，不是常人所可作。至於首句以下的部分，經由毛公的申說，「詳略曲盡」，也足為後人取法。然而宋人卻不相信《詩經》，改從詩中文句來探求詩義，郝敬對這種方法，並不贊同。從郝敬的《毛詩原解》，我們可以得知，郝氏是明代恢復《詩序》的第一人。[20]

---

[19] 林慶彰：〈朱謀瑋〈詩故〉研究〉，見《中國文哲研究集刊》第二期（1992年3月），頁291-322。

[20] 見蔣秋華：〈郝敬的詩經學〉，《中國文哲研究集刊》第十二期（1998年3月），頁253-292。

　　雖然，郝敬已把《詩序》恢復過來，但要以《詩序》為說詩的標準，仍有一段漫長的路要走。這可以清初的學者對《詩序》的態度得到證明。如當時的疑古學大家姚際恆，並不信《詩序》，他說：「大抵《序》之首一語為衛宏講師傳授，而其下則宏所自為也。」[21]所以在各詩篇的解釋，攻《序》可說不遺餘力。當然，姚氏批評《詩序》，並不表示他贊同朱子的說法。朱子的《詩集傳》，姚際恆也作了最嚴厲的批判。

　　當時《詩序》的觀點雖不能成為主流，但從某些《詩經》著作，也可以看出《詩序》的地位，已有慢慢增加的趨勢。一般學者的著作，錢澄之（1612-1693）《田間詩學》論詩時，以〈小序〉首句為主，加以論辯，這點和朱謀㙔的《詩故》很相近。范家相的《詩瀋》則斟酌於《詩序》和《朱傳》之間，並以己意作裁斷。最特別的陳啟源（？-1689）的《毛詩稽古編》，全書各詩之詩旨全以《詩序》為準，經旨則以《毛詩詁訓傳》為主，而以鄭玄《箋》作為輔助。因為明顯是在宗《毛詩》，所以書名題為《毛詩稽古篇》[22]。官方著作，如雍正年間，由王鴻緒領銜編纂的《詩經傳說匯纂》，已將《詩序》的說法列入「附錄」後的按語，並加以檢討。在清初這麼多的《詩經》著作中，有的是漢宋皆加以批評，有的是漢宋兼采，有的是開始尊《毛詩》及《詩序》，呈現了解釋多元化的現象。這可以說是朱學典範崩潰，新典範建立前的一種失序狀態。渡過這種失序的狀態，新的典範即逐漸形成。

　　所謂乾嘉漢學，也就是恢復東漢古學的時代。首先值得注意的是姜炳璋的《詩序補義》。這為《詩序》首句為國史所傳，首句以下則隔

21　姚際恆：《詩經通論》（臺北市：中央研究院中國文哲所，1994年6月，《姚際恆著作集》本），第一冊，《詩經論旨》，頁3。

22　可參考郭明華：《毛詩稽古編研究》（臺北市：東吳大學中國文學研究所碩士論文，1992年5月）。

一字書寫，然後，再參用朱子《詩序辨說》以訂其訛誤。雖仍有漢、宋兼采的意味，但此時已不止重視《詩序》首句而已，首句以下也被列入討論的對象。

清代漢學最具代表性的著作是馬瑞辰的《毛詩傳箋通釋》和陳奐的《詩毛氏傳疏》。馬氏的書和陳氏的書體例大不相同。馬氏書卷一為雜考各說，卷二以下才按《詩經》詩篇之順序，摘錄有疑問的詩句，加以考證解釋，並非對各詩篇作全面性的探討。雖然如此，仍可看出《詩序》的觀點是貫穿馬氏全書的，如卷一有〈二南后妃夫人說〉，馬氏云：

> 〈周南序〉言后妃，〈召南序〉言夫人，孔〈疏〉謂「一人而二名，各隨其事立稱」，其說非也。〈周南〉，王者之風，故稱后妃；〈召南〉，諸侯之風，故稱夫人。皆泛論后妃、夫人之德，故〈周南關雎序〉云「所以風天下而正夫婦」，〈葛覃序〉云「則可以歸安父母」，〈卷耳序〉云「又當輔佐君子，求賢審官」，〈召南‧鵲巢序〉云「德如鳲鳩，乃可以配焉，〈采蘩序〉云「夫人可以奉祭祀，則不失職矣」，皆泛言其德必如此而後可，未嘗言及太姒也。[23]

馬氏以為〈周南〉所以言后妃，是因為它是王者之風；〈召南〉所以言夫人，是因為它是諸侯之風。這兩個國風皆泛論后妃、夫人之德，並沒有特別指名是太姒。而〈關雎〉、〈葛覃〉、〈卷耳〉、〈鵲巢〉、〈采蘩〉的序，也泛言后妃、夫人之德必須達到那些標準才可以。馬氏這段話雖在辨孔穎達〈疏〉的錯誤，但從文中馬氏篤信〈周南〉、〈召南〉是后妃、夫人之德，則他是以《詩序》的觀點，來論〈周南〉、〈召

---

[23] 見《毛詩傳箋通釋》（北京市：中華書局，1989年3月），冊一，頁12。

南〉，已非常清楚。

　　陳奐的《詩毛氏傳疏》，是對《詩經》三百零五篇作全面的疏解。
這書解釋詩旨的指導原則是來自《詩序》。他認為《詩序》是子夏所
傳，「讀詩不讀序，無本之教也。」[24]意思是說，讀《詩》如果不以《詩
序》作為指引，將會漫汗不知所歸，陳奐既完全肯定《詩序》所定詩
旨的可靠性，對《詩序》就不可能有質疑或修正，而是申釋或印證。
茲舉例說明如下：

（一）對詩序字詞作簡單的訓釋

　　有一部分的《序》，有些字詞必須加以訓釋，才容易了解，陳奐則
加以簡短的訓釋，如：〈周南・樛木・序〉：「后妃逮下也。言能逮下
而無嫉妒之心焉。」陳氏〈疏〉云：「下謂眾妾也。」又〈召南・野有
死麕・序〉：「惡無禮也。天下大亂，強暴相陵，遂成淫風，被文王之
化，雖當亂世，猶惡無禮也。」陳氏〈疏〉云：「亂世謂紂之世。」

（二）引他書印證詩序之說

　　古書中涉及《詩經》詩篇之詩旨者不少，如可以印證《詩序》之
說，陳氏都加以引用，如〈召南・采蘩・序〉：「夫人不失職也。夫人
可以奉祭祀，則不失職。」陳氏〈疏〉引《禮記》〈射義〉云：「采蘩
者，樂不失職矣。」以證《詩序》之說與《禮記》〈射義〉相合。又
如〈召南・采蘋・序〉：「大夫妻能循法度也。能循法度，則可以承先
祖，共祭祀矣。」陳氏〈疏〉引《禮記》〈射義〉云：「采蘋者，樂循

24　見《詩毛氏傳疏》（臺北市：臺灣學生書局，1970年9月），〈敘錄〉，頁1下。

法也。」以證《詩序》之說與《禮記》〈射義〉相合。

（三）申釋詩序中涉及的名物制度

〈周南‧桃夭‧序〉：「后妃之所致也，不妒忌則男女以正，婚姻以時，國無鰥民也。」陳氏〈疏〉云：「男子二十至三十，女子自十五至二十，皆為昏娶之正，時三十、二十謂之及時，逾三十、二十謂之失時，失時謂之鰥。民不失正時，國無鰥民。」這是申釋《詩序》中所涉及的嫁娶制度。

（四）引經傳史事來印證詩序

《詩序》多以史事釋《詩》，前人往往認為不可信。陳氏既篤信《詩序》之說，就應為它尋找證據，所以引經傳史事來印證《詩序》的地方，如〈豳風‧鴟鴞‧序〉：「周公救亂也。成王未知周公之志，公乃為詩以遺王，名之曰〈鴟鴞〉焉。」陳氏〈疏〉引《尚書》〈金縢〉云：「周公居東二年，則罪人斯得。於後，公乃為詩以詒王，名之曰〈鴟鴞〉。」這是引《尚書》〈金縢〉來印證《詩序》之說。

從馬瑞辰、陳奐對《詩序》的態度，可以看出《詩序》到了嘉慶、道光年間又居於《詩經》解釋的主導地位。《詩經》詩篇和《詩序》已成為不可分割的整體。在《詩序》被廢後所萌芽的一點詩篇的文藝性，也完全被《詩序》的教化觀所取代。也因《詩序》再度掌控《詩經》解釋的主導地位，才有民國初年第二次的反《詩序》運動。

五　民國初年對詩序觀點的再度質疑

　　《詩序》雖於清代復興，成為學者說《詩》的主要觀點，但民國初年又遭受到更嚴厲的挑戰。經這次的批判，《詩序》似已無法再有重新主導《詩》說的力量。

　　要討論民國初年的反《詩序》運動，似乎應先追溯到晚清的今古文學運動。今文學視古文學為改革的阻力，要能將今文學派上用場，就要先打倒古文經，劉逢祿作《左氏春秋考證》就是最明顯的例子。《毛詩序》是古文經的一部分，在今文齊、魯、韓三家詩受到重視的時代，《毛詩序》也開始遭到懷疑。但從清末到民初，不但有國內的爭端動亂，又有強勢的西方文化挑戰，傳統的今古文學之爭，已無法回應改革的要求，乃將檢討的方向，由今古文擴大到傳統學術問題的反省。當時反省學術問題，不論是新文化運動者，或傳統學者，都主張要整理國故。民國十二年（1923）一月，胡適之先生的〈國學季刊發刊宣言〉，以為整理國故，就是要還給古人一個本來面目。他說：

> 整治國故，必須以漢還漢，以魏、晉還魏、晉，以唐還唐，以宋還宋，以明還明，以清還清，以古文還古文家，以今文還今文家；以程、朱還程、朱，以陸、王還陸、王，……各還他一個本來面目，然後評判各代各家各人的義理的是非。不還他們的本來面目，則多誣古人。不評判他們的是非，則多誤今人。但不先弄明白了他們的本來面目，我們決不配評判他們的是非。[25]

如將整理國故的方向，指向爭議最多的古代經典，根據胡適的意見，是要還給古代經典一個本來面目，以《詩經》來說，有數以百計的注解，《詩經》的真面目是什麼？胡氏在〈談談詩經〉中說：

> 從前的人把這部《詩經》都看得非常神聖，說它是一部經典，我們現在要打破這一觀點。假如這個觀念不能打破，《詩經》簡直可以不研究了。因為《詩經》並不是一部聖經，確實是一部古代歌謠的總集，可以做社會史的材料，可以做政治史的材料，可以做文化史的材料。萬不能說它是一部神聖經典。[26]

胡氏以為《詩經》是一部古代歌謠的總集，不是神聖經典，《詩經》可以作為社會史、政治史、文化史的材料。

《詩經》所以成為一部神聖的經典，原因有二，一是受孔子刪詩說的影響，孔子既曾刪詩，哪些當存，哪些當刪，必有其深意在內。二是將《詩序》與《詩經》結合。《詩序》被認為是孔門弟子子夏所作，既如此，必有孔子的教化觀在內。歷代學者所以要依照《詩序》來解《詩》，就是要實踐孔子的理想。

要打破《詩經》的神聖性，就要否定孔子曾經刪詩。[27]其次，是要切斷《詩序》與《詩經》的關係，首先要確定《詩序》非子夏作，這說法如能成立，《詩序》即與孔門無關，當然也不具有孔門的教化觀。接著，證明《詩序》內容的不合理和矛盾，以降低《詩序》本身的權

---

[26] 見藝林社編：《文學論集》（北京市：藝林社，1929 年），頁 1-20。

[27] 民國十年（1921）十一月，顧頡剛給錢玄同的〈論孔子刪述六經說及戰國著作偽書書〉中，已否定孔子刪述六經，當然也不承認孔子刪《詩經》。見《古史辨》（臺北市：明倫出版社，1970 年 3 月），第 1 冊，頁 41-42。又民國十五年（1926）十一月，張壽林作〈詩經是不是孔子所刪定的？——呈顧頡剛先生〉，對歷來有關孔子刪詩的說法，加以分析辯證，認為孔子刪詩之說根本不可能成立，見《國立北京大學研究所國學門月刊》，第 1 卷第 2 號，頁 149-155。

威性。能按這步驟進行,才能把《詩經》從聖經的束縛中解脫出來。民國初年的反《詩序》運動,基本上是挽救《詩經》運動的一環,而挽救《詩經》的工作,正是民初國故整理運動的一部分任務。

民國十一年（1922）起,批判《詩序》的論文陸續出現,一直延續到抗戰期間,批評的論文約有二十多篇,他們批判《詩序》約有下列數點:

（一）論辨詩序之作者

他們極力否定《詩序》是出於子夏,而異口同聲地以為東漢衛宏所作。鄭振鐸的〈讀毛詩序〉說:

> 《後漢書》〈儒林傳〉裡,明明白白地說:「衛宏從謝曼卿受學,作《毛詩序》,善得風雅之旨,至今傳於世」。范蔚宗離衛敬仲未遠,所說想不至無據。且即使說《詩序》不是衛宏作,而其作者也決不會在毛公、衛宏以前。[28]

以《後漢書》〈儒林傳〉所說:「衛宏從謝曼卿受學,作《毛詩序》」來論定《詩序》的作者是衛宏,幾乎是民初反《詩序》學者認定最有力的證據,此外,鄭氏又提出五點輔助證據:

1. 從用語論證非出於秦以前,如〈裳裳者華〉序云:「古之仕者世祿」。
2. 從毛公之《毛詩詁訓傳》不釋《序》,可證《詩序》決非出於毛公之前。

---

[28] 見《古史辨》,第3冊,頁382-401。

3.《詩序》所言與《左傳》諸書相合者,皆《詩序》剽竊諸書。

4.《詩序》誤引劉歆《三統曆》之言。

5. 漢世文章未有引《詩序》者。

這些論點,是否可以成立,有待進一步檢討。但後來有不少學者討論《詩序》作者,大抵受鄭氏的影響。

在鄭氏之後,黃優仕作〈詩序作者考證〉一文,仍引《後漢書》〈儒林傳〉,以為衛宏所作。[29]顧頡剛作〈毛詩序之背景與旨趣〉也說:「《詩序》者東漢衛宏所作,明著於《後漢書》。」[30]此後有關《詩序》的論辨文字,仍不斷出現,也都以為衛宏所作。

(二)檢討詩序之解釋觀點

《詩序》既非聖人之徒所作,民初學者就可放手去批評其中解釋觀點的不合理。鄭振鐸的〈讀毛詩序〉用類比歸納的方法,將內容相同的詩,合在一起比較,發現詩的內容雖相同,《詩序》所定的詩旨卻大不相同,如〈小雅·楚茨〉和〈大雅·鳧鷖〉,這兩首詩的內容都一樣,可是《詩序》解釋〈楚茨〉說:「刺幽王也。政煩賦重,田萊多荒,飢饉降喪,民卒流亡,祭祀不饗,故君子思古焉。」解釋〈鳧鷖〉說:「守成也。太平之君子,能持盈守成,神祇祖考安樂之也。」鄭氏以為這二詩因分屬〈小雅〉和〈大雅〉,所以即使內容相同,詩旨也會不同。鄭氏又舉〈周南·關雎〉、〈陳風·月出〉、〈陳風·澤陂〉等為例,以為三首皆是情詩,而《詩序》所定詩旨卻不相同。最後他批評說:「原來作《詩序》的人果然是不細看詩文的!果然是隨意亂說

---

[29] 見《國學月報彙刊》,第一集(1928 年 1 月),頁 23-29。

[30] 見《古史辨》第三冊,頁 382-401。

的！」除鄭振鐸外，張西堂為顧頡剛所輯鄭樵《詩辨妄》所作的序，
也提出《詩序》有十大缺點[31]。這種對《詩序》的不信任，使二千多年
來因《詩序》所建立的解釋幾乎完全崩潰。

　　《詩序》既不合理，以前建立在《詩序》的解釋系統都必須重新檢
討。這種對《詩經》詩旨的新詮釋，由郭沫若的《卷耳集》開其端。
這本書選〈國風〉詩篇四十首加以翻譯，譯文之後附有原詩和解說。
他在〈序〉文說：「我對於各詩的解釋，是很大膽的，所有一切古代的
傳統的解釋，除略供參考之外，我是純依我一人的直觀。」如〈鄘風·
柏舟〉，《詩序》云：「共姜自誓也。衛世子共伯蚤死，其妻守義，父母
欲奪而嫁之，誓而弗許，故作是詩以絕之。」郭氏的解釋說：「我看這
詩是一個女子本自有愛人，而父母不許她嫁。她因生怨望的意思。」可
知郭氏把政治教化詩，解作男女愛情詩。

　　除郭氏外，俞平伯從民國十二年（1923）六月起，即陸續發表有
關《詩經》新解的文章。他不像郭沫若那麼「直觀」，而有較深入的分
析論辨。他認為「〈國風〉本係諸國民謠，不但不得當經典讀，且亦不
得當為高等詩歌讀，直當作好的歌謠可耳。」這是因《詩序》的影響力
衰退，才有可能出現的說法。另外，民國十四年（1925）胡適在《晨
報》〈藝林旬刊〉發表〈談談詩經〉，對〈國風〉的許多詩也有自己的
看法，如以〈小星〉是「妓女星夜求歡」，〈葛覃〉是「女工人放假急
忙要歸」。[32]雖有新意，但與當時社會情況並不相合。在推翻《詩序》的
說法之後，胡適有意將〈國風〉一百六十篇重新解釋，但僅在《青年
界》發表了〈周南新解〉而已。[33]

31　見〔宋〕鄭樵著，顧頡剛輯：《詩辨妄》，〈張西堂序〉
32　該文後來收入藝林社編：《文學論集》，頁1-20。後來再收入《古史辨》第三冊時，已
　　將〈小星〉改作「是寫妓女生活的最古記載」，而將〈葛覃〉的說法刪除。
33　見《青年界》1卷4期（1931年6月），頁13-42。

　　民初的《詩經》學者廢去《詩序》，可說比宋代還要徹底。他們在毫無《詩序》的憑藉下，要重新為《詩經》三百五篇定詩旨，這是相當高難度的嘗試，也因此，像郭沫若、俞平伯、胡適等人，只能挑幾首〈國風〉情詩作作新解而已。這反而證實一拋開《詩序》不用，仍有它解釋的困難在。

六　廢詩序何以不能成功

　　在《詩經》解釋的過程中，《詩序》的影響力可說是無所不在的，但是，經兩次規模龐大的反《詩序》運動，何以仍無法將《詩序》廢去，這就是本小節所要討論的重點所在。要討論這個問題，大抵可分為兩個方面來分析，一是《詩序》所定部分詩旨本身的合理性，二是《詩序》觀點與儒家思想相應。

（一）詩序所定部分詩旨的合理性

　　《詩序》既是先秦說詩詩旨的彙編，而非一人一時所作，編輯《詩序》的人，必是廣納當時通行的見解。雖然朱子的《詩序辨說》，姚際恆的《詩經通論》、鄭振鐸的〈讀毛詩序〉等都花了相當多的篇幅來批評《詩序》所定詩旨的不合理，但是，大家都知道詩是可以記錄史實，反映史事的，《詩經》中的某些詩篇基本上是西周到東周初年史事的反映。《詩序》對這一部分詩篇所記的詩旨，既符合詩篇本身的內容，後來反《詩序》的學者，在沒有更合理的解釋時，就很難將《詩序》的說法加以推翻。這也是朱子的《詩序辨說》在討論〈大雅〉、〈周頌〉的詩旨時，反對《詩序》的比率要比〈國風〉部分少的原因。而民國初年的反《詩序》學者，也只能在〈國風〉的部分作文章，不

太敢去論辨〈大雅〉和〈周頌〉的部分。

即使《詩序》的〈國風〉部分，也並非全不合理，有不少論及史事的詩篇，朱子都以為《詩序》非常確當，如〈鄘風・載馳〉的《詩序》說：

> 〈載馳〉，許穆夫人作也，閔其宗國顛覆，自傷不能救也。衛懿公為狄人所滅，國人分散，露於漕邑，許穆夫人閔衛之亡，傷許之小，力不能救，思歸唁其兄，又義不得，故賦是詩也。

朱子說：「此亦經明白，而《序》不誤者，又有《春秋傳》可證。」[34]可見朱子承認這篇《序》的正確性。又如〈秦風・黃鳥〉，《詩序》云：

> 〈黃鳥〉，哀三良也。國人刺穆公以人從死，而作是詩也。

朱子說：「此序最為有據。」[35]又如〈豳風・鴟鴞〉的《詩序》說：

> 周公救亂也。成王未知周公之志，公乃為詩以遺王，名之曰鴟鴞焉。

朱子說：「此序以〈金縢〉為文最為有據。」[36]

當然，《詩序》的〈國風〉部分，也不是僅僅這幾篇朱子覺得合理，前文所引李家樹教授的統計，朱子所定的詩旨，仍有百分之七十與《詩序》相同或相近。則《詩序》因本身所具有的合理性，其不可輕廢也是必然的事。

---

34 《詩序辨說》，卷上，頁24。
35 《詩序辨說》，卷上，頁43
36 《詩序辨說》，卷上，頁48。

（二）詩序的觀點與儒家思想相應

　　歷經兩次反《詩序》運動，《詩序》所以能屹立不搖的原因，是因《詩序》某些觀點與儒家思想是相通的，例如：儒家講夫婦為人倫之始，〈序卦傳〉說：「有天地然後有萬物，有萬物然後有男女，有男女然有夫婦，有夫婦然後有父子，有父子然後有君臣，有君臣然後有上下，有上下然後禮義有所措。」這種重人倫之始的觀念，在〈詩大序〉中也有：

> 關雎，后妃之德也，……所以風天下而正夫婦也。……先王以是經夫婦，成孝敬、厚人倫、美教化、移風俗。

這觀念與〈序卦傳〉可說很相吻合。又如：有關音樂的本質和政治的關係，《禮記》〈樂記〉說：「凡音者，生人心者也。情動於中，故形於聲，聲成文謂之音。是故治世之音安以樂，其政和；亂世之音怨以怒，其政乖；亡國之音哀以思，其民困。聲音之道，與政通矣。」強調音樂與政治興衰的關係。〈詩大序〉也說：

> 情發於聲，聲成文，謂之音。治世之音，安以樂，其政和；亂世之音，怨以怒，其政乖；亡國之音，哀以思，其民困。故正得失，動天地，感鬼神，莫近於詩。

這種觀點和《禮記》〈樂記〉幾乎完全吻合。在儒家經典中也有不少反對戰爭的言論，如：《孟子》〈告子下〉云：「今之事君者，皆曰：『我能為君辟土地，充府庫。』今之所謂良臣，古之所謂民賊也。君不向道，不志於仁，而求富之，是富桀也。『我能為君約與國，戰必克』今之所謂良臣，古之所謂民賊也。君不向道，不志於仁，而求為之

強戰，是輔桀也。由今之道，無變今之俗，雖與之天下，不能一朝居也。」此種反戰思想，在《詩序》中也可見到，如：

> 〈秦風・無衣〉：「刺用兵也。秦人刺其君好攻戰，亟用兵而不與民同欲焉。」

> 〈唐風・葛生〉：「刺晉獻公也，好攻戰，則國人多喪矣。」

如果要舉《詩序》與儒家思想相吻合的例子，可以說相當多。《詩序》既與儒家思想相吻合，甚至可說儒家教化思想的部分源頭。在儒家思想還是當時思想主流的時代，《詩序》怎有可能被廢。朱子的廢《詩序》不但沒有成功，反而引來姚際恆「尊序莫若《集傳》」[37]之譏。

　　民國以來，像胡適、顧頡剛、郭沫若他們要廢除《詩序》，但他們僅對〈國風〉的部分篇章作新的解釋，至於〈大雅〉和〈頌〉的部分，他們並沒有作新的解釋，也無法確定他們的觀點。即如當今流傳最廣的屈萬里先生的《詩經釋義》，在〈大雅〉、〈頌〉的部分，仍舊有不少遵《詩序》的觀點。所以，即使在儒家道德觀逐漸失去影響的今天，《詩序》因本身反映了部分的史實，即使不靠儒家道德觀的掩護，解釋《詩經》仍舊不能完全拋棄它。

　　　　——原刊於《中國哲學》第23輯（經學今詮・續編）（瀋陽市：遼寧教育出版社，2001年10月），頁92-118。

37　見〔清〕姚際恆著，顧頡剛點校：《詩經通論》，頁170。

民國初年的反詩序運動

一　緒論

　　《詩序》是解釋《詩經》各詩篇詩旨的一篇文字，本與《詩經》分開單行。是何時、何人所作，至今不易下定論。由於它是現存最早、最有系統解釋《詩經》各篇詩旨的文字，從漢代起有關《詩經》的解釋即受其影響。當時人以為《詩序》是子夏所作。《詩經》中的解釋觀點，即是聖人所傳。也因此形成一種以《詩經》為中心的《詩》學教化觀。這種《詩》學教化觀，不但影響到學者對《詩經》各篇詩旨的解釋，也影響到歷代學者對詩歌的創作觀點。

　　《詩序》的權威在宋初開始受到挑戰，歐陽修的《詩本義》批評《詩序》的錯誤；蘇轍的《詩集傳》，只相信《詩序》的首句。到南宋初，鄭樵作《詩辨妄》，以為《詩序》是村野妄人所作，並全面對《詩序》提出檢討。朱子受其影響，廢去舊說，重作《詩集傳》，並作《詩序辨說》，逐篇加以反駁。此後，《詩序》可說已被廢去。《詩序》雖被廢，但《詩序》所形成的聖王教化觀，在朱子的《詩集傳》中仍處處可見。表面上朱子等人是廢去了《詩序》，事實上，《詩序》的無形影響力仍舊左右朱子的《詩》學觀點。

　　自明代中葉起，《詩經》的相關著作中開始檢討《詩序》，以為其中有不少合理的地方，不可盡廢。入清以後，因漢學的興盛，《詩序》在《詩經》解釋上的主導地位，又逐漸確立。清乾嘉時代，《詩經》學

的代表作，如馬瑞辰的《毛詩傳箋通釋》、胡承珙的《毛詩後箋》、陳奐的《詩毛氏傳疏》，都遵循《詩序》的解釋觀點來釋詩。這是《詩序》再一次受到重視的明證。由於乾嘉學者對《詩序》的尊崇，是伴著漢學的興起而來。這種對《詩序》的全盤接受，也引起另一次反《詩序》的可能。

晚清今文學興起，《詩經》中的今文學是齊、魯、韓三家詩。推崇三家詩者不但排斥《毛詩》，也批判《詩序》。魏源的《詩古微》主張拋棄《詩序》，回到三家詩，才能窺知孔子制禮正樂的用心。康有為的《新學偽經考》，以為《詩序》乃劉歆助造，由衛宏完成。至於傳《毛詩》的大、小毛公則全是劉歆一手捏造的人物。可見，晚清今文學家已揭開批判《詩序》的序幕。而正式上演類似宋代的反《詩序》運動，則是民國十一年（1922）以後的事。

民國初年的反《詩序》運動，因何而起？與晚清的今古文學論戰、民初的國故整理運動，是否有內在的連繫？此一運動除一如宋人對《詩序》加以無情的批判外，還附有哪些相關的學術活動？這些問題在研究近現代學術史的著作中，都尚未有較深入的討論。本文的目的，即試著來解答這一問題。

二 反詩序運動的時代因素

要追究民國初年反《詩序》的思想根源，可能要上溯到晚清的今古文之爭。所謂今古文之爭，本發生於新莽時期和東漢初年。西漢以來流傳的是以隸書書寫的今文經，主要的經典是《周易》、《今文尚書》、《三家詩》、《公羊傳》等，今文學者以為六經皆孔子所作，有孔子的微言大義在內。自王莽時代起，劉歆表彰以《古文尚書》、《毛詩》、《周禮》、《左傳》為主的古文經。古文經是用先秦古文書寫，

從景帝時代起陸續有出土。古文家基本上以六經為古代史料，經孔子整理改編而成。今古文所以發生爭端，主要是劉歆想立古文經以扶持微學。這涉及當時的利祿問題，以至今文學家群起反對。經過數次論爭，古文家雖終未立於學官，但古文經逐漸興盛，甚至取代今文經也是不爭的事實。

清乾嘉時代所標榜的漢學，是東漢古文的漢學。學者稱當時的學風是「家家許、鄭，人人賈、馬」，即以許慎、鄭玄、賈逵、馬融為主的學風，他們對古文派經典作了細密的研究，有亡佚的著作也盡量輯集出來。但嘉慶、道光以後，國勢日漸衰弱，內憂外患紛至杳來。以東漢古文為主的漢學，所重視的是書本的考證工夫，是否足以應付這種重大的變局，實不無疑問，當時對漢學提出批評的不少，方東樹的《漢學商兌》，即是明顯的例子。

從古代流傳下來的經典中，今文經被認為有了孔子的微言大義。在時代的變局中，能否用今文經典中所蘊藏的「微言大義」作為指導原則，實是相當切要的問題。另外，以古文經為代表的傳統主流力量，才是今文學發展的阻礙，也是時政改革的一種阻力。要將今文經與時政結合，最根本的方法，是先打倒古文經。要打倒古文經，最能切中要害的是指出古文經是劉歆助王莽偽作。這點從劉逢祿作《左氏春秋考證》就可以得到印證。到了康有為作《新學偽經考》，以為乾嘉學者所尊信的儒家典籍，大多不是孔子的本經，而是劉歆幫助王莽篡漢的「偽經」，而所謂許、鄭、賈、馬之學，也非真漢學，而是新學。[1]古文經既是新學，為王莽所偽造，則自古以來被認為神聖的經典，其權威地位受到挑戰也是很自然的事。

康有為又作《孔子改制考》，盛稱孔子之德，提出孔子製作六經，

---

[1] 康有為：《新學偽經考》（北京市：中華書局，1988年9月），頁3。

託古改制之說。意即孔子製作六經，實為後世立法。這使六經和孔子的地位高到無以復加。但是當時古文學派的章太炎，對六經的觀點則和康有為大相逕庭。章氏以為《春秋》而上，則有六經，是孔氏的歷史之學，《春秋》以下，則有《史記》、《漢書》，以至歷代書志紀傳，也是孔氏的歷史之學。並以為孔子是古代的良史。章氏的這一觀點，雖然承自章學誠的「六經皆史」說，但時代背景、作用也不大相同。章學誠的話，當時並沒有產生多大的影響。章太炎的想法，在民初那傳統經典受到質疑的時代，實有摧毀經典權威的作用。

從清末到民初的時代變局，不但有國內的爭端動亂，又有強勢的西方文化挑戰，傳統的今古文學之爭，實已無法回應國內外的變革。學者在求新、求變的要求之下，也由今古文問題，擴大到對中國傳統學術問題的反省。民國初年，對傳統學術問題的理解，大抵分為兩派，一派是以陳獨秀、胡適、魯迅、李大釗、毛子水、傅斯年、羅家倫等人為主的新文化運動者。他們有《新潮》作為喉舌。另一派是以劉師培、辜鴻銘、黃侃等人為主的傳統學者。他們創辦《國故》月刊。由於兩派各有各的治學理念，對於傳統學術問題也有相當嚴重的分歧。

民國八年（1919）劉師培等人發起成立《國故》月刊社，以「昌明中國固有學術為宗旨」，對新文化運動者所造成的社會變動，則大為不滿，表示將發起學報，以圖挽救。毛子水則對《國故》提出反擊，認為是一種「抱殘守缺」的方式而已。[2]此後，雙方互相攻擊，延續數年。然最重要的是民國八年（1919）十一月，胡適所寫的〈新思潮的意義〉一文。他把新思潮的意義理解為「研究問題、輸入學理、再造

---

[2] 　見毛子水：〈國故和科學的精神〉，《新潮》第 1 卷 5 期（1919 年），頁 731-745。

文明」[3]。這裡的「整事國故」，本是劉師培等人刻意提倡的，胡適這種新
文化運動人物竟也加入，但他所以提倡「整理國故」，是因為：

1. 古代學術思想缺乏系統、整理。
2. 前人研究古書缺乏歷史進化觀，不講究學術脈絡發展。
3. 前人讀古書，多誤信訛傳的謬說。
4. 當時學者高談保存國粹，卻不解國粹之內涵。

這是新文化運動者對整理國故的新見解。也代表這一批有新思想學者
對傳統文化史的態度。至於整理的步驟，胡適以為：

1. 條理系統的整理，從亂七八糟裡面尋出一個條理脈絡。
2. 用歷史進化的眼光，尋出每種學術思想是如何發生，其影響如
   何？
3. 用科學的方法，作精確的考證，釐清古人所說的含意。
4. 綜合前三步的研究，還給各家一個本來面目，一個真價值。

到民國十二年（1923）一月，胡適擔任《國學季刊》編輯部主任時，
將整理國故的系統意見發表在〈國學季刊發刊宣言〉，以為國故整理的
重要方向是擴大研究範圍、注意系統的整理、博采參考比較的資料。
所以要整理國故，就是要還給古人一個本來面目，他說：

> 整治國故，必須以漢還漢，以魏、晉還魏、晉，以唐還唐，以
> 宋還宋，以明還明，以清還清，以古文還古文家，以今文還今
> 文家；以程、朱還程、朱，以陸王還陸王，……各還他一個本

3　收入《胡適文存》（臺北市：遠東圖書公司，1967年），第1集，頁440。

來面目，然後評判各代各家各人的義理是非。不還他們的是
非，則多誤今人。但不先弄明白了他們的本來面目，我們決不
配評判他們的是非。[4]

胡氏不但對整理國故提出指導原則，他自己也身體力行進行國故的整
理工作。他不但整理古代各家的哲學，著成《中國哲學史大綱》，更整
理古代白話文學，著成《白話文學史》，也指導學生顧頡剛等人，努力
去整理鄭樵、姚際恆等人的著作。

如將整理國故的方向，指向爭議最多的古代經典，根據胡適的意
見，是要還給古代經典一個本來面目，如就《詩經》來說，歷來已被
數以千計的學者解釋得烏煙瘴氣，《詩經》的本來面目是什麼？胡氏在
〈談談詩經〉中說：

> 從前的人把這部《詩經》都看得非常神聖，說它是一部經典，
> 我們現在要打破這一觀念。假如這個觀念不能打破，《詩經》簡
> 直可以不研究了。因為《詩經》並不是一部聖經，確實是一
> 部古代歌謠的總集，可以做社會史的材料，可以做政治史的材
> 料，可以做文化史的材料。萬不能說它是一部神聖經典。[5]

這裡，胡氏提出幾個觀點：（1）《詩經》是一部古代歌謠的總集，不是
一部神聖經典；（2）《詩經》可以做為社會史、政治史、文化史的材
料。

《詩經》所以成為一部神聖經典，有兩方面的原因，一是受司馬遷
《史記・孔子世家》所說孔子刪詩的影響。孔子既有刪詩，哪些當存，
哪些當刪，必有孔子的寓意在內。《詩經》既有孔子的微言大義，不是

4　見《胡適文存》，第 2 集，頁 2-6。

5　見《文學論集》（上海市：中國文化服務社，1929 年），頁 1-20。

聖經是什麼？另一是將《詩序》和《詩經》結合。《詩序》被認是孔門弟子子夏所作。既如此，必也有孔子的教化觀在內。歷來學者所以要依照《詩序》來解《詩經》，就是要實踐孔子的理想。《詩經》受這兩方面的交互影響，其神聖的經典性質也逐漸形成。

民初學者談整理國故，要打破《詩經》的神聖性，最先要做的，就是要切斷孔子和《詩經》的關係。民國十年（1921）十一月顧頡剛給錢玄同的〈論孔子刪述六經說及戰國著作偽書書〉中，已否定孔子刪述六經，當然也不承認孔子刪《詩經》[6]。民國十五年（1926）十一月，張壽林作〈詩經是不是孔子所刪定的？〉，對歷來有關孔子刪詩的說法，加以分析辯證，認為孔子刪詩之說根本不能成立[7]。這可以說是民初反《詩序》學者的共識。那麼，孔子和《詩經》的關係又如何？他們認為孔子只不過將《詩經》作為教材來教學生而已。既如此，《詩經》中就沒有聖人的微言大義在內，《詩經》的神聖性也自然要消失。

其次，要解決的是《詩序》與《詩經》結合後，對《詩經》所造成的影響。要解決此一問題，也要切斷《詩序》與《詩經》的關係。首先要確定《詩序》非子夏所作，這說法如能成立，《詩序》即與孔門無關，當然也不具有孔門的教化觀。接著，證明《詩序》內容的不合理和矛盾，以降低《詩序》本身的權威性。能按著這步驟進行，才能將《詩經》從聖經的束縛中解脫出來。民國初年的反《詩序》運動，基本上是挽救《詩經》運動的一環。而挽救《詩經》的工作，正是民初國故整理運動的一部份任務。

6　見《古史辨》（臺北市：明倫出版社，1970年3月），第1冊，頁41-42。
7　見《國立北京大學研究所國學門月刊》，第1卷2號（1926年），頁149-155。

三　對詩序的批判

從民國十一年（1922）起，陸續有批判《詩序》的文章出現，一直延續到抗戰期間，批判的文章約有二十餘篇。這些文章，有的已很難找到，現在將所能找到的十餘篇，就其內容加以分析，他們批判《詩序》約有下列幾點：

（一）論辨詩序的作者

《詩序》的作者問題，本來就是聚訟紛紜，各說各話，唐代以前大抵以為子夏所作。宋代學者反《詩序》最激烈，有關《詩序》的作者也有十多種說法。從明末起，《詩序》的地位逐漸恢復，作者問題的爭論也稍熄。清末今文學家又開始對《詩序》有所懷疑，如廖平即以為《詩序》起於東漢。

從民國十二年（1923）鄭振鐸的〈讀毛詩序〉起，連續有二十多篇論辨《詩序》的文字，幾乎都以為《詩序》是東漢的衛宏所作。鄭振鐸以為《詩序》的作者，比較有根據的有三說：（1）子夏作；（2）衛宏作；（3）子夏、毛公、衛宏合作。鄭氏以為最可靠的是第二說，他說：

> 《後漢書》〈儒林傳〉裡，明明白白的說：「衛宏從謝曼卿受學，作《毛詩序》，善得風雅之旨，至今傳於世」。范蔚宗離衛敬仲未遠，所說想不至無據。且即使說《詩序》不是衛宏作，而作者也決不會在毛公、衛宏以前。[8]

8　見《古史辨》，第 3 冊，頁 382-401。

以《後漢書》〈儒林傳〉所說「衛宏從謝曼卿受學，作《毛詩序》」，來論定《詩序》的作者是衛宏，幾乎是民初反《詩序》學者所認定最有力的證據。除了這點之外，鄭氏又提出五個輔助證據：

1. 從用語論證非出於秦以前，如〈裳裳者華〉序云：「古之仕者世祿」。
2. 從毛公之《毛詩詁訓傳》不釋《序》，可證《詩序》決非出於毛公之前。
3. 《詩序》所言與《左傳》諸書相合者，皆《詩序》剽襲諸書。
4. 《詩序》誤引劉歆《三統歷》之言。
5. 漢世文章未有引《詩序》者。

這些論據，是否可完全成立，是另外一回事。後來，有不少學者討論《詩序》作者，大抵遵循此一方向。

在鄭振鐸之後，民國十七年（1928）一月，黃優仕作〈詩序作者考證〉一文，仍引《後漢書》〈儒林傳〉之言，以為是衛宏所作。[9]民國十九年（1930）二月，顧頡剛作〈毛詩序之背景與旨趣〉，也說：「〈詩序〉者東漢初衛宏所作，明著於《後漢書》」。[10]民國二十三年（1934）六月，呂思勉作〈詩序〉一文，以為「其文平近諧婉，且不類西漢人作，更無論先秦矣。」[11]呂氏認為《詩序》「實古學家采綴古書所為，不惟非子夏，亦必不出毛公也。」可見呂氏以為《詩序》是古學家所為，是那位古學家，並沒有明說。但他引鄭樵的話：「漢世文字，未有引《詩序》者，惟黃初四年，有曹共公遠君子近小人之語，蓋宏之序至是

9　見《國學月報彙刊》，第1集（1928年1月），頁23-29。
10　見《古史辨》第3冊，頁402-404。
11　見《光華大學半月刊》，第2卷10期（1934年6月），頁15-19。

始行也。」然後說：「此說甚是，可為《詩序》晚出之確證。」似乎贊同鄭樵《詩序》為衛宏所作之說法。

此後，有關《詩序》作者的論辨文字，仍不斷出現，如：民國二十四年（1935）六月，李繁闓作〈詩序考原〉，論辨的結果，以為《詩序》為衛宏所作。[12]民國二十六年（1937）六月，李淼作〈詩序作者考〉，也以為是衛宏所作。民國三十年（1941）八月，《責善》半月刊二卷十一期，「學術通訊」欄，有讀者來函對顧頡剛所說《詩序》作者是衛宏的質疑，顧氏在該函後加案語，補充自己的論證。顧氏說：

> 毛公作《詩故訓傳》，而於《序》獨無注，是其書無《序》之證也。《史記》不載有《毛詩》，遑論《毛詩序》。《漢書》〈藝文志〉於向、歆《七略》有《毛詩》及《毛詩故訓傳》矣，亦不謂有《毛詩序》，是西漢時《毛詩》無《序》之證也。《後漢書》〈衛宏傳〉曰：「九江謝曼卿善《毛詩》，……宏從曼卿受學，因作《毛詩序》，善得風雅之旨，於今傳於世。」謂為作「《毛詩序》」，是《序》固作於衛宏也。謂為「於今傳於世」，是宏《序》即東漢以來共見共讀之《序》也。漢代史文不謂有他人作《毛詩序》而獨指為衛宏作，且謂衛宏即傳世之本，其言明白如此，顧皆不明信，而必索之於冥茫之中，是歷代經師之蔽也。[13]

這是顧頡剛對《詩序》作者最堅定的宣言，也表示反《詩序》學者，近二十年間對有關《詩序》的觀點，不但未曾稍有改變，且立場至為堅定。民國三十三年（1944）七月起，夏敬觀發表〈毛詩序駁議〉，仍

---

[12] 李繁闓之文，見於《勵學》第4期（1935年6月），頁69-83。李淼之文，見於《國專月刊》，第5卷5期（1937年6月），頁68-69。

[13] 見〈學術通訊：（二）論詩序之作者〉，《責善》第2卷11期（1941年），頁24。

依據《後漢書》〈儒林傳〉所云，認定《毛詩序》為衛宏所作。[14]

（二）檢討詩序之解釋觀點

除對《詩序》作者加以檢討，指出非孔門之作，而為東漢衛宏所作外。反《詩序》學者最重要的工作，即是指出《詩序》所釋詩旨的不合理。這種工作，以鄭振鐸的〈讀毛詩序〉做得最徹底。

鄭氏用類比歸納的方法，將內容相同的詩，合在一起作比較，發現詩的內容雖相同，《詩序》所定的詩旨卻大不相同。如：〈小雅・楚茨〉和〈大雅・鳧鷖〉，這兩首詩的內容幾乎一樣，可是《詩序》解釋〈楚茨〉說：「刺幽王也。政煩賦重，田萊多荒，饑饉降喪，民卒流亡，祭祀不饗，故君子思古焉。」解釋〈鳧鷖〉說：「守成也。太平之君子能持盈守成，神祇祖考安樂之也。」鄭氏對《詩序》的解釋，大加批評說：

> 我們試讀這兩首歌，誰能找出它們的異點來？〈楚茨〉的辭意很雍容堂皇，〈鳧鷖〉的辭意也是如此。毫無不同之處。而因〈楚茨〉不幸是在〈小雅〉裡，更不幸而被作《詩序》的人硬派作幽王時的詩，於是被說成「刺幽王也。政煩賦重，田萊多荒，饑饉喪降，民卒流亡，祭祀不饗，故君子思古焉」了。至於〈鳧鷖〉則因他是在〈大雅〉裡，於是《詩序》便美之曰「守成也。太平之君子能持盈守成，神祇祖考安樂之也。」我不知道〈楚茨〉的詩裡那一句是說「祭祀不饗」的？……為什麼〈楚茨〉便是刺，〈鳧鷖〉便是美呢？[15]

---

[14] 見《學海》（南京），第1卷1、2、5、6期（1944年7-12月）。

[15] 見《小說月報》14卷1期（1923年），頁6-7。

鄭氏將句式相同的,作類比研究,發現同一內容的詩,因分屬〈小雅〉和〈大雅〉,〈詩序〉所定的詩旨也大不相同。

鄭氏又舉〈周南・關雎〉、〈陳風・日出〉和〈陳風・澤陂〉三首,以為三首都是很好的情詩。而《詩序》卻有截然不同的解釋。他提出批評說:

> 試再讀《詩序》,他所說的真是可驚?原來〈關雎〉是美「后妃之德」的,是「樂得淑女以配君子,憂在進賢,不淫其色,哀窈窕,思賢才,而無傷善之心焉」的;〈月出〉卻是「刺好色」,是說「在位不好德而說美色焉」;〈澤陂〉卻是「刺時」,是言靈公君臣淫於其國,男女相說,憂思,感傷焉」的。我真不懂:為什麼同樣的三首情詩,意思也完全相同的,而其所含的言外之意卻相差歧得如此之遠?我不懂,為什麼「寤寐思服,輾轉反側」二句,在〈周南・關雎〉裡,便有許多好的寓意,同樣的「寤寐無為,輾轉伏枕」二句,在〈陳風〉〈澤陂〉之詩裡,便變成什麼「刺時」,什麼「靈公君臣淫於其國……」等等的壞意思呢?這真是不可思議的事了![16]

鄭氏又舉〈召南・草蟲〉、〈王風・采葛〉、〈鄭風・風雨〉、〈小雅・菁菁者莪〉、〈小雅・裳裳者華〉、〈小雅・都人士〉、〈小雅・隰桑〉等八首詩,加以比較後,以為這八首詩的意思差不多相同,而《詩序》所定的詩旨也相去甚遠,他提出質疑說:「為什麼辭意與文字都相同的詩句,美刺之義乃如此不同呢?」後來,他才知道作《詩序》的人,並不是按詩篇的內容來定詩旨,他說:「原來作《詩序》的人果然是不細看詩文的!果然是隨意亂說的!他因為〈草蟲〉在〈召南〉

---

[16] 見《小說月報》14卷1期(1923年),頁8。

裡，所以便以為是美，〈風雨〉是在〈鄭風〉裡，所以不得硬派他一個刺；〈隰桑〉、〈裳裳者華〉，因為已派定是幽王時詩，所以便也不得以他為刺詩。」鄭氏在這裡道出《詩序》是先認定某一類的詩是美詩或刺詩，再來為每一首詩作詩旨。而不是就其內容來認定詩旨。這就是《詩序》最嚴重的弊病所在。

《詩序》解詩何以會如此附會？鄭氏說：「大概作《詩序》的人，誤認《詩經》是一部諫書，誤認《詩經》裡許多詩都是對帝王而發的，所以他所解說的詩意，不是美某王，便是刺某公！又誤認詩歌是貴族的專有品；所以他把許多詩都歸到某夫人或某公，某大夫作的。……因為他有了這幾個成見在心。於是一部很好的搜集古代詩歌很完備的《詩經》，被他一解釋便變成一部毫無意義而艱深若盤誥的懸戒之書了。」既如此，鄭氏以為《詩序》之說如不掃除，《詩經》之真面目便永不可得見。

除了鄭振鐸之外，張西堂在為顧頡剛所輯鄭樵《詩辨妄》所作的序，提出《詩序》有十大缺點：

1. 雜取傳記：如〈關雎序〉用〈樂記〉而不及〈樂記〉；〈抑〉之序用《國語》而以為刺厲王。
2. 傅會書史：如〈宛丘〉、〈東門之枌〉、〈蜉蝣〉等篇之序。
3. 不合情理：如方玉潤說：「章章牽涉后妃，此尤無理可厭。」
4. 妄生美刺：如〈簡兮〉，本非刺詩而以為刺。〈雄雉序〉以為刺宣公，但詩中並無刺意。
5. 強立分別：如謂風有「正」、「變」，以及〈周南〉、〈召南〉分系二公等說。
6. 自相矛盾：如〈召南・騶虞〉序說「天下純被文王之化」，〈行露〉序說「強暴之男侵凌正女」，自相矛盾。

7. 曲解詩意：凡頌中有「成王」及「成康」字者，皆曲為之說。

8. 誤用傳說：如〈日月序〉以為莊姜傷己不見答於先君，是誤解《春秋傳》文，謂莊姜無子是由於莊公之不答。

9. 望文生義：如〈雨無正〉、〈何人斯〉、〈召〉、〈蕩〉各篇之序。

10. 疊見重複：如〈江有氾〉、〈載馳〉之序。[17]

由於《詩序》本身有這麼多的缺點，絕非孔門弟子所作，既非孔門真傳，其中所言，就不是金科玉律。這種對《詩序》的不信任，使二千餘年來因《詩序》所建立的解釋系統完全崩潰。對《詩經》各詩篇解釋的多元化觀點也跟著來臨。

四　重新解釋詩篇之詩旨

《詩序》既不可信，則其所定的詩旨，也被認為不合理。亦即建立在《詩序》的解釋系統，都必須重新加以檢討。這種新解釋，由郭沫若的《卷耳集》首開其端，接著是俞平伯的〈葺芷繚衡室讀詩札記〉中對〈周南〉、〈召南〉、〈邶風〉詩篇的解釋。再來是胡適〈談談詩經〉對數首〈周南〉、〈召南〉詩篇的新解，〈周南新解〉對〈周南〉十一篇詩旨的重新詮釋。茲分別討論如下：

（一）郭沫若《卷耳集》

本書民國十二年（1923）八月，由上海泰東圖書局出版。是最早重新詮釋詩旨的系統著作。代表重新詮釋詩旨新時代的來臨。這書選

---

17 見〔宋〕鄭樵著，顧頡剛輯點：《詩辨妄》（北平市：樸社，1933年7月），卷首。

擇〈國風〉詩篇四十首加以翻譯，譯文之後附有原詩和解說。書名所以叫《卷耳集》，是因為譯詩的第一首就是《卷耳》，因此以它命名。郭氏說到譯詩的目的時說：

> 我國的民族，原來是極自由極優美的民族。可惜束縛在幾千年來禮教的桎梏之下，簡直成了一頭死象的木乃伊了。可憐！可憐！可憐我最古的優美的平民文學，也早變成了化石。我要向這化石中吹噓些生命進去，我想把這木乃伊的死象甦活轉來。這也是我譯這幾十首詩的最終目的，也可以說是我的一個小小的野心。[18]

郭氏認為我中華民族受傳統禮教的束縛已成了木乃伊，優美的平民文學也成了化石。他要給化石新的生命，要將木乃伊復甦過來。亦即要對傳統經典作全新的解釋，把歷來受解釋任意摧殘的作品，賦予全新的生命。

要實踐這一理想，達成這一目的，就要有與傳統經典研究法迥然不同的新方法。郭氏敘述他翻譯這四十首詩時，所持的方法是：

> 我對於各詩的解譯，是很大膽的，所有一切古代的傳統的解釋，除略供參考之外，我是純依我一人的直觀，直接在各詩中去追求他的生命。我不要擺渡的船，我僅憑我的力所能及，在這詩海中游泳；我在此戲逐波瀾，我自己感受著無限的愉快。[19]

郭氏所以認為他的解釋是大膽的，是因為不依傳統的標準來解釋，而是「純依我一人的直觀」。這種解釋法和朱熹的本文研究法[20]，姚際恆的

---

18 郭沫若：《卷耳集》（上海市：泰東圖書局，1924年5月4版），〈序〉，頁5。

19 同前註。頁3-4。

20 王懋竑：《朱子年譜》（臺北市：臺灣商務印書館，1967年）說：「其於詩也，深玩辭

「涵詠篇章，尋繹文義」[21]有相關類似的地方。他們間雖無直接繼承的關係，但一涉及詩篇的解釋，所謂直探本文的解釋法，應是對抗《詩序》最有效的方法之一，所以朱熹和姚際恆都善用它，民初反《詩序》的學者更以它為利器。

郭氏既以為他的解釋是大膽的，應該舉例來證成他的說法，如〈周南·卷耳〉，《詩序》云：「后妃之志也，又當輔佐君子求賢審官，知臣下之勤勞，內有進賢之志，而無險詖私謁之心，朝夕思念至於憂勤也。」郭氏的解釋是：「此詩敘一女子因丈夫行役而思之。第一節敘女子出遊，其餘三節敘女子心中之想像。」又如〈鄘風·柏舟〉，《詩序》云：「共姜自誓也：衛共伯早死，其妻守義，父母欲奪而嫁之，誓而弗許，故作是詩以絕之。」郭氏的解釋說：「我不相信這種傳統的說法，我只在詩中直接求她的生命。我看這詩是一個女子本自有愛人，而父母不許她嫁。她因而生怨的意思。」可知，郭氏將本來《詩序》所認定的政治教化詩，全解釋為男女的愛情詩。《卷耳集》一書的「大膽」，就在個地方。這也是郭氏解釋〈國風〉詩篇的特色。

（二）俞平伯《葺芷繚衡室讀詩札記》

從民國十二年六月起，《小說月報》即陸續發表有關《詩經》新解的文章。第一篇是王柏祥的〈雞鳴〉。〈雞鳴〉本是《詩經》〈齊風〉的一篇。《詩序》云：「思賢妃也，哀公荒淫怠慢，故陳賢妃貞女夙夜警戒相成之道焉。」王氏解釋說：「〈齊風〉〈雞鳴〉詩明明是一首很好的情詩，它寫男女燕昵的狀況，真是活靈活現，使讀這首詩的人

氣而得詩人之本意。」

[21] 姚際恆著，顧頡剛點校：《詩經通論》（北京市：中華書局，1958年12月），〈自序〉，頁16。

可以彷彿想見他們在那裡說話，而且是女對男發的一種無可奈何的說辭。……決不是什麼『賢妃御於君所』，『心存警畏』，『欲令君早起視朝』一類的話頭。」[22]

但是，在《小說月報》中較有系統發表詩篇新解的是俞平伯。他那命名為《葺芷繚衡室讀詩札記》，前後發表〈召南‧行露〉、〈召南‧小星〉、〈召南‧野有死麕〉等。另發表在《燕京學報》的有〈邶風‧谷風〉。後來，收入《古史辨》第三冊時，又加入〈周南‧卷耳〉一篇。合計有六篇。這六篇，如〈邶風‧柏舟〉、〈谷風〉，都附「故訓淺釋」。

俞氏這些《札記》解釋各詩詩旨的方法，並不像郭沫若的《卷耳集》，僅憑「直觀」，而是有相當深入的分析論辨過程。如〈周南‧卷耳〉，俞氏說：「這篇，前人異說極多，什麼后妃、文王、賢人，攪成一團糟。……其實從詩本文看，只見有征夫思婦，並不見有文王后妃，更何況著一賢人耶！」俞氏為了證成自己的說法，對詩中字詞的歧義，也逐字加以解析。如果各家所定詩旨出入太多，則逐家提出論辨，如，如〈召南‧行露〉，俞氏以為「此篇大義甚晦滯」，亦即詩意不明。對分歧的諸家之說，如毛、鄭之說、朱子之說，則家加以解析。

俞氏對這六篇的解釋，雖不一定完全的正確。但從他的行文中，也可以窺知俞氏對《詩經》性質的看法，他說：「《詩三百篇》非必全是文藝，但能以文藝之眼光讀《詩》，方有是處。且〈國風〉本系諸國民謠，不但不得當經典讀，且亦不得當為高等的詩歌讀，直當作好的歌謠可耳。明乎古今雖遠而情感不殊，則迂曲悠謬之見不消而自消矣。」（〈召南‧小星〉）把《詩經》當民謠，是民初反《詩序》學者的共同觀點。在此一觀點下，《詩經》詩篇的解釋才不受《詩序》教化觀

---

22 見《小說月報》，第14卷6期（1923年12月），頁10。

的束縛，而有廣闊翱翔的空間。

（三）胡適對詩篇的新解

民國十四年（1925），胡適在《晨報》〈藝林旬刊〉發表〈談談詩經〉，對〈國風〉中的很多詩篇，提出了他自己的看法。如〈周南‧關雎〉，胡適說：「〈關雎〉完全是一首求婚詩，他求之不得，便寤寐思服，輾轉反側，這是描寫他的相思苦情，最後他便想出一種勾引女子的手段，便繼之友以琴瑟，樂以鐘鼓，這完全是原民時代的主人風俗，並沒有什麼稀奇。」他解釋〈野有死麕〉說：「〈野有死麕〉的詩，也同樣是男子勾引女子的詩。」解釋〈小星〉說：「彼〈小星〉一詩，是妓女星夜求歡的描寫，風俗使然，無足深怪。」解釋〈葛覃〉說「〈葛覃〉詩，是描寫女工人放假急忙要歸的情景。」

胡適這篇〈談談詩經〉發表後，周作人寫了〈談「談談詩經」〉，發表在民國十四年（1925）十二月的《京報副刊》，對胡適文中的觀點提出質疑。如：胡適將〈葛覃〉解釋為「女工人放假急忙要歸的情景」，周氏認為那時並沒有工廠，譏刺說：「我猜想這裡胡先生是在談笑話。不然恐怕這與初民社會全不合」。又胡氏解釋〈小星〉是「妓女星夜求歡的描寫」，並引《老殘遊記》裡山東有窯子送鋪蓋上店為證。周氏駁說：「我把〈小星〉二章讀過好幾遍，終於覺不出這是送鋪蓋上店」。最後，周氏提出警告說：「守舊的固然是武斷，過於求新的也容易流為別的武斷。」周氏對胡適的批評，表示當時反《詩序》的學者仍具有相當的反省能力，而不是一味求新奇。當〈談談詩經〉收入《古史辨》第三冊時，〈小星〉的解釋改為「寫妓女生活的最古記載」，〈葛覃〉一篇則全部刪去。反映胡氏從善如流的態度。

除了對這些篇作個別的解釋外，胡氏又對〈國風〉詩篇作了總結

性的評判，他說：「他如〈草蟲〉、〈汝墳〉、〈殷其雷〉、〈江有汜〉、
〈綠衣〉、〈柏舟〉、〈谷風〉、〈桑中〉、〈伯兮〉、〈木瓜〉、〈將仲子〉、
〈遵大路〉、〈褰裳〉、〈豐〉、〈東門之枌〉等詩，不是描寫男女戀愛的
問題，便是描寫女性的美，或其生活，所以〈國風〉我們可以說多數
是男女愛情中流出來的結晶。」他把〈國風〉當作歌謠的總集，再從歌
謠中去發掘愛情詩篇。

　　胡適在當時《詩經》歌謠觀點的指導下，似有意將〈國風〉一百
六十篇全部重新解釋。民國二十年（1931）六月，在《青年界》發表
了〈周南新解〉，將各詩篇逐句加以解析，在詩旨方面排列從古到今的
說法，作為「舊說」，自己的說法，則稱為「今說」。胡氏〈新解〉的
說法，大抵承襲〈談談詩經〉中所認定的詩旨，如〈關雎〉，〈新解〉
說：「這一篇為一個男子思念一個女子，睡夢裡想他，用音樂來挑動
他。」解釋〈葛覃〉說：「這一篇是葛布女工之歌」。詩旨的內容大抵
與〈談談詩經〉相同。

五　整理反詩序之著作

　　反《詩序》的學者，除了要批評《詩序》的不合理、謬誤之外，
也要以自己的方法或自己的體會來重新認定每篇的詩旨，更要對歷來
反《詩序》的著作加以表彰，以加強反《詩序》的力量。畢竟《詩序》
的不合理，並不是民國初年才被發現，而是自宋代以來即是已知的事
實。所以，將古人反《詩序》的著作加以整理，是非常重要的事。

　　在眾多反《詩序》的著作中，民初反《詩序》的學者，幾乎都很
重視。他們要整理的大概有兩方面的著作：一是已經亡佚，如鄭樵的
《詩辨妄》；二是書雖在，但已被忽略，不為人所知的，如王柏的《詩
疑》、姚際恆的《詩經通論》。從民國十多年起，反《詩序》的學者在

這幾種書，花下了相當多的功夫。茲分別加以討論。

（一）鄭樵《詩辨妄》輯佚

《詩辨妄》是南宋初年鄭樵的著作，早已亡佚。該書最大的特點是攻擊《詩序》之妄。朱子受該書的影響，改變了原來祖述《詩序》的說法，將已完成的《詩集傳》重新改作，並作《詩序辨說》將《詩序》逐條加以檢討。

顧頡剛是先注意到鄭樵反傳統的創新精神。民國六年（1917）顧氏開始讀鄭樵的《通志》，並與傅斯年討論。顧氏認為「此書綜合了作者一生的學問，涉及範圍極廣，而且甚有批判精神，有創見。」[23]後來，顧頡剛受到錢玄同的影響，開始注意到經部書中所潛藏的問題，由周孚的《非詩辨妄》所引到的片斷資料，「就驚訝鄭樵立論的勇敢」。顧氏受鄭樵的勇敢感動，於民國十年（1921）秋冬之間開始輯集《詩辨妄》，並準備編入《辨偽叢刊》中。同時，顧氏也作了兩篇與鄭樵有關的副產品，一是《鄭樵傳》，另一是《鄭樵著述考》。民國十一年（1922）二月三日顧氏寫信向胡適報告，並準備將《詩辨妄》列入《辨偽叢刊》的第一種。二月十九日也寫信向錢玄同報告工作的內容。三月十八日又寫信向胡適報告工作的進度，和整部《詩辨妄》輯本的內容構想。從這些事實，可以發現這整理工作帶有相當濃厚的集體意識在內。[24]

民國十四年（1925）十一月三日，顧氏為所輯《鄭樵詩辨妄輯本》作跋。並將輯本發表於十一月十一日出版的《北大國學門周刊》第一

---

[23] 顧潮著：《顧頡剛年譜》（北京市：中國社會科學出版社，1993年3月），頁44。

[24] 見《古史辨》第1冊，頁44。

卷第五期中。十一月十八日，顧氏又在《北大國學門周刊》第一卷第
六期中發表〈非詩辨妄跋〉。

　　後來，顧氏因編輯《古史辨》，把有關鄭樵《詩辨妄》的後續研
究，擱置了下來。民國二十二年（1933）六月起，顧氏開始編輯《詩
辨妄》的附錄，並作按語。根據《顧頡剛年譜》，六月十三日作《詩辨
妄》附錄三〈六經奧論選錄〉，六月十七日作附錄四〈歷代對鄭樵詩說
之評論〉。七月，《詩辨妄》一書即由北平樸社出版。這書的書名頁題
「《詩辨妄》一卷　附錄四種　宋鄭樵著　顧頡剛輯點　辨偽叢刊之一
　樸社出版」。全書的內容是：

　　卷頭語
　　張西堂先生序
　　本書
　　附錄一　周孚《非詩辨妄》
　　附錄二　《通志》中的《詩說》
　　附錄三　《六經奧論》選錄
　　附錄四　歷代對於於鄭樵《詩說》之評論

所謂「卷頭語」，是輯錄鄭樵論詩之語八則置於卷前。「本書」即《詩
辨妄輯本》，但缺顧氏的〈跋〉，不詳何故。四種附錄既輯錄鄭樵零星
的詩說，也集錄其他學者對鄭樵詩說的批評。

（二）重刻王柏《詩疑》

　　王柏是南宋末年的學者，他是朱子的三傳弟子。著作相當多，如
《書疑》、《詩疑》都具有反傳統精神。《詩疑》既不信毛、鄭的傳箋，
也不信《詩序》，更不信《左傳》中有關季札觀樂的記事，即朱子的說

法也加以懷疑。顧頡剛特別重視《詩疑》，也是看重該書所具有的創新精神。

民國十一年（1922），顧頡剛在上海買到《詩疑》[25]。次年，將《詩疑》校點完畢[26]。這書雖然校點完畢，卻遲至民國十九年（1930）春，才由樸社出版。他那篇作於民國十九年二月二十一日的〈重刻詩疑序〉，甚至遲到當年十月一日，才在《睿湖》第二期發表。後來這篇序收入《古史辨》第三冊中。

根據顧氏的〈重刻詩疑序〉，他認為《詩疑》有功也有罪，顧氏說：

> 我對於這本書的見解，以為他敢赤裸裸地看《詩經》，使得久已土蝕塵封的古籍顯現些真相，這是他的功。但因顯現了些真相，他便以為有若干篇是應當早被聖人放絕的，就要代行孔子的職權，把《詩經》刪掉許多，這是他的罪。

顧氏雖以為刪詩是王柏的罪，但王柏的用意是要維護聖經這一點，顧氏也有所體會。也就是說，對王柏想刪詩的用心頗有同情的理解。

顧氏比較在意的是王柏對《詩序》的態度。《詩序》本有所謂正、變之說，正詩是文王、武王時代的詩，變詩是幽王、厲王時代的詩。這種正變的觀念把詩歌和政治間的關係作最緊密的結合，是漢代詩教化觀下的產物。王柏雖想突破《詩序》的束縛，但還免不了受《詩序》的影響。顧氏所以推崇王柏的《詩疑》，是因為他具有批判精神，也可以作為推倒《詩序》的正面教材。但王柏《詩疑》中卻還有《詩序》的影子在內。這點頗引起顧氏的不滿。他說：

---

[25] 《顧頡剛年譜》，頁75。

[26] 同前註，頁81。

但王柏一方面雖不信《詩序》，一方面還是提倡正變之說，屢以正風、正雅為周公時詩，變風、變雅為周公後之詩。甚至《詩序》中還沒有分正變的頌，他也分起正變來了。他譏歐陽修云：「今又自為《詩譜》，定其次序，而又不能不惑於〈小序〉之失，何躬病之而躬蹈之乎！」反成了「夫子自道」了。

王柏反《詩序》的不夠徹底，對民國初年反《詩序》的學者來說，不能不說是一件遺憾的事。雖然，王柏的《詩疑》有不盡令人滿意的地方，但顧氏說他「憑著自己的理性，對於《詩經》的本文作直接的研究」[27]，正是民國初年研究《詩經》學者都能接受的研究方法，就這一點來說，他們間的治學精神仍是相契合的。

（三）點校姚際恆《詩經通論》

姚際恆，是清初的經學家。所著《九經通論》，是清初最具批判精神的著作。由於和後來漢學的學風有相當大的差距，他的著作並不受清儒的重視。後來，這些著作也逐漸湮沒，僅《詩經通論》在清末有刻本，但流傳不廣。

宣統元年（1909），顧頡剛十七歲，他已注意到姚際恆。曾向孫宗弼借到浙江書局刊本的《古今偽書考》，讀後深受影響。後來由於其師胡適的詢問，開始搜尋點讀姚氏的著作。民國十一年（1922），顧氏向北京吳虞借得姚氏《詩經通論》，並在蘇州請人抄錄，並加以標點[28]。次年（1923）八月，點校完畢。點校時作了大量的讀書札記，

27　顧頡剛：〈重刻詩疑序〉，《睿湖》，第2期（1930年10月），頁71-85。
28　〈詩經通論序〉，原發表於《文史雜誌》第5卷3、4期合刊（1945年4月），頁89-90。後收入點校本《詩經通論》卷首。

今收入《顧頡剛讀書筆記》第七卷上冊，〈湯山小記（六）〉、〈湯山小記（七）〉中。從這些札記，可以發現顧氏非常推崇姚氏治學的客觀精神。如〈鄭風・將仲子〉，《詩序》以為是「刺莊公」，朱熹以為是淫詩。姚際恆說：「予謂就詩論詩，以意逆志，無論其為鄭事，淫詩也，其合者吾從之而已，今按此詩言鄭事多不合，以為淫詩則合，吾安能不從之，而故為強解以不合此詩之旨耶！」顧頡剛以為「（姚氏）雖常承朱熹淫詩之說，而獨於此從其說，知其但明大是大非，不以宗派自局限也。」[29]，又云：「姚氏涵咏經文，摒除漢、宋宗派之成見，惟是是歸，可謂超絕古今者矣。」[30]從這些話，大抵也可看出顧氏何以要下工夫整理姚氏的著作。

　　除了顧氏標點姚氏的《詩經通論》外，民國十六年（1927）四月，陳柱作〈姚際恆詩經通論述評〉，民國十八年（1929）九月，顧氏的學生何定生作〈關於詩經通論及詩的起興〉，都對姚氏書中的懷疑精神，相當的肯定。顧氏由於要從事的學術工作太多，並沒有將所點校的《詩經通論》儘快出版，也沒有更有系統的評論文字。民國三十四年（1945）四月，楊家駱所編《北泉圖書館叢書》，要將姚際恆的《詩經通論》編入，顧氏為該書作了〈詩經通論序〉，發表於《文史雜誌》第5卷第3、4期。至於《詩經通論》的點校本，則遲至一九五八年十二月，才由北京中華書局出版。

---

[29] 〈湯山小記（七）〉，《顧頡剛讀書筆記》（臺北市：聯經出版事業公司，1990年1月），第7卷上冊，頁4944。

[30] 同前註。

六　結論

　　綜合以上的論述，民國初年反《詩序》運動的形成和內涵，大抵可歸納為下列幾點：

　　其一，晚清的今古文學之爭，康有為以古文經為劉歆偽造，章太炎以六經為史料，都足以降低經書的權威性。在清末民初內外交相迫的形勢中，學者逐漸拋開今古文之爭的格局，擴大範圍來看傳統學術問題。當時的傳統學者，如劉師培等人；新文化運動者，如胡適等人，都提出整理國故的想法。胡適強調要還國故本來面目，並親自整理國故。如就《詩經》的整理來說，就是要把《詩經》從聖經的束縛中解放出來。進行的方法，先是切斷孔子與《詩經》的關係，斷定孔子並未刪詩。其次是論定《詩序》非子夏所作與孔門無關。並指出《詩序》解釋觀點的不合理。這種批判《詩序》運動，實為整理國故的一環。

　　其二，從民國十一年（1922）起，陸續有論辨《詩序》的論文出現，一直到抗戰期間，此類論辨文字約有二十餘篇。這些論文大抵從兩方面來討論《詩序》：一是考論《詩序》的作者，大部分的學者都根據《後漢書》〈儒林傳〉所說，以為《詩序》乃衛宏所作。二是檢討《詩序》的解釋觀點。鄭振鐸的〈讀毛詩序〉，用比較歸納的方法，指出內容相同的詩篇，《詩序》所定詩旨卻大不相同。張西堂〈詩辨妄序〉也指出《詩序》有十大缺失，絕非孔門真傳。

　　其三，《詩序》所釋詩旨既不合理，為還給《詩經》本來的面目，就必須重定詩旨。此一方面的工作，較有成就的，一是郭沫若的《卷耳集》，譯《詩經》情詩四十首。郭氏拋開一切傳統說法，用「直觀」的方法來認定詩旨。此一作法，郭氏自認為是「大膽」。二是俞平伯的

《葺芷繚衡室讀詩札記》，有六篇。他認為〈國風〉是各國民謠，不可當經典來讀。三是胡適〈談談詩經〉和〈周南新解〉中的新解釋。有些解釋由於太過新奇，受到周作人的批評。各家認定的詩旨，皆從詩篇本文的吟詠、尋繹入手。這與朱熹、姚際恆的方法大抵相同。

其四，為了證明《詩序》的不合理，古代學者反《詩序》的著作，也被整理出來。如鄭樵已亡佚的《詩辨妄》，顧氏從各種典籍中將佚文加以輯集，於民國二十二年（1933）七月，由北平樸社出版。王柏《詩疑》，久為學者所忽略，顧氏也加以標點，於民國十九年（1930）由樸社出版。姚際恆的《詩經通論》，顧氏也於民國十二年（1923）八月點校完畢。這些反傳統或反《詩序》的著作，所以受到民初學者的青睞，主要是可以加強反《詩序》的力量。

《詩序》經民初學者的論辨、批判，在《詩經》解釋活動中，雖不一定完全失去影響力，但可以想見的，《詩序》已不是解釋《詩經》的唯一標準，而僅是眾多標準中的一種，甚至僅具參考價值而已。

　　——本文為參加「第三屆詩經國際學術研討會」發表之論文，原
　　　　刊於《貴州文史叢刊》，1997 年第 5 期（1997 年 10 月），頁
　　　　1-12。

經學研究叢書·經學史研究叢刊 0501007

中國經學研究的新視野

作　　者　林慶彰

責任編輯　吳家嘉

發 行 人　陳滿銘

總 經 理　梁錦興

總 編 輯　陳滿銘

副總編輯　張晏瑞

編 輯 所　萬卷樓圖書股份有限公司

排　　版　浩瀚電腦排版股份有限公司

印　　刷　百通科技股份有限公司

封面設計　百通科技股份有限公司

發　　行　萬卷樓圖書股份有限公司

　　　　臺北市羅斯福路二段 41 號 6 樓之 3

　　　　電話 (02)23216565

　　　　傳真 (02)23218698

　　　　電郵 SERVICE@WANJUAN.COM.TW

大陸經銷　廈門外圖臺灣書店有限公司

　　　　電郵 JKB188@188.COM

香港經銷　香港聯合書刊物流有限公司

　　　　電話 (852)21502100

　　　　傳真 (852)23560735

ISBN 978-957-739-781-2

2014 年 4 月初版三刷

2012 年 12 月初版

定價：新臺幣 360 元

如何購買本書：

1. 劃撥購書，請透過以下郵政劃撥帳號：

　帳號：15624015

　戶名：萬卷樓圖書股份有限公司

2. 轉帳購書，請透過以下帳戶

　合作金庫銀行 古亭分行

　戶名：萬卷樓圖書股份有限公司

　帳號：0877717092596

3. 網路購書，請透過萬卷樓網站

　網址 WWW.WANJUAN.COM.TW

大量購書，請直接聯繫我們，將有專人為您服務。客服：(02)23216565 分機 10

如有缺頁、破損或裝訂錯誤，請寄回更換

國家圖書館出版品預行編目資料

中國經學研究的新視野 / 林慶彰著.

-- 初版. -- 臺北市：萬卷樓, 2012.12

面；　公分. -- (經學研究叢書)

ISBN 978-957-739-781-2 (平裝)

1.詩經　2.研究考訂

090　　　　　　　　　　　　101026163